美的辯證：楊牧文學論輯

許又方　主編

臺灣學生書局印行

序

　　楊牧先生允為當代華文詩壇最重要的詩人。自青少年伊始，他即以豐沛的詩興驅遣文字，逐句勾勒出深刻的理念與情感，步步推衍、挺進、盤旋而上，在六十年不間斷的創作歷程中，留下一道清晰獨特且時時突破求變的創作路徑。我們無法僅用一種風格、一種理論去解析楊牧的詩作，同時也無法將其各時期的作品割裂看待，一如不能將其散文、評論，乃至文學研究等，與詩歌創作分門別戶般。任何書寫型式在楊牧筆下有機融合，相互涵涉，借用須文蔚教授所言，已綜整為一新興的學術主題──楊牧學。

　　因此，研究楊牧文學，必然得爬梳他的學問路徑，始得掌握其創作成形的脈絡，以為作品解讀之基奠。即以為詩歌為例，西方知名漢學家宇文所安（Stephen Owen, 1946-）曾如此評述：

> （楊牧）作品之特色乃在於它在中西傳統之間來去自如的同時，並沒有將中國或西方「異國風味化」（exoticize）。身為詩人，他就手邊所有的材料來寫作，而這些材料包括了一份超越中西文化之分的藝術性和歷史感。他是一位雙文化詩人。（中略）如果我認為楊牧為（現代漢詩的）未來提供了最大的希望，那是因為他將兩種不同的歷史合併在一起。（引自奚密《誰與我詩奔‧落地生根是落葉歸根》）

誠然，作為一位學院詩人，一位中西文學比較研究者，楊牧經常出入於兩種文化與歷史的經典，在《詩經》、《楚辭》與《貝爾武夫》、《神曲》的傳統中穿梭，追索屈原、鄭玄、平達耳、馬婁等異國士子依違的思路；甚至，跨越千年以上的時空，推敲徐志摩、周作人、葉慈與狄謹遜等東西詩人互通的心緒，他的創作是其閱讀路徑的延伸，讀、寫互涉，之間理念相互連貫。例如，他以詩文介入世界，強調「詩是我涉事的行為」（《涉事・跋》），這樣的理念同時見諸他在閱讀陸機（261-303）〈文賦〉後的評述：「詩須拔脫浮俗，教誨時代，須為生民立命，開往繼絕；詩須超越而介入，高蹈而參與。詩是讚頌，也是質問，詰難，批判的一種手段。」（《陸機文賦校釋》）。類似對文學崇高精神的宣示，見諸楊牧深刻且多元的文學評論中，若依此回證其創作的文字脈絡，尤為歷歷在目。我們可以肯定地說，楊牧的創作，其實正是他多年來研究、反思文學底蘊所獲致之理念的具體實踐。

因此，近幾年來，基於某種文學的使命，我們積極推動楊牧文學的研究，舉辦國際學術研討會，並成立「楊牧文學講座」與「楊牧文學研究中心」，希望能為「楊牧學」之推闡拋磚引玉，號召學界先進共同投入臺灣當代最具代表性詩人的作品研究。

這本專輯原係 2015 年由國立東華大學「楊牧文學講座」所舉辦的「楊牧文學國際研討會」論文總集，由當時擔任講座召集人的曾珍珍教授主編。2017 年底，曾教授不幸因意外溘逝，去年初召集人重任落至我肩上，於是勉以駑鈍之力重啟收稿、編輯等工作。但因時程延宕，當時許多參加會議的學者已先行將論文另外刊印，所以僅蒐得十篇原作，都為一輯，題為《美的辯證：

楊牧文學論輯》，書名其實也脫自楊牧老師的詩句。

　　這本專輯的出版幾經波折，雖不盡完美，但至少是一分心意，特別是對曾為此事勞心成疾的曾珍珍老師而言。另外，尤要感謝和碩聯合科技公司的童子賢董事長，沒有他長年關心臺灣的文學、對「楊牧文學講座」的慷慨資助，也不會有這本集子問世。同時，蒙臺灣學生書局陳蕙文主編鼎力協助，助理張淑慧小姐、研究生蔡政洋、王乃葵一起努力，共同促成這部專輯順利出版，在此一併致上謝忱。是為記。

許又方　謹誌於國立東華大學

2019.06.08

美的辯證：楊牧文學論輯

目　次

楊牧學體系的建構與開展研究

國立東華大學華文文學系教授
須文蔚

摘　要

　　楊牧是當代華文文學世界中經典詩人、散文家、翻譯家與評論家，又兼擅編輯與出版，他自詡為中國健全的知識分子，和歐洲文藝復興人（Renaissance Man）傳下的典型，當代華文文學評論與研究眾多，「楊牧學」隱然成形。本文以後設研究的方法論，考察與梳理當代文學評論界與研究者的評論，從文學評論史的角度，分為四個部分論述：楊牧的生平研究、楊牧詩中浪漫主義精神研究、楊牧詩中抒情傳統展現與變革研究以及楊牧散文研究等議題，為「楊牧學」之建構與開展提出藍圖。藉由本研究分析，展現楊牧如何以極致美的追求，繼受詩言志傳統，平衡抒情與敘事，開創現代詩的典範，並討論楊牧如何以詩的美學融入散文中，使得他的散文富有詩的韻味、入世的批判以及哲理的思辯。

關鍵詞：楊牧　楊牧學

壹、前言

　　楊牧是當代華文文學世界中經典詩人、散文家、翻譯家與評論家，又兼擅編輯與出版，他自詡為中國健全的知識分子，和歐洲文藝復興人（Renaissance Man）傳下的典型，當代華文文學評論與研究眾多，「楊牧學」隱然成形。

　　楊牧本名王靖獻，1940 年 9 月 6 日出生於東臺灣的花蓮縣，奇萊山、太平洋與花東縱谷都成為他詩文中的秘密武器。15歲在花蓮中學高級部就讀時，就以「葉珊」筆名發表新詩於《現代詩》、《藍星》、《創世紀》、《野風》等刊物，協助陳錦標編輯詩周刊於花蓮《東臺日報》，展露創作與編輯的才華。東海大學外文系畢業後，先後取得美國愛荷華大學藝術碩士，以及柏克萊加州大學比較文學博士。曾任教於麻薩諸塞大學、普林斯頓大學、華盛頓大學以及香港科技大學。並曾回臺擔任臺灣大學比較文學研究所客座教授、東華大學文學院院長、中央研究院文哲所特聘研究員兼所長以及政治大學臺灣文學所講座教授，現任東華大學客座講座教授。

　　1972 年發表《年輪》時改用筆名「楊牧」，此後無論發表詩、散文與論評，一直沿用至今。曾參與《東臺日報》「海鷗」詩周刊、《創世紀》、東海大學校刊《東風》、《現代文學》、《文學評論》等刊物編務，並與林衡哲合編志文出版社之「新潮叢書」，其後接掌「洪範文學叢書」主編。曾獲青年文藝獎金、詩宗社詩創作獎、吳魯芹散文獎、時報文學獎推薦獎、中山文藝創作獎、吳三連文藝獎、國家文化藝術基金會文藝獎、花踪世界華文文學獎與紐曼華語文學獎等。楊牧的文學創作已經翻譯為英

文、德文、法文、日文、瑞典文、荷蘭文等,是少數受到國際漢學界高度重視的臺灣作家。

國家文化藝術基金會文藝獎的讚詞相當扼要地點出楊牧的貢獻:「堅持文學創作四十餘年,詩、散文、評論、譯作均卓然成家。詩意的追求,以浪漫主義為基調,構築生命的大象徵。散文的經營,兼顧修辭與造境,豐富臺灣的抒情傳統,評論的建構,融匯美學涵養與人文關懷。楊牧先生創作風格與時俱進,不追逐流行,不依附權力,特立獨行,批判精神未嘗稍減,允為臺灣文學的重鎮。」

本文以後設研究的方法論,考察與梳理當代文學評論界與研究者的評論,從文學評論史的角度,分為四個部分論述「楊牧學」建構目前的成果與意涵,包括:楊牧的生平研究、楊牧詩中浪漫主義精神研究、楊牧詩中抒情傳統展現與變革研究以及楊牧散文研究等議題。分析楊牧如何以極致美的追求,繼受詩言志傳統,平衡抒情與敘事,開創現代詩的典範,並討論楊牧如何以詩的美學融入散文中,使得他的散文富有詩的韻味、入世的批判以及哲理的思辯,卓然成家。

貳、楊牧生平研究綜述

花蓮是楊牧的故鄉,更是他寫作的秘密武器,花蓮山與海的顏色、雲彩的變幻、部落的氣味與童年的回憶,從紀實到趨向歷史的批判,乃至抽象的哲思,花蓮是研究楊牧不容忽略的主題。陳錦標〈又見楊牧〉一文,藉由老友追憶往事,使讀者得以認識

楊牧青年時的風采[1]。陳芳明〈永恆的鄉愁〉一文，更象徵著花蓮成為他文學中的一個重要隱喻（metaphor）。誠如陳芳明強調：

> 離鄉與懷鄉，在楊牧的詩裡，是一種微妙的辯證關係。由於離鄉，楊牧才漸漸把自己型塑成為疑神論者或無政府主義者。但也由於懷鄉，他才不致淪為流亡的虛無主義者。如果離鄉是一種肉體的流亡（physical exile），懷鄉則是屬於一種精神的回歸（mental return）。如此一去一返的流動，既承載著甜美的記憶，也攜帶了豐饒的想像。[2]

理解花蓮，才有可能進一步理解楊牧所俯視與仰望的故鄉山水，其中深寓的創生神話、情迷家國乃至壯志胸懷[3]。

楊牧生平研究中最為詳盡者，是在楊牧於 2000 年獲得國家文化藝術基金會文藝獎後，張惠菁受國家文藝基金會委託所出版的傳記《楊牧》[4]。張惠菁將楊牧的文學生涯與華文文學史並置，始於 1956 年紀弦在臺北發起現代派，青年楊牧開始在現代

---

[1] 陳錦標（1994）：〈又見楊牧〉，《更生日報》，1994 年 8 月 13 日，11 版。

[2] 陳芳明（1998）：〈永恆的鄉愁〉，《第一屆花蓮文學研討會論文集》（花蓮：花蓮縣立文化中心），頁 138。

[3] 賴芳伶（1994）：〈楊牧山水詩的深邃美——以〈俯視——立霧溪一九八三〉和〈仰望——木瓜山一九九五〉為例〉，《第五屆現代詩學研討會論文集——現代詩語言與教學》，彰化：彰化師範大學國文學系，頁 355-392。

[4] 張惠菁（2002）：《楊牧》，臺北：聯合文學。

詩壇嶄露頭角之際，敘寫至 2001 年楊牧出版詩集《涉事》為止。張惠菁擇要呈現了楊牧作品與時代精神的互動，雖未鉅細靡遺記錄作家的生活、工作與出版的經歷，但努力呈現詩人心靈內在的軌跡[5]，就理解楊牧文學創作的理念與思考相當有參考價值。

其後楊牧於 2002 年接受奚密訪談，闡述文學創作與歷史、地方文化以及自身經驗的關係，他再一次表現出重視內在精神，不囿限於身處時空的創作觀。他特別強調在《有人》一書後記中所指陳：「詩，或者說我們整個有機的文化生命，若值得讓我們長久執著，就必須在實驗和突破的過程裡尋找定義。」並非重在形式與語言上的突破，重點是詩的本質的探詢，十分發人深省[6]。如欲探討楊牧對於人文教育的理念，不妨參看 2003 年接受須文蔚的訪問[7]，楊牧暢談於東華大學進行人文教育改革的創意，他促成中文系的改革、設立創作研究所以及博雅的教育環境。而在 2009 年接受郝譽翔的訪談時，楊牧則剖析美國文學教育的發展，以華盛頓大學為例證，說明「大學最重要的，就是人。一群有志趣的人聚在一起，有意無意之中，激勵出美好的思考。」而

---

5 李令儀（2002）：〈張惠菁用心寫「楊牧」：傳記出版 葉步榮憶往 少年楊牧會為苦悶請假〉，《聯合報》，2002-11-09，14 版。

6 Yeh, Michelle & Sze, Arthur (2003). Frontier Perspectives: Yang Mu, Ya Xian, and Luo Fu, *Manoa: A Pacific Journal of International Writing*, Vol. 15, No.1. pp. 26-37. 中譯見奚密，葉佳怡譯：〈楊牧斥堠：戍守藝術的前線，尋找普世的抽象性──二〇〇二年奚密訪談楊牧〉，《新地文學》，2009 年第 10 期。

7 須文蔚（2003）：〈回故鄉創生人文精神的詩人──訪前東華大學人文社會科學院院長楊牧〉，《文訊雜誌》，第 216 期，10 月，頁 54-56。

文學教育應當重視文學經典的閱讀、詮釋與辯證，經常保有對抽象的思維的敬重，才能穿透黑暗泥沼，引入一絲文藝復興的光芒[8]。

在眾多以楊牧為主題的學位論文中，應以何雅雯專注於分析楊牧現代詩與散文創作，最為可觀。何雅雯一反時下流行的文化研究式的批評模式，藉由詮釋與分析了大量楊牧的作品後發現：「就其詩而言，以反抗、拒斥為抒情的出發點，繼而融入敘事技巧，以形式的鍛鍊進行主體的追尋，進一步進行自我的創造。就其散文而言，兼有『詩人散文』與『詩化散文』兩重意義，演變歷程大體與其詩作一致，然而又能為現代散文達成體類的拓展和新變。」[9]何雅雯回到文學創作活動與作家自我追尋的主軸上，展現出一位浪漫詩人的作品是與外在世界辯證與融攝的產物。而謝旺霖則進一步從比較文學與文藝思潮的角度，從「浪漫主義」的理論與特徵，分析楊牧從西方的浪漫主義詩人身上承其神髓，繼而以豐富的中國古典文學與哲學的學養，轉化現代主義的前衛精神，深刻的臺灣意識與土地情懷，展現出具有臺灣性以及與世界文學對話的經典作品[10]。

青年詩人與評論家劉益州（筆名楊寒）的博士論文《意識的表述——楊牧詩作中的生命時間意涵》一文，則是以現象學的進

---

[8]　郝譽翔（2009）：〈因為「破缺」，所以完美——訪問楊牧〉，《聯合文學》，2009 年 1 月號。

[9]　何雅雯（2001）：《創作實踐與主體追尋的融攝：楊牧詩文研究》，國立臺灣大學中國文學研究所碩士論文。

[10]　謝旺霖（2009）：《論楊牧的「浪漫」與「臺灣性」》，國立清華大學臺灣文學研究所碩士論文。

路,以楊牧詩作《楊牧詩集Ⅰ》、《楊牧詩集Ⅱ》、《完整的寓言》、《時光命題》、《涉事》到《介殼蟲》,藉由分析與闡釋楊牧詩作中所呈現生命時間意涵,釐清生命主體和語言表述在文學作品中的具體關係。楊牧在文學創作上長期經營「生命時間意識」的表述,楊寒一方面以海德格「詩」與「思」的辯證關係,同時結合中國文學抒情傳統詩言志的精神,分析詩作為楊牧生命主體意識的表現,在「時」與「處」的體驗中將自我存有的現象表現出來,形成楊牧自我意識的重要表述。[11]

參、騎士從中古世紀復返田園：浪漫主義至美詩藝展現

楊牧作為浪漫主義詩學的傳人,在臺灣現代主義運動風起雲湧的 1950 到 1960 年代,獨樹一幟,多數的評論者重視楊牧作品中追求無邊際的美的精神力量,也使得論者多把楊牧追尋中古世紀浪漫精神,聚焦在詩人的人性關照、生命情調、浪漫抒情與溫柔敦厚等特質分析上[12]。事實上,浪漫運動中不僅有回到中世紀的呼籲,同時還有回到自然與田園的憧憬,此處「回到自然」意

---

[11] 劉益州(2011):《意識的表述——楊牧詩作中的生命時間意涵》,逢甲大學中國文學所博士論文。

[12] 張芬齡、陳黎(2000):〈楊牧詩藝備忘錄〉,《臺灣現代詩經緯》,臺北:聯合文學出版社,頁 239-240。本篇論文中歸納楊牧的詩歌藝術共有九大特色:(一)抒情功能的執著。(二)愛與死,時間與記憶。(三)中國古典文學的融入。(四)西方世界的探觸。(五)常用的詩的形式。(六)楊牧詩中的自然。(七)本土元素的運用。(八)家鄉的召喚。(九)現實的關照。綱舉目張,十分有參考價值。

指反對城市與工業文明，回到原始社會「自然狀態」與大自然的涵義[13]，因此詩人的生態觀與自然書寫，也就成為新興的研究議題。另一方面，楊牧追求中世紀騎士精神，奮勇不懈地介入社會、真實與真理的探討，始終抱持叛逆懷疑、獨立思辯與正義公理的追求，應當是解讀浪漫詩人不可忽略的另一個重要面向。

　　楊牧在葉珊時期的詩作充滿浪漫主義的氣息，葉維廉在詮釋葉珊詩集《傳說》時就直指：「我們的詩人始終是這個『無上的美』的服膺者：古典的驚悸，自然的悸動，童稚眼中雲的倒影。」[14]點出了青年詩人葉珊從《花季》、《燈船》到《傳說》都酖於「美」的溢出與藝術的思慮之間。彰顯出美與抒情一直就是楊牧創作的主旋律，誠然楊牧在《有人》的後記中說過：「我對於詩的抒情功能絕不懷疑。我對於一個人的心緒和思想之主觀宣洩──透過冷靜嚴謹的方法──是絕對擁護的。」[15]彰顯楊牧浪漫精神的主題，陳黎與張芳齡以「愛與死，時間與記憶」為註腳，一語中的：

> 戀人們所構築的小千世界，所建立的愛的信仰，無疑是對抗混亂、凶險、不安的外在世界的希望。愛情象徵某種再生的力量，讓戀人們有足夠的勇氣武裝自己，將自己提升

---

[13] 陳國恩（2000）：〈緒論〉，《浪漫主義與 20 世紀中國文學》，安徽合肥：安徽教育出版社，頁 1-17。

[14] 葉維廉（1979）：〈葉珊的《傳說》〉，《從現象到表現：葉維廉早期文集》，臺北：東大圖書公司，1994 年 7 月，頁 339-340。

[15] 楊牧（1986）：〈後記──詩為人而作〉，《有人》，臺北：洪範書店，頁 173-181。

到某種精神高度。[16]

顯然楊牧所追求的是一種理智和感情調和的作品，主題是愛、同情、死亡、時間、或記憶，起點或許是一方小小的世界，但是透過詩篇帶領讀者一起追尋、超越想像力難以企及的美學、精神甚至宗教的境界。於是抒情、美與愛得以重新界定，是詩人苦心為脆弱的美與愛打造的盔甲。

　　楊牧在葉珊時期就善於藉大自然的景物來暗喻自身的感情，詩人放眼自然與田園，並非「自然文學」（nature literature）或「環境文學」（environmental literature）概念下，以自然為主體的寫作[17]。晚近楊牧在《完整的寓言》中明確的說：「這是我的寓言，以鳥獸蟲魚為象徵」[18]，清楚地說明了詩人歌頌自然與田園的真實，洞悉文明的虛偽不實，建構自身的創生神話，對抗當代荒蕪與空洞的現代文明，抒發異鄉遊子的離散心境，成為楊牧浪漫精神展現的一個高峰。曾珍珍以「生態意象」梳理楊牧不同時期的詩文，清楚地指出：

　　　　楊牧喜歡以生態意象入詩，而隨其創作生命的成長，一些他情有獨鍾反覆使用的生態意象逐漸發展並衍生出特定的寓喻象徵，成為他具有高度原創性之詩歌世界不可或缺的

[16]　張芬齡、陳黎（2000）：〈楊牧詩藝備忘錄〉，《臺灣現代詩經緯》，臺北：聯合文學出版社，頁 242。

[17]　吳明益：〈書寫自然的幽微天啟〉，收錄於吳明益主編《臺灣自然寫作選》（臺北：二魚文化，2003 年），頁 12-13。

[18]　楊牧（1986）：〈後記〉，《完整的寓》，臺北：洪範書店，頁 152。

構成因子。……折衝於生態具象物色與抽象指涉間，詩人
的想像與文學傳統呼應成章，冥搜、直觀與文本互涉對位
並行，特定的創作美學，包括對象徵與隱喻的信仰，使得
楊牧詩中的生態模擬產生濃厚的人文義涵，自然與人文兼
美因此成為楊牧詩歌的特色。[19]

藉由生態意象的批評方式，讀者可以理解楊牧不僅取法浪漫派詩
人，自大自然擷取意象，藉以渲染情感，經營象徵，沈澱哲思，
楊牧更運用生態象徵構築其「原初想像」[20]，追索生命、認同與
詩藝的發生，展現他追懷故鄉田園的憧憬，進一步表達出生態本
土主義（bioregionalism）的動人觀點，使楊牧的浪漫情懷既具有
世界性，也更貼近臺灣的土地。

　　浪漫主義詩人的個人抒情未必代表與現實疏離，浪漫派作家
不乏張揚自我，追求個性的解放和自由，面對社會的迫害、不義
與罪惡，由衷發出憤怒、哀怨與控訴之情[21]。奚密在分析楊牧的

---

[19] 曾珍珍（2003）：〈生態楊牧——析論生態意象在楊牧詩歌中的運
用〉，《中外文學》，第 31 卷第 8 期，2003 年 1 月，頁 161。

[20] 關於楊牧與原初神話的關係，向陽指出：「《傳說》出版後次年，葉珊
從詩中消失，楊牧則巍然升起，原因應該在此。葉珊找到的這組神話結
構，來自原初的生命，結合著生身的土地的召喚、記憶的糾纏、還有靈
魂的探索，通過語言的符號，結構出了繁複多彩的詩的世界，標誌了其
後楊牧異於其他同代詩人的醇厚、拙重，以及晦澀、難解。」應當可以
作為重要的參考。參見向陽（2005）：〈《傳說》楊牧的詩 沿波討
源，雖幽必顯〉，《認識臺灣作家的二十堂課》，桃園：中央大學，頁
44-81。

[21] 陳思和（1990），〈中國新文學發展中的浪漫主義〉，《中國新文學整
體觀》，臺北：業強出版社，頁 117-134。

《涉事》一書時，就說明了楊牧詩創作本身即是一種直接的介
入，詩人過去嚮往中古傳奇中的英雄人物，化身為書中的英雄，
去冒險犯難，和人世間的邪惡搏鬥，如今對浪漫主義有所保留，
甚至抱持懷疑的態度，有所遲疑或悵惘[22]。然而青年評論家謝旺
霖顯然採取對立的看法，楊牧在回到中古世紀的旅程中，也獲取
了騎士的英雄主義精神：

> 武士完成了一次次看似不可能的考驗，詩人努力發現或創
> 造了詩，填補且彌縫一些美學和倫理的破綻，以銜接他與
> 武士同樣直一貫徹的精神與意志，最後確認了，「旗幟與
> 劍是他挺進的姿態，詩是我涉事的行為」。這是楊牧對文
> 學的承諾，亦是見證。[23]

事實上，楊牧確實有著介入現實的熱情，但也老成地理解撞擊現
實的挫敗與無奈。陳芳明就把楊牧介入與超越的雙重性，進行了
相當細密的探索，從《涉事》回溯到詩集《有人》，不難發現楊
牧對青年、正義、社會乃至政治的關切，基於了無政府主義的態
度，採取了高明而中庸的態度，陳芳明指出：「特別是〈有人問
我公理和正義的問題〉一詩的誕生，他以抒情的語氣，表達對世
俗政治的態度。這首詩，頗有葉慈的風格，然而又不盡然。他刻
意疏離激情，層層剖析自己的思考，並且對殘酷現實中的爭執與

---

[22] 奚密（2003）：〈抒情的雙簧管——讀楊牧近作《涉事》〉，《中外文
　　學》，第 31 卷第 8 期，2003 年 1 月，頁 210。

[23] 謝旺霖（2009）：《論楊牧的「浪漫」與「臺灣性」》，國立清華大學
　　臺灣文學研究所碩士論文，頁 31。

辯論寄以最大的同情。」[24]顯然崇尚浪漫主義的楊牧對社會、政治與人性都深深關切，他深信詩人是廣義的知識分子，應當以理性與冷靜的態度沈澱思維，不以咆哮、激情與直白的語言寫作，以純淨詩質迎向永恆。

肆、楊牧詩中抒情傳統的延續與開展

楊牧受業陳世驤，在漢學研究中，中國文學抒情傳統的理論建構始於陳世驤，他從比較文學的角度，直指中國文學以抒情詩為傳統，相對於西方以史詩和戲劇為主軸的敘事傳統，中國的詩人總透過抒情切身地反映自我影像，因之抒情體滲透於小說與戲曲中，成為一種超文類的概念。陳世驤並將「詩言志」傳統中，以言為不足，以志為心之全體精神視為抒情傳統的真諦[25]。楊牧回憶在陳世驤門下時：

> 有一天我從學院的書堆裡抬起頭來，感受到舊文學加諸於我的莊嚴，沉重的壓力，一則以欣喜一則以憂慮，而且我的閱讀書單早在抒情傳統裡更增添了大量的敘事詩以及戲劇等西方古典，深知文學領域廣闊，繁複，不是瞑目枯坐就能想像的。[26]

---

[24] 陳芳明，〈孤獨深邃的浪漫象徵：楊牧的詩與散文〉，《中國時報》「人間副刊」，1999 年 12 月 17 日。

[25] 陳世驤（1972）：〈中國的抒情傳統〉，收錄於氏著《陳世驤文存》，頁 31-37，臺北：志文。

[26] 楊牧，〈從抽象到疏離：那裡時間將把我們遺忘〉，《聯合報》，「聯

於是青年楊牧希望自己能在中國的抒情傳統裡增添敘事詩的氣味，以及西方古典戲劇的元素，並尋求調和與保有抒情的表現方法。

葉維廉最早發現葉珊從以敘事見長的西洋文學傳統中，努力思辯引進以事件發展為骨幹的詩，兼顧抒情性的實驗。透過一連串的詩作剖析，葉維廉認為楊牧既能掌握中國古典詩「因物起興」的神韻，又能步入白朗寧的「獨白」、葉慈的「面具」（mask）及早期的龐德的人物角色（Persona）。在分析〈流螢〉一詩時，葉維廉指出：

> 這是詩人自己的聲音（雖然他是透過獨白者的口），或者我們應該說，詩人和獨白者的身分已不可分，這正是抒情詩所具有的特色，這是一般敘事詩所沒有的——因為敘事詩的詩人總是站在經驗的外面。葉珊卻是不斷的往還於他刻畫的主角的經驗和他自己的經驗之間。[27]

顯現出評論者早已注意到，詩人重視敘事的「氣味」與聲調，核心是抒情詩。向陽則提醒讀者，不妨把《傳說》中的〈山洪〉看成葉珊走向楊牧的敘事詩濫觴之作，而〈十二星象練習曲〉則是葉珊走向楊牧之前抒情風的深化與總結[28]。但是葉維廉與向陽的

合副刊」，2004 年 12 月 28-30 日。

[27] 葉維廉（1979）：〈葉珊的《傳說》〉，《從現象到表現：葉維廉早期文集》，臺北：東大圖書公司，1994 年 7 月，頁 355。

[28] 向陽（2005）：〈《傳說》楊牧的詩 沿波討源，雖幽必顯〉，《認識臺灣作家的二十堂課》，桃園：中央大學，頁 44-81。

討論都並未以「中國抒情傳統」的理論框架，分析與詮釋楊牧在鎔鑄中國古典文學抒情性的努力。

　　事實上，關於抒情傳統的討論一直多停留在古典文學溯源上，只有少數詩評家運用在現代詩的評論上[29]，楊牧則是以創作的實踐，將中國古典文學的抒情傳統延續並開展。誠如王文興的觀察，任何的一種藝術新形式，無不是一邊創作，一邊摸索新秩序，最後聚積經驗，幾加修整，至抵於成，如同扭纏力鬥之中的一匹巨獸[30]。楊牧的學術背景使他能夠駕輕就熟地將中國古典傳統融入現代詩歌，舉凡〈鄭玄寤夢〉、〈向遠古〉、〈關山月〉、〈續韓愈七言古詩「山石」〉、〈秋寄杜甫〉、〈鷓鴣天〉、〈延陵季子掛劍〉、〈九辯〉、〈招魂〉、〈林沖夜奔〉、〈將進酒〉、〈水神幾何〉、〈妙玉坐禪〉等詩，在選擇題材上，詩人尋求將自己的抒情與過去的詩歌典範聯繫在一起[31]，且以無比繁複的實驗手法，鍛造他的文體、用字、聲韻與風格[32]，更重要的是平衡敘事、戲劇與抒情的緊張關係。

---

[29]　翁文嫻嘗試以抒情傳統中「興」的涵義，找尋現代詩中抒情的聲音，由於「興」體式的嫵媚，全因為它說出了不同領域的「物」，擺在一起產生對應關係時的神奇性。詩到唐代，產生許多情景交融的傑作，但詩經裡「興」之妙，是妙在不必交融，而是對應，裡面沒有優劣美醜之分，差別在於甚麼物件擺在甚麼東西的旁邊，而令彼此有了意義。參見翁文嫻（1994）：〈「興」之涵義在現代詩創作上的思考〉，《臺灣詩學季刊》，第七期。

[30]　王文興（1980）：〈北斗行序〉，《北斗行》，臺北：洪範，頁3。

[31]　孫康宜（2001）：《抒情與描寫：六朝詩歌概論》，臺北，允晨文化實業公司，頁8。

[32]　張芬齡、陳黎（2000）：〈楊牧詩藝備忘錄〉，《臺灣現代詩經緯》，臺北：聯合文學出版社，頁245。

　　賴芳伶是首位矚目楊牧創作與中國抒情傳統關係的學者，她指出：「豐厚累積的西方藝文訓練，很早就讓楊牧反思中國抒情傳統的寬廣、深邃、乃至密度，效用……等等問題。這些考量涉及，怎樣才能使詩人的主觀自我和詩篇的客觀表現結合對應，並蓄釀普遍，超越的美學和道德潛力。而他所找到的『戲劇的獨白體式』，（包括建立故事情節以促成其中的戲劇效果，以及無懈於細部的掌握……），適能滿足他在特定的時空語境裡抒情言志的動機。」[33] 不僅如此，楊牧重視「抒情過程」，要掌握剎那、即時而又不能分割的經驗的全貌，在語言的結構與形式上，當語言文字不足以具體描繪、代表抒情美感經驗的全體，他善於轉而用種種的象徵間接來掌握、烘襯此一美感經驗[34]。

　　在建構抒情傳統的過程中，詩人為了能在極短的時間內產生動人的效果，其選取的題材必須是要相當熟悉而普遍的景致、人物、事件或典故[35]。楊牧在《一首詩的完成》中就明確道出他對用典的看法：

33　賴芳伶（2005）：〈孤傲深隱與曖昧激情──試論《紅樓夢》和楊牧的〈妙玉坐禪〉〉，《東華漢學》，第 3 期，2005 年 5 月，頁 307-308。

34　鄭毓瑜指出，抒情詩「引譬援（連）類」的認識或推論模式，並不僅僅流行於先秦至於兩漢，而是中國人思維的一種根本型態，從互文性的角度思考，「引譬援（連）類」應當是華語現代詩創作與閱讀脈絡中，不容忽視的內涵之一。參看鄭毓瑜（2003）：〈詮釋的界域──從〈詩大序〉再探「抒情傳統」的建構〉，《中國文哲研究集刊》，第二十三期〔2003 年 9 月〕，臺北：中央研究院中國文哲研究所，頁 1-32。

35　蔡英俊（1982）：〈抒情精神與抒情傳統〉，收錄於氏編《中國文化新論‧文學篇一：抒情的境界》，臺北：聯經，頁 102-106。

潛心古典以發現藝術的超越，未始不是詩人創作的必要條件……古典就是傳統文學裡的上乘作品，經過時間的風沙和水火，經過歷代理論尺度和風潮品味的檢驗，經過各種向度的照明，透視，甚至經過模仿者的摧殘，始終結實地存在的彷彿顛撲不破的真理，或者至少是解不開的謎，那樣莊嚴，美麗，教我們由衷地喜悅，有時是敬畏，害怕，覺得有些恐懼，但又不是自卑，是一種滿足。[36]

楊牧認為，把握典故的莊嚴美麗，無異為創作者點出目標、高度與位置，也使得創作的過程充滿了緊張、焦慮與憂鬱，但同時伴隨著無窮的快樂。

陳黎與張芬齡注意到〈延陵季子掛劍〉一詩中，楊牧以第一人稱的手法將個人情感與歷史事件交融，所表述的並不僅止於春秋時代季札與徐國國君之間一段情誼與信義，其中抒發世事變遷與滄桑的感嘆，以及孔門儒者迫於現實而與理想漸行漸遠的無奈與幻滅[37]。然而要能從抒情傳統與敘事間的交互影響角度，深入〈延陵季子掛劍〉一詩，恐怕還是要憑藉楊牧的夫子自道：

想到友情然諾的主題，自覺可以權且進入季子的位置，扮演他在人情命運的關口想當然所以必然的角色，襲其聲音和形容，融會他的背景，經驗，直接切入他即臨當下，發抒他的感慨，亦詩以言志之意。這個寫法雖然未脫詩言志

---

[36] 參見楊牧（1989）：《一首詩的完成》，臺北：洪範書店，頁28。

[37] 張芬齡、陳黎（2000）：〈楊牧詩藝備忘錄〉，《臺灣現代詩經緯》，臺北：聯合文學出版社，頁245。

的古訓，卻因為所言實為我姑且設定乃是延陵季子之志，
就與平常我們創作抒情詩的路數有異，其發生的動力乃是
以客體縝密的觀察以一般邏輯為經，以掌握到主觀神態與
聲色的綱要為緯，於是在二者互動的情況下推展一個或簡
或繁的故事情節，亦即是它富有動作的戲劇事件[38]。

楊牧採取了詩言志的抒情傳統，又以敘事的氣味開展一則介於史
實與虛構的故事，自此楊牧不斷推陳出新，挪用「典故」，有意
續作、翻案、想像或曲折，不只是新奇的意象。

　　賴芳伶整合紅樓夢研究、中國文學抒情傳統理論以及德勒茲
（Deleuze Gilles, 1925-1995）「游牧精神」的觀點，分析楊牧的
〈妙玉坐禪〉一詩，應當是目前楊牧研究中最為深刻、細膩與抒
情意涵的論文。由於妙玉是《紅樓夢》的讀者並不陌生的小說人
物，妙玉的「孤傲深隱」與「曖昧激情」形成了人格的二元性，
看似矛盾，也成為故事中最耐人尋味的衝突點。賴芳伶指出：

　　「妙玉坐禪」或可謂心思極小，但它所映現的宇宙，何嘗
　　不廣袤幽深？楊牧說這首詩揭示了一個表面上冰清玉潔的
　　女尼，終究不能壓抑內心洶湧的狂潮，為愛慾雜念百般折
　　磨，受苦，以至於不能安於禪修，走火入魔；而他回顧自
　　己那許多年中的創作，確實是有這樣一種「傾向厄難的著
　　眼」，不免愕然。他當然也探求過快樂和崇高的主題，迄

---

[38]　楊牧（2004）：〈從抽象到疏離：那裡時間將把我們遺忘〉，《聯合
　　報》，聯合副刊，2004 年 12 月 28-30 日。

今依舊強調：詩的功能就是以自覺、謹慎的文字，起悲劇事件於虛無絕決，賦與人莊嚴回生，洗滌之效[39]。

另一方面，當楊牧透過結合敘事、抒情詩的戲劇化處理，過濾掉小說中恐怖戰慄的質素，專注在事件的聲色描寫，以及矛盾情感的抒發，詩人精心經營的形式就顯得意義非凡。

在賴芳伶的分析中，楊牧的〈妙玉坐禪〉一方面可以包含理、勢的運用，另一方面，還用來敘事，和表現戲劇張力。楊牧再一次運用了「戲劇獨白體」，以第一人稱位置模擬妙玉的語氣與心情，逐步去揭發妙玉的心理層次，更為她個別的動作找尋事件情節的依據，甚至暗中串連種種前因後果，使這些繁複的質素，得以交集在某一舞臺的當下[40]。換言之，楊牧的「戲劇獨白體」引入強而有力的敘事結構，彰顯了一種新穎的抒情，也就是虛構的、新神話的乃至於心理分析式的情感抒發。

事實上，楊牧在抒情傳統的開展上，不僅僅是文學用典，更與古典文本的次文類、詩歌傳統或是歷史事件相互對話，乃至辯證，他時時在召喚讀者，透過他的作品與古人互動，以強而有力的創意使作品保持動態，使讀者與文化能在一首詩中互動，進而成為意義的參與者[41]。

---

[39]　賴芳伶（2005）：〈孤傲深隱與曖昧激情——試論《紅樓夢》和楊牧的〈妙玉坐禪〉〉，《東華漢學》，第 3 期，2005 年 5 月，頁 309。

[40]　同前註。

[41]　黃麗明著、詹閔旭、施俊州譯（2015）：《搜尋的日光：楊牧的跨文化詩學》，臺北：洪範，頁 98。

伍、集詩言志與詩筆化雙重特質的散文書寫

　　楊牧鍾情於散文創作，結集出版者計有：《葉珊散文集》、《年輪》、《柏克萊精神》、《搜索者》、《交流道》、《飛過火山》、《山風海雨》、《一首詩的完成》、《方向歸零》、《疑神》、《星圖》、《亭午之鷹》、《昔我往矣》、《奇萊前書》、《人文蹤跡》與《奇萊後書》等 16 種。共可分為四類型，第一類，以抒情為其主旋律，主題廣博，或抒情，或寫景，或憶人，或詠物，例如《葉珊散文集》、《搜索者》、《亭午之鷹》。第二類，以論述見長，如《柏克萊精神》之評論現實，又如《交流道》、《飛過火山》等，為報刊專欄裁製的雜文系列，可望見楊牧的入世情懷。第三類，為自傳散文，以《山風海雨》、《方向歸零》、《昔我往矣》等三書為代表，後合輯為《奇萊前書》，與《奇萊後書》相輝映，是自傳體散文的傑作。第四類，從《年輪》、《疑神》到《星圖》等書，則充滿哲理的思辯，書寫內心世界的冥想，反覆叩問文學創作、生死、信仰與生命的諸般難題[42]。郝譽翔就大膽指出，第一、二大類不出傳統散文的範疇，但是第四類如《年輪》、《星圖》等，顯然是散文朝向詩體靠攏，而第三類自傳體散文，則融合小說的敘事技巧。顯示出楊牧不斷以創作與實驗來擴張散文的文體界線，證明散文

---

[42] 何寄澎（1998）：〈「詩人」散文的典範──論楊牧散文之特殊格調與地位〉，《臺大中文學報》，第十期，1998 年 5 月，頁 115-134。以及陳芳明（1999）：〈孤獨深邃的浪漫象徵：楊牧的詩與散文〉，《中國時報》「人間副刊」，1999 年 12 月 17 日。

確實具有無限的彈性。[43]

　　何寄澎給予楊牧散文相當高度的評價，認為其散文不僅止於「詩體的模仿」，如古典散文之「集合文筆兩種特徵」，散文直接向新詩援引技巧、改頭換面，以塑造新的散文[44]。更讚譽楊牧為「詩人散文家」，從詩言志的身分論，到詩筆化入散文的形式論，其優點為：

> 楊牧一生自我追求之典範為西方文藝復興人、中國古代知識分子、西方浪漫主義者、中國文學傳統中真正的「詩人」，這在現代散文各家中絕無僅有。……其為現代文學中「詩人」散文之典範，固不僅在其技法形式，更在其內涵、肌理、人格、精神。其文即其人，其人即其文，以跌宕的聲韻、華美的意象、譎詭的比喻、錯綜的思維，詮釋生命、詮釋理想和挫折、奮鬥和幻滅，並且不斷砥礪自我，提升自我；透過文字的描摹轉化生命的真誠，有血有肉，這才是楊牧「詩人散文」之精義。[45]

何寄澎並以「以經解經」的方法，分析與詮釋楊牧《亭午之鷹》

---

[43] 郝譽翔（2000）：〈浪漫主義的交響詩：論楊牧《山風海雨》、《方向歸零》、《昔我往矣》〉，《臺大中文學報》，第 13 期，2000 年 12 月，頁 184。

[44] 何寄澎（1991）：〈永遠的搜索者——論楊牧散文的求變與求新〉，《臺大中文學報》，第四期，1991 年 6 月，頁 144-147。

[45] 何寄澎（1998）：〈「詩人」散文的典範——論楊牧散文之特殊格調與地位〉，《臺大中文學報》，第十期，1998 年 5 月，頁 20。

之前，四十年的散文創作，是研究楊牧散文不容錯過的經典批評文獻。[46]

　　就楊牧抒情散文的評論，陳芳明進行過精闢的分析，指出楊牧早期散文，呈露纖細敏銳的情感，浪漫主義精神的影響下，似乎人間的任何事物都可以引起無盡的感動。然而楊牧並不執著於表象的描述，而是在庸俗的現實中不斷挖掘出深刻的意義。陳芳明強調：「收在《葉珊散文集》的〈給濟慈的十二信〉一輯，便是在生活經驗裡體會人生真與美的存在。年少時期就有如此透視的能力，過早地預告了一位青年作家的成熟。真與美的憧憬，在早年時期大約是屬於愛情的追求。但是，他並不停止在情緒宣洩的層面。他已經學習到如何自我過濾、自我沈澱，使靈魂的悸動化為一種生命的昇華。」[47]

　　求新求變的楊牧，在《年輪》中進行了散文形式的巨大實驗，在《柏克萊精神》中積極介入社會和人世的關懷，使葉珊轉型成為楊牧，年少的浪漫情感得以沉潛和提升，進一步在《搜索者》一書中步向成熟，對世事的洞明和人情的體察都趨向成熟。鍾怡雯以相當周延的分析，提醒讀者：

> 《搜索者》裡實隱藏了多本散文的伏線：〈科學與夜鶯〉裡對宇宙的好奇，思索科學與文學二者之間如何可能，日後發展為《星圖》；《疑神》則是對神人關係的探詢，並摻雜了大量的議論和辯駁，其中掉書袋的現象在《搜索

---

[46] 同上註，頁 115-132。

[47] 陳芳明（1999）：〈孤獨深邃的浪漫象徵：楊牧的詩與散文〉，《中國時報》「人間副刊」，1999 年 12 月 17 日。

者》亦已發端；三本文學自傳《山風海雨》、《方向歸
零》和《昔我往矣》則延續《搜索者》搜索的精神，去追
尋自己的文學歷程，從文學傳記中探索一個文學心靈的長
成。[48]

也啟發的散文研究者注意到，楊牧提倡「寫一篇很長很長的散
文」，打破散文體式的限制，跨越小說、散文與詩的界限[49]，較
為成功嘗試的起點，當推《搜索者》一書。而在同期的散文中，
屬於雜文性質的《交流道》與《飛過火山》，一向就比較缺乏評
論者重視與評價。

　　楊牧的自傳體散文《奇萊前書》與《奇萊後書》是創作的高
峰，備受研究者重視。郝譽翔認為，藉由事件交織的繁複結構，
反覆映現現實與歷史中令人「抑鬱和懷疑」的精神面向，使得這
一系列自傳散文宛如一則寓言小說，涵融土地、種族、歷史、政
治、詩等等的矛盾、對立與複雜的辯證。郝譽翔直指《奇萊前
書》不僅只是詩人的自傳，而是楊牧指涉臺灣族群政治歷史的寓
言之作。從寫作的形式上她強調：「因為敘事觀點的特殊，《山
風海雨》形同小說，更宛如普魯斯特《追憶似水年華》，以文字
穿越時空，構設出一個遠超乎孩童所能感受的縝密、精緻、細緻

---

[48]　鍾怡雯（2004）：〈無盡的搜尋——論楊牧《搜索者》〉，《無盡的追
　　　尋：當代散文的詮釋與批評》，臺北：聯合文學出版社，頁98。

[49]　楊牧在《年輪》〈後記〉中自述要採取「寓言和比喻」的形式，「寫一
　　　本完整的書，一篇長長的長長的散文，而不是許多篇短短的短短的散
　　　文」並欲借此探索人類「表裡差異的問題」。參見楊牧（1982）：〈後
　　　記〉，《年輪》，臺北：洪範書店，頁177-182。

的場景、氣味、聲音與色彩。」[50]突顯出楊牧在散文寫作上的實驗性格與前衛手法。

鍾怡雯更進一步分析，在楊牧的自傳散文中，也包含了向前行作家致意，甚或是將自己的創作與傳統以及經典相聯繫的意涵，其中最值得矚目的是楊牧與沈從文的連結。鍾怡雯發現：

> 或許，沈從文可視為文學啟蒙的來源之一。〈胡老師〉首先是對胡老師的追憶，透過〈胡老師〉牽引出沈從文，然而〈胡老師〉並不止於記人。此文放在《昔我往矣》，是楊牧隔著時間長河跟沈從文的對話，如此曲折，如此繁複，那是楊牧的散文美學，「文章寫得簡潔不難，但要寫得意思複雜，文采豐富則相當困難。」[51]

事實上，過去的評論者多指楊牧的浪漫主義精神繼受於英美文學，但從鍾怡雯的發現中，啟迪了後續的研究者，楊牧與新文學浪漫派的大師沈從文都重視田園抒情，但是在就書寫主題的世界性、介入現實以及哲理的思辯上，仍存有一定的距離。不過透過作品，楊牧希望與沈從文遙遙對話，不無在未來成為研究楊牧的新焦點。

---

[50] 郝譽翔（2000）：〈浪漫主義的交響詩：論楊牧《山風海雨》、《方向歸零》、《昔我往矣》〉，《臺大中文學報》，第 13 期，2000 年 12 月，頁 170。

[51] 鍾怡雯（2012）：〈文學自傳與詮釋主體──論楊牧《奇萊前書》與《奇萊後書》〉，收錄於陳芳明編《詩人楊牧：練習曲的演奏與變奏》，臺北：聯合文學，頁 399-421。

　　楊牧哲理散文的書寫中，《一首詩的完成》深入詩創作的各個層面，展現詩人創作論的深度與廣度。《疑神》與《星圖》則都傾向哲學與抽象概念為討論的核心，《疑神》質疑宗教、權威乃至政治的結構體系，有以美學取代宗教的觀念與視野。《星圖》延續《年輪》對表裡差異的關注，以文字試探生育與死亡的本質，過程，及其美學效應[52]。李奭學從比較文學的角度出發，更能揭示楊牧在《星圖》一書底蘊的深刻：

> 全書伊始略如但丁《神曲》的開場，發話者向森林裡迷失的夢中情人坦承自己即將遠行。他要去的是慕念已久的一個「想像世界」，是蘊藏荷馬與維吉爾的西方古典，也是騎士雲集吶喊震天的中世紀戰場，更是涵蓋濟慈與葉慈等人心靈的現代浪漫。……發話者實則在借比詩人的過去，其細節甚至可以溯至料羅灣的年代，以及他穿越時空遙寄濟慈的〈綠湖的風暴〉。繞過半個地球，渡過數十年的時地後，發話者為詩人所作的生命續航居然像那尾雪虹鱒在回溯自己文學天地的濫觴源始。[53]

從這一系列的哲理思辯中，楊牧以作品抵抗後現代浪潮中解構真理與輕視語言的觀念，趨向創作的核心：抱負、生命、反抗與愛美，以書寫召喚讀者重新信任文字、語言與文學，進而使人們願

---

[52]　何雅雯（2001）：《創作實踐與主體追尋的融攝：楊牧詩文研究》，國立臺灣大學中國文學研究所碩士論文，頁101。

[53]　李奭學（2004）：〈雪虹鱒的旅程——評楊牧著《星圖》〉，《書話臺灣：1991-2003文學印象》，臺北：九歌出版社，頁222。

意堅持追求真善美，使人們堅持懷疑權威與結構，以知識分子的良知與道德前行。

　　楊牧在散文創作之餘，也寫作大量的文學研究與評論文字，其中不乏建構散文理論的論述。沈謙在評楊牧《文學的源流》一書中，就特別注意到其中有大量的篇幅專注在散文的評析與探討，發現楊牧從歷史源流的角度考察二十世紀的散文發展，其散文美學雖以現代文學為研究重心，卻明顯地以傳統古典與覆按和嚮導[54]。後續研究楊牧散文創作者，不妨先研究其散文理論，應能更理解楊牧創作的理論與美學理念。

陸、楊牧學建構之展望

　　楊牧筆耕不輟，2013 年又出版詩集《長短歌行》，可見研究者與評論者又有更多曲折深邃的詩作，等待詮釋與解讀。也使得「楊牧學」的建構，增添了更多的挑戰與內涵。

　　在眾多的評論中，多集中在楊牧浪漫詩人的特質上。誠然楊牧服膺雪萊，因其彰顯了挑戰權威、反抗苛政與暴力的革命精神；他推崇葉慈，因為其得十九世紀初葉所有浪漫詩人的神髓。然而楊牧崛起於現代主義興起的 1960 年代臺灣文壇，佘佳燕在詮釋其早期詩作〈瓶中稿〉時，就以現代主義美學的角度展現之[55]。其後，謝旺霖則是少數以「現代主義」美學，以系統的詮

[54]　沈謙（1992）：〈探索現代散文的源流：評楊牧《文學的源流》〉，《書本就像降落傘》，臺北：黎明文化公司，頁 134。

[55]　佘佳燕（2004）：〈每一片波浪都從花蓮開始──楊牧〈瓶中稿〉的現代主義美學〉，《創世紀》，第 138 期，2004 年 3 月，頁 142-154。

釋，分析楊牧創作中更多元的屬性和特質，也較能完整的指涉和
觀照大師的創作[56]。事實上，曾珍珍在解讀楊牧〈論詩詩〉
（1995 年）時，也力主：

> 透過肯定的聲音，楊牧說明了懂得讀詩的人如何透過詩的
> 具象細節探入自然美學概念：「詩本身不僅發現特定的細
> 節／果敢的心通過機伶的閱讀策略／將你的遭遇和思維一
> 一擴大／渲染，與時間共同延續至永遠／展開無限，你終
> 於警覺／唯詩真理是真理規範時間」。面對解構思潮的衝
> 擊，楊牧選擇固守現代主義（high modernism）的美學信
> 仰。[57]

尤其近來楊牧詩作中頗有表現主義的抽象美感，如何以更多元的
美學觀點評論楊牧，應當是後續研究者可開展的道路。
　　楊牧在翻譯上也著有成績，舉凡早期翻譯西班牙詩人洛爾伽
（Federico Garcia Lorca, 1898-1936）的《西班牙浪人吟》，或在
1997 年以後陸續出版的《葉慈詩選》、《英詩漢譯集》等，都
展現了楊牧精湛的翻譯與詩藝，然而研究者較少注目於此一領域
[58]。吳潛誠評論：「楊譯《葉慈詩選》不但克服了忠實傳達原著

56　謝旺霖（2009）：《論楊牧的「浪漫」與「臺灣性」》，國立清華大學
　　臺灣文學研究所碩士論文。

57　曾珍珍（2003）：〈生態楊牧──析論生態意象在楊牧詩歌中的運
　　用〉，《中外文學》，第 31 卷第 8 期，2003 年 1 月，頁 184。

58　曾經評論楊牧翻譯作品的文獻並不多，可參考：陳黎（1996）：〈有人
　　問楊牧‧翻譯的問題〈西班牙浪人吟〉、〈自我靈魂的對話〉〉，《聯

之意義的困難，而且還散發出獨特的文字魅力。不遜於詩人自己創作的中文詩句。」[59]吳潛誠強調楊牧能以豐厚的中、英文學素養，掌握節奏、韻律與文義脈絡，可供讀者細心比對。此外，楊牧所翻譯詩歌，往往與其創作有互文關係，例如洛爾伽的詩作與詩人之死，直接影響了楊牧詩集《禁忌的遊戲》中的同名詩組，轉喻哀嘆臺灣的白色恐怖與政治禁忌，還有待熟悉西班牙文學與臺灣文學的研究者加以比較與闡釋。

　　近年來研究者開始重視中國文學抒情傳統在現代文學創作的影響，也試圖分析抒情作為華文文學現代性，以及現代主體建構上的又一面向[60]。而目前除了賴芳伶以抒情傳統角度進行楊牧的詩篇詮釋，有關《詩經》對楊牧的影響，以及楊牧系列以古典為題材的長詩中，如何保有抒情的意涵，轉化敘事的元素，應當都是在「楊牧學」的建構上相當具有挑戰性的議題。

　　楊牧既是詩人、散文家、翻譯家與評論家，又兼擅編輯與出版，作為文壇典律化的守門人，楊牧在文學社會學上的影響力，還有待更進一步的發掘與探索。尤其他自詡為中國健全的知識分

合報》，1996 年 9 月 13 日，37 版。彭鏡禧（1997）：〈《中國時報》〈開卷周報〉拒／懼刊的投書——再談楊牧《葉慈詩選》的三處翻譯〉，《中外文學》，第 26 卷第 2 期，1997 年 7 月，頁 164-168，曾珍珍（2009）：〈雝雝和鳴——楊牧談詩歌翻譯藝術〉，《人籟論辯月刊》，第 57 期，2009 年 2 月，頁 40-46。

59　吳潛誠（1997）：〈假面之魅惑——楊牧翻譯《葉慈詩選》〉（上、下），《中國時報》，1997 年 4 月 2-3 日，27 版。

60　王德威（2008）：〈「有情」的歷史——抒情傳統與中國文學現代性〉，《中國文哲研究集刊》，臺北，第三十三期，2008 年 9 月，頁 77-137。

子，和歐洲文藝復興人傳下的典型，研究其繁華如星斗的文字，研究其真摯又獨立的人格，對每一個進入他浪漫世界的評論者而言，固然會迂迴在他孤獨而深刻的心靈旅程，也會隨著深入旅程，更體會到真與美的極致，這是「楊牧學」建構上最迷人的風景。

引用書目

王文興（1980）：〈北斗行序〉，《北斗行》，臺北：洪範。

王德威（2008）：〈「有情」的歷史——抒情傳統與中國文學現代性〉，《中國文哲研究集刊》（臺北：中研院），第三十三期，2008 年 9 月。

向陽（2005）：〈《傳說》楊牧的詩 沿波討源，雖幽必顯〉，《認識臺灣作家的二十堂課》，桃園：中央大學。

何寄澎（1991）：〈永遠的搜索者——論楊牧散文的求變與求新〉，《臺大中文學報》，第四期，1991 年 6 月。

何寄澎（1998）：〈「詩人」散文的典範——論楊牧散文之特殊格調與地位〉，《臺大中文學報》，第十期，1998 年 5 月。

何雅雯（2001）：《創作實踐與主體追尋的融攝：楊牧詩文研究》，國立臺灣大學中國文學研究所碩士論文。

佘佳燕（2004）：〈每一片波浪都從花蓮開始——楊牧〈瓶中稿〉的現代主義美學〉，《創世紀》第 138 期 2004 年 3 月。

吳明益（2003）：〈書寫自然的幽微天啟〉，收錄於吳明益主編《臺灣自然寫作選》，臺北：二魚文化。

吳潛誠（1997）：〈假面之魅惑——楊牧翻譯《葉慈詩選》〉（上、下），《中國時報》，1997 年 4 月 2-3 日，27 版。

李令儀（2002）：〈張惠菁用心寫「楊牧」：傳記出版 葉步榮憶往 少年楊牧會為苦悶請假〉，《聯合報》，2002-11-09，14 版。

李奭學（2004）：〈雪虹鱒的旅程——評楊牧著《星圖》〉，《書話臺灣：1991-2003 文學印象》，臺北：九歌出版社。

沈謙（1992）：〈探索現代散文的源流：評楊牧《文學的源流》〉，《書本就像降落傘》，臺北：黎明文化公司。

奚密（2003）：〈抒情的雙簧管——讀楊牧近作《涉事》〉，《中外文學》，第 31 卷第 8 期，2003 年 1 月。

孫康宜（2001）：《抒情與描寫：六朝詩歌概論》，臺北，允晨出版社。

翁文嫻（1994）：〈「興」之涵義在現代詩創作上的思考〉，《臺灣詩學季刊》，第七期。

郝譽翔（2000）：〈浪漫主義的交響詩：論楊牧《山風海雨》、《方向歸零》、《昔我往矣》〉，《臺大中文學報》，第 13 期，2000 年 12 月。

郝譽翔（2009）：〈因為「破缺」，所以完美——訪問楊牧〉，《聯合文學》，2009 年 1 月號。

張芬齡、陳黎（2000）：〈楊牧詩藝備忘錄〉，《臺灣現代詩經緯》，臺北：聯合文學出版社。

張惠菁（2002）：《楊牧》，臺北：聯合文學。

陳世驤（1972）：〈中國的抒情傳統〉，收錄於氏著《陳世驤文存》，臺北：志文。

陳芳明（1998）：〈永恆的鄉愁〉，《第一屆花蓮文學研討會論文集》（花蓮，花蓮縣立文化中心）。

陳芳明（1999）：〈孤獨深邃的浪漫象徵：楊牧的詩與散文〉，《中國時報》「人間副刊」，1999 年 12 月 17 日。

陳思和（1990），〈中國新文學發展中的浪漫主義〉，《中國新文學整體觀》，臺北：業強出版社。

陳國恩（2000）：〈緒論〉，《浪漫主義與 20 世紀中國文學》，安徽合肥：安徽教育出版社。

陳黎（1996）：〈有人問楊牧・翻譯的問題〈西班牙浪人吟〉、〈自我靈魂的對話〉〉，《聯合報》，1996 年 9 月 13 日，37 版。

陳錦標（1994）：〈又見楊牧〉，《更生日報》，1994 年 8 月 13 日，11 版。

彭鏡禧（1997）：〈《中國時報》〈開卷周報〉拒／懼刊的投書——再談楊牧《葉慈詩選》的三處翻譯〉，《中外文學》，第 26 卷第 2 期，1997 年 7 月。

曾珍珍（2003）：〈生態楊牧——析論生態意象在楊牧詩歌中的運用〉，《中外文學》，第 31 卷第 8 期，2003 年 1 月。

曾珍珍（2009）：〈雕雕和鳴——楊牧談詩歌翻譯藝術〉，《人籟論辯月

刊》，第 57 期，2009 年 2 月。

須文蔚（2003）：〈回故鄉創生人文精神的詩人——訪前東華大學人文社
　　會科學院院長楊牧〉，《文訊雜誌》，第 216 期，10 月。

黃麗明著、詹閔旭、施俊州譯（2015）：《搜尋的日光：楊牧的跨文化詩
　　學》，臺北：洪範。

楊牧（1982）：〈後記〉，《年輪》，臺北：洪範書店。

楊牧（1986）：〈後記〉，《完整的寓》，臺北：洪範書店，頁 152。

楊牧（1986）：〈後記——詩為人而作〉，《有人》，臺北：洪範書店。

楊牧（1989）：《一首詩的完成》，臺北：洪範書店。

楊牧（2004）：〈從抽象到疏離：那裡時間將把我們遺忘〉，《聯合報》，
　　「聯合副刊」，2004 年 12 月 28-30 日。

葉維廉（1979）：〈葉珊的《傳說》〉，《從現象到表現：葉維廉早期文
　　集》，臺北：東大圖書公司，1994 年 7 月。

劉益州（2011）：《意識的表述——楊牧詩作中的生命時間意涵》，逢甲
　　大學中國文學所博士論文。

蔡英俊（1982）：〈抒情精神與抒情傳統〉，收錄於氏編《中國文化新
　　論・文學篇一：抒情的境界》，臺北：聯經。

鄭毓瑜（2003）：〈詮釋的界域——從〈詩大序〉再探「抒情傳統」的建
　　構〉，《中國文哲研究集刊》，第二十三期〔2003 年 9 月〕，臺
　　北：中央研究院中國文哲研究所。

賴芳伶（1994）：〈楊牧山水詩的深邃美——以〈俯視——立霧溪一九八
　　三〉和〈仰望——木瓜山一九九五〉為例〉，《第五屆現代詩學研
　　討會論文集——現代詩語言與教學》，彰化：彰化師範大學國文學
　　系。

賴芳伶（2005）：〈孤傲深隱與曖昧激情——試論《紅樓夢》和楊牧的
　　〈妙玉坐禪〉〉，《東華漢學》，第 3 期，2005 年 5 月。

謝旺霖（2009）：《論楊牧的「浪漫」與「臺灣性」》，國立清華大學臺
　　灣文學研究所碩士論。

鍾怡雯（2004）：〈無盡的搜尋——論楊牧《搜索者》〉，《無盡的追
　　尋：當代散文的詮釋與批評》，臺北：聯合文學出版社。

鍾怡雯（2012）：〈文學自傳與詮釋主體──論楊牧《奇萊前書》與《奇
　　萊後書》〉，收錄於陳芳明編《詩人楊牧：練習曲的演奏與變
　　奏》，臺北：聯合文學。

Yeh, Michelle & Sze, Arthur (2003). Frontier Perspectives: Yang Mu, Ya Xian,
　　and Luo Fu, *Manoa: A Pacific Journal of International Writing*, Vol. 15,
　　No.1. pp. 26-37. 中譯見奚密，葉佳怡譯：〈楊牧斥堠：戍守藝術的
　　前線，尋找普世的抽象性──二〇〇二年奚密訪談楊牧〉，《新地
　　文學》，2009 年第 10 期。

世界文學空間裡的楊牧

國立中興大學臺灣文學與跨文化研究所特聘教授
邱貴芬

摘　要

　　「我們使用漢文字，精確地，創作臺灣文學。」這是楊牧在 2013
年 Newman Award 的得獎致詞的結語，引述了他在 2004 年所作〈臺灣
詩源流再探〉的主張，這段致詞裡也展現了楊牧文學的三大核心概念：
「現代感」（modernity）、「世界感」（cosmopolitanism），以及「漢
文學傳統的傳承」。本文以阿根廷作家伯赫士（Jorge Luis Borges）談論
阿根廷文學傳統以及墨西哥作家 Octavio Paz 1990 年諾貝爾文學得獎致
詞〈尋找「現在」〉作為參照，探討楊牧如何透過他所主張的三大臺灣
文學創作核心概念，介入世界文學「該然」（normativity）的打造過程
與時間。這位臺灣詩人，如何以他的文學實踐召喚臺灣文學、漢字文
學、以及世界文學「不可預見的未然」（the unforeseeable future-to-
come），轉化位居世界文學邊緣（periphery）的臺灣文學成為世界文學
的前沿（frontier）的利基？在楊牧的文學實踐裡，我們看到了臺灣文學
獨特的「創造世界」（world-making）的潛能，而這樣的潛能，正是
「世界文學」之為「世界」文學的要件。而這也是奚密所說的 "game-
changer" 楊牧帶給臺灣文學的啟示。楊牧不僅為漢文學創造了一個嶄新
的「世界」，也為臺灣文學創造了「世界」。

關鍵詞：臺灣文學　漢文學　全球化

前言、世界文學作家楊牧

對，沒有錯，我為臺灣創造一個文學，其實我想把漢
字……擺在一個最好的位置，來創造臺灣的文學。可是我
真的在想的，是我要創造的是文學，不見得就是這個文
學、那個文學，我想文學其實不是這樣分的，我們在外文
系或中文系，因為為了上課方便，把文學分成這個文學、
那個文學，魏晉南北朝文學……，可是我想我們在創作，
在……討論文學的時候，文學最後應該是一個更 universal
（普世）的東西，更普遍的東西，這是我的信念，而且也
是我從今以後，再下去，假如我還要做，能夠要做的時
候，一定是根據這樣的一個信念在做，謝謝。（楊牧，
2000）

　　這是詩人楊牧在 2000 年獲頒國家文藝會文學獎的典禮致
詞，清楚昭示他的文學觀。在他的信念裡，「文學」是超越疆界
的。作為一個以漢字為創作語言的作家，楊牧是臺灣作家，但也
是華文作家、世界文學作家。
　　「世界文學」這個名詞，通常溯源到德國作家歌德在
1827 年的談話。「世界文學」的概念在 1950 年代於美國學界逐
漸興盛，最初以西方經典文學為其主要範圍，但後來這樣的歐洲
或是西方中心主義備受質疑，「世界文學」的地理範圍逐漸擴
大，「世界文學」的各種理論和辯論，在「全球化」風潮的推波
助瀾之下，成為文學研究者關注的對象（Damrosch 2003,
Casanova 2004, Moretti 2013, Apter 2013, Cheah 2016）。儘管學

者對於「世界文學」的明確意涵，並無共識，但是空間跨界的移動（Damrosch 2003, Casanova 2004, Moretti 2013），以及文學作為一種「創造世界」的力量（Apter 2013, Cheah 2016），是關鍵議題。本文探討世界空間裡的楊牧，也就從這兩個面向來進行。

　　就空間而言，世界文學的作品通常超越產地的地理侷限，而在異地、其他文化場域，引發讀者迴響。Damrosch 如此定義世界文學：「一部作品只有在另一個有別於它原產文化的文學系統裡發生作用，才算真正具有世界文學的生命」（A work only has an effective life as world literature whenever, and wherever, it is actively present within a literary system beyond that of its original culture）（2003: 4）。換句話說，「世界文學」並非世界上所有文學的總和。「世界文學」的範圍只包括那些在空間上移動，超越原初生產地的作品（I take world literature to encompass all literary works that circulate beyond their culture of origin, either in translation or in their original language）（Damrosch 2003, 4）。這並不表示說，堪稱「世界文學」的作品必然比「在地文學」更重要、品質更高（Chiu 2018）。但是，作為「世界文學」的作品既然必須在不同的文化空間中穿梭，與異文化的協商，便成為此類作品的一大特色，這樣的協商愈成功，作品在不同文化的文學系統裡起的作用愈大，作品在世界文學空間裡的生命也就愈活潑。

　　然而，「世界文學空間裡的生命」有具體的衡量指標嗎？世界文學既涉及空間的旅行和異文化的接受度，翻譯當然是一個重要的指標，然而卻非唯一的指標。道理很簡單：許多英語系國家的作品在各國流通，廣被閱讀，並不一定須要翻譯。英國文學的

許多經典作品，不見得在各國都有翻譯版，但由於英文為全球流通的強勢語言，這些作品以原文（英文）在全球文學體系裡被閱讀、詮釋、演繹，比比皆是。除此之外，作品即便有譯本，並不表示就有讀者，更不代表作品得以在世界文學的空間裡旅行，並獲得新的生命力。顯然除了「翻譯」之外，我們還需要其他的「指標」。我在一篇即將正式刊出的期刊論文裡提到，「世界文學」的認定，不應單取決於評論者個人主觀的認定和詮釋，而應有一個相對客觀的「指標」，我稱之為國際認知指標（international recognition index），我也在那篇論文裡說明，那套量化指標相顯示楊牧在世界文學空間裡活動的情形（Chiu 2018）。底下的表格中的各項資料可能尚有遺漏，但已大致勾勒了楊牧作為世界文學作家的輪廓（Chiu 2018）：

楊牧	
作品外譯情形	1. 英文 Forbidden Games and Video Poems: The Poetry of Yang Mu and Lo Ch'ing. Translated by Joseph R. Allen. (Seattle and London: University of Washington Press. 1993.) *No Trace of the Gardener: Poems of Yang Mu*, trans. by Lawrence R. Smith and Michelle Yen (Yale University Press, 1998) *Memories of Mount Qilai*, trans. by John Balcom and Yingtsih Balcom (Columbia University Press, 2015) *The Completion of a Poem*, trans. by Lisa Lai-ming Wong (Brill, 2017) 2. 法文 Quelqu'un m'interroge a propos de la verite et de la

	justice, trans. by Angel Pino and Isabelle Rabut (You-Feng, 2004) 3. 德文 *Patt beim Go*, trans. by Susanne Hornfeck and Jue Wang (汪珏) (A1 Verlag, 2002) *Die Spinne, das Silberfischchen und ich: Pinselnotizen*, trans. by Susanne Hornfeck, Jue Wang (汪珏) (A1 Verlag, 2013) 4. 義大利 *Sono venuto dal mare*, trans. by R. Lombardi (Castelvecchi, 2017) 5. 日文 カッコウアザミの歌：楊牧詩集，上田　哲二翻訳 (思潮社，2006) 奇莱前書―ある台湾詩人の回想，上田　哲二翻訳 (思潮社，2008) 6. 瑞典文 *Den gröne riddaren*, trans. by Göran Malmqvist (馬悅然) (Tranan, 2011)
國際獎項	1. 花蹤世界華文文學獎 (2007) 2. Newman Prize for Chinese Literature (2013) 3. Cikada Prize (2016)
國際出版社文學合集或網站	1. "The Star Is the Only Guide" & "Rabbits" & "Water's Edge." trans. by Michelle Yeh and Arthur Sze. in *Asymptote* (July 2012). http://www.asymptotejournal.com/poetry/yang-mu-three-poems 2. "A Lyric" & "Under the Pine." trans. by Michelle Yeh and Frank Stewart. in Chinese Literature Today 4. 1 (2014). https://www.ou.edu/clt/04-01/yang-mu-newman-prize.html 3. "Yang Mu: The Lost Ring – for Chechnya." trans. by

		Lisa Wong in "Special Section: New Taiwan Poetry." in Renditions 61 (Spr. 2004): 71-81.
國際書評或專題報導等	1.	Pollard, David E. (1994). "Reviewed Work: *Forbidden Games and Video Poems: The Poetry of Yang Mu and Lo Ch'ing* by Joseph R. Allen." in China Review International 1. 1 (Spr.): 54-57. https://www.jstor.org/stable/23728652?seq=1#page_scan_tab_contents
	2.	Perushek, D E. (1993). "Book review: Arts & humanities: (review the poetry book *Forbidden Games & Video Poems: The Poetry of Yang Mu and Lo Ch'ing* by Yang Mu and Lo Ch'ing and translated by Joseph R. Allen)." in Library Journal 118.12 (Jul.): 85. http://edc-connection.ebscohost.com/c/book-reviews/9307230203/book-reviews-arts-humanities
	3.	Sze, Arthur (1999). "*No Trace of the Gardener: Poems of Yang Mu* (review)." in Manoa 11.2: 206-207. https://muse.jhu.edu/article/20477
	4.	Wong, Lisa Lai-Ming (2002/2003). "(Un)tying a Firm Knot of Ideas: Reading Yang Mu's *The Skeptic*." in *Connotations: A Journal for Critical Debate* 12.2-3: 292-306. http://www.connotations.uni-tuebingen.de/wong01223.htm
	5.	Anna Hallberg (2011). "Yang Mu: "*Den gröne riddaren*"." in DN. Kultur
	6.	Yeh, Michelle (2014). "The Newman Prize for Chinese Literature: nomination statement for Yang Mu." in *Chinese Literature Today* 4.1: 50-53. https://www.questia.com/magazine/1P3-3661872411/the-newman-prize-for-chinese-literature-nomination
	7.	Zhai, Yueqin (2014). ""Language Is Our Religion": An Interview with Yang Mu." in *Chinese Literature Today*

	4.1: 64-68. https://www.questia.com/magazine/1P3-3661872491/lang uage-is-our-religion-an-interview-with-yang
作品影音 改編	1. *Towards the Completion of a Poem*《朝向一首詩的完成》(目宿媒體，2011) 2. 楊弦為楊牧的詩〈帶你回花蓮〉譜曲
國際研究 出版	1. Chiu, Kuei-fen (2013). "Cosmopolitanism and Indigenism: The Uses of Cultural Authenticity in an Age of Flows." in *New Literary History* 44.1 (Winter): 159-178. https://muse.jhu.edu/article/508107/pdf 2. Lingenfelter, Andrea (2014). "'Imagine a Symbol in a Dream': Translating Yang Mu." in *Chinese Literature Today* 4.1: 56-63. →https://www.questia.com/magazine/1P3-3661872471/imagine-a-symbol-in-a-dream-translating-yang-mu 3. Marijnissen, Silvia (2008). "From transparency to artificiality: modern Chinese poetry from Taiwan after 1949." (PhD Diss., Faculty of the Humanities, Leiden University) https://openaccess.leidenuniv.nl/bitstream/handle/1887/13228/marijnissen.pdf;jsessionid=A80BAB24A0E21D4E62DFCFE15CE61E65?sequence=1 4. Patton, Simon (1994). "China – *Forbidden Games and Video Poems: The Poetry of Yang Mu and Lo Ch'ing* by Yang Mu and Lo Ch'ing and edited and translated by Joseph R. Allen." in *World Literature Today* 68.1 (Win.): 213. http://search.proquest.com/openview/a26abdcadff41b6ffde3e286e2fac0d5/1?pq-origsite=gscholar&cbl=243 5. Wong, Lisa Lai-Ming (1999). "Framings of cultural identities: Modern poetry in post-colonial Taiwan with Yang Mu as a case study" (PhD Diss., Hong Kong: Hong

Kong University of Science and Technology.)

6. --- (2001). "Writing Allegory: Diasporic Consciousness as a Mode of Intervention in Yang Mu's Poetry of the 1970s." in *Journal of Modern Literature in Chinese* 5.1: 1-28. http://www.airitilibrary.com/Publication/alDetailedMesh?docid=10265120-200107-201008040025-201008040025-1-28

7. --- (2004). "Epiphany in Echoland: Cross-Cultural Intertextuality in Yang Mu's Poetry and Poetics." in *Canadian Review of Comparative Literature* 31.1 (Mar.): 27-38. https://ejournals.library.ualberta.ca/index.php/crcl/article/view/10682

8. --- (2004). "A Thing of Beauty is a Joy Forever: Yang Mu's 'Letters to Keats'." in *The Keats-Shelley Review* (UK) 18 (Sep.): 188-205. http://www.tandfonline.com/doi/abs/10.1179/ksr.2004.18.1.188

9. --- (2006). "Taiwan, China, and Yang Mu's Alternative to National Narratives." in *CLCWeb: Comparative Literature and Culture* 8.1. http://docs.lib.purdue.edu/cgi/viewcontent.cgi?article=1292&context=clcweb

10. --- (2006), "A Promise (Over) Heard in Lyric." in *New Literary History* 37.2 (Spr.): 271-284. https://www.jstor.org/stable/20057944?seq=1#page_scan_tab_contents

11. --- (2007). "The Making of a Poem: Rainer Maria Rilke, Stephen Spender, and Yang Mu." in *The Comparatist* 31: 130-147. →http://repository.ust.hk/ir/bitstream/1783.1-3608/1/The

Comparatist2007.pdf

12. --- (2009). *Rays of the searching Sun: The Transcultural Poetics of Yang Mu*. Brussels: Peter Lang. http://repository.ust.hk/ir/Record/1783.1-16848

　　除了這樣的量化資料之外，許多學者的推崇也具體呈現楊牧創作在世界文學空間裡所引起的迴響。例如：歐陽楨教授（Eugene Eoyang）在 1988 年楊牧第一本英文詩集翻譯 *No Trace of the Gardener: Poems of Yang Mu*（Columbia University Press）時，即指出楊牧超越國界的廣大閱讀群：「楊牧是現代中文文學發展的一位關鍵作家，也是作為全世界最多人閱讀的語言的中文文學領域裡，最被廣泛閱讀的在世作家之一。」（"Yang Mu, a pivotal figure in the development of modern Chinese literature, is one of the most widely read living poets of the world's largest literary audience: Chinese-speaking people"，https://www.amazon.com/No-Trace-Gardener-Poems-Yang/dp/0300070705/ref=sr_1_1?ie=UTF8&qid=1486797475&sr=8-1&keywords=yang+mu）。在接受楊牧紀錄片《朝向一首詩的完成：楊牧》製作的訪談時，楊牧研究專家奚密教授如此定位楊牧：「我大概不會說把他定位在臺灣文學這樣一個範疇裡面，我覺得我自己更傾向於把他定位在整個現代漢詩的歷史裡面，所以如果就創作的質和量加起來看的話，我想我個人會認為，楊牧是現代漢詩史上最偉大的詩人，成就最高的詩人。」在〈楊牧：臺灣現代詩的 Game-Changer〉這篇論文裡，奚密更這麼讚譽楊牧的成就：「楊牧作為當代華語詩壇最重要的詩人之一，無可置疑。放諸整個現代漢詩史，他也是佼佼者。逾半世紀的創作，不論是品質高度還是影響所及，鮮有出其右

者。」（2010: 1）在國際間，楊牧不僅被當作一位臺灣作家來閱讀，他更被視為華文文學登峰造極的代表。楊牧在 2013 年獲頒 New Man Prize for Chinese Literature 這個國際最重要的華文文學獎，2016 年又獲頒瑞典的「蟬獎」（Cikada Prize），間接印證奚密的看法。

一、楊牧創作的「世界感」

> 這將近四百年的臺灣源流，孕育出我們獨異於其他文化領域的新詩，生命因為變化的環境而常新，活水不絕。它保有一種不可磨滅的現代感（modernity），拒絕在固定的刺激反應模式裡盤旋；它有一種肯定人性，超越國族的世界感（cosmopolitanism），擁抱自然，嚮往抽象美的極致。我們的現代詩不時流露出對這風濤雷霆的舊與新臺灣形象之懷想，但勇於將傳統中國當做它重要的文化索引，承認這其中有一份持久的戀慕，以它為文學創作的基礎，提供文字，意象，和典故，乃至於觀察想像的嚮導。我們使用漢文字，精確地，創作臺灣文學。（楊牧 2005, 2013）

這是楊牧在 2013 年 Newman Award 的得獎致詞。這短短的得獎致詞，濃縮了楊牧創作的幾個核心概念：「現代感」（modernity）、「世界感」（cosmopolitanism），以及「漢文學傳統的傳承」。這三個關鍵詞鎔鑄了進入楊牧創作世界的第一把鑰匙，接下來，才是以嚴謹的中西文學專業知識的培養，層層進

入這個楊牧盡畢生之力打造的瑰麗又古典的文學殿堂。

1、「世界感」

I believe that our tradition is the whole of Western culture, and I also believe that we have a right to this tradition, a greater right than that which the inhabitants of one Western nation or another may have. (Jorge Luis Borges, "The Argentine Writer and Tradition," 1943)

　　眾所周知，「世界感」是楊牧創作的一大標記，其具體的表徵，即是許多學者再三提及的楊牧創作裡極其豐富的跨文化的隱喻和交涉。這部分的文本探討，已有不少學者為文解析，我不再重複。眾所周知，楊牧的學養縱貫古今中外，一再出現在他創作中的西洋文學作品從希臘神話、古英文的 *Beowulf*、*Sir Gawain and the Green Night*、但丁《神曲》、英國文藝復興文學、浪漫文學，乃至愛爾蘭的葉慈、里爾克，而他對於中國古典文學的詩經、楚辭、唐詩等等的熟稔，自不在話下。

　　在 2013 年發表的一篇拙作中，我曾就楊牧創作的「世界性格」標記，進行一番探索（Chiu 2013）。楊牧的「世界性」或是黃麗明所謂的「雙重文化性」（bi-culturalism）（Wong 2007: 142）與史書美所說的「混雜」（hybridity）作為標示臺灣文學的一個特色，有所不同。如同我在 2013 年的論文裡所試圖解釋的，「混雜」這個主要來自 Homi Bhabha 所辯證的後殖民理論關鍵的概念（Bhabha, 1994），強調顛覆「源本」（origin）的權

威性，推崇透過「混雜」所建立的「不真實」新典範（paradigm of inauthenticity）來解構中心。史書美認為這個以混雜來解構「中心主義」——無論是西方中心（Western-centrism）或是中國中心（China-centrism）——的做法，形塑了臺灣文化的特色（Shih 2003）。以混雜來解構強國中心主義，也是史書美往後發展出來的華語語系文學（Sinophone literature）論述的立基所在。這當然是個言之有理的論述。我在多年前以「混雜」來解析花蓮作家王禎和的《玫瑰玫瑰我愛你》，也同樣強調「混雜」這個概念對於理解臺灣文學與文化的重要性（邱貴芬 1992）。但是，在 2013 年發表的有關楊牧的文章裡，我提出兩個臺灣文學的重要典範，認為這兩個分別以楊牧和夏曼・藍波安為代表的文學創作典範，恰恰強調文化真實性（cultural authenticity）的重要性，以及文化傳承對於作家創作與養成的深遠意義（Chiu 2013）。

　　無論是楊牧代表的「世界性」創作典範或是夏曼・藍波安所代表的「原住民」創作典範，都不以「混雜」為訴求，反而強調發揮文化傳承對於他們創作的意義。夏曼・藍波安透過書寫來展現他如何贖回原住民達悟文化的關係，透過創作來彰顯他的書寫的「原住民性」，已是學界論述的共識。楊牧創作的「世界性格」則更有趣，其與後殖民「混雜」的區別，更開啟了另一種思考臺灣文化的基進方法。所謂的「世界感」，通常被視為一種主觀的意識狀態，對世界採取一種開放的態度（Delanty 2006: 35）。學者謝永平認為，這個世界主義的主觀面向代表一種「知識上的倫理」態度，一種超越區域特殊性的普世性人文主義（"an intellectual ethic, a universal humanism that transcends regional particularism"）（Cheah 2006: 21）。楊牧國藝會頒獎典禮上的致詞，顯然呼應了這樣的理念。

　　表現於創作，就是楊牧創作的旁徵博引，淵博學養，處處展現作家西方文學與中國古典文學的深厚底子和踏實功夫。楊牧創作的「中西合璧」顯現的是一種「青出於藍，而更勝於藍」的創作態度與執念，在強調「傳承」而非「斷裂」或「擬仿」（mimicy）的文字展演中，證明作家「現代漢詩史上最偉大的詩人」的美譽，並非浪得虛名。這明顯與後殖民的「混雜」大不相同。這樣「青出於藍，而更勝於藍」的創作，如何進行？與臺灣之外的文學傳統的關係，該如何詮釋？是反抗還是謀和？而透過這樣的關係的營構所呈現的臺灣文學創作的「世界性格」又帶給我們什麼樣想像「臺灣」、想像「臺灣文學」的可能？

　　極其核心的一個問題，是作為世界文學作家的楊牧，與非本土的世界文學傳統，有什麼樣的關係。阿根廷作家伯赫士（Jorge Luis Borges）曾在 1943 年發表的一篇重要文獻 "The Argentine Writer and Tradition (1943)" 裡回應當時阿根廷文壇有關本土文學與西方文學的論辯。針對阿根廷本土文學倡論者強調「阿根廷作家應寫阿根廷的土地人民社會」的論調，伯赫士以英國作家莎士比亞膾炙人口的劇作《羅蜜歐與朱莉葉》為例，說明這部莎翁名劇以義大利為背景與場景，所有的角色也都是義大利人，但而，這樣既無英國地方色彩也無英國人物的作品，卻是英國文學史的經典，被視為「英國文學」的「代表」。伯赫士主張，阿根廷作家處理得當而完成的作品必然屬於阿根廷的文學傳統，就像喬叟和莎士比亞筆下的義大利必然屬於英國文學傳統一樣（"Everything we Argentine writers do felicitously will belong to

Argentine tradition, in the same way that the use of Italian subjects belongs to the tradition of England through the work of Chaucer and Shakespeare.") （Borges 2014: 397）。他鼓勵阿根廷作家勇敢地宣稱，這世界是阿根廷作家與生俱來的權利。他說：「我們不能因為想要成為阿根廷作家，就限定自己只寫阿根廷；如果我們生來就注定是阿根廷人，那麼，無論我們做什麼，我們都會是阿根廷人，否則所謂的『阿根廷人』不過是個偽裝的面具而已。」（"Therefore I repeat that we must not be afraid; we must believe that the universe is our birthright and try out every subject; we cannot confine ourselves to what is Argentine in order to be Argentine because either it is our inevitable destiny to be Argentine, in which case we will be Argentine whatever we do, or being Argentine is a mere affectation, as mask.") （2014: 397）

　　對楊牧而言，西方文學傳統是個取之不盡，用之不竭的資產，傳承這個幾千年來由世界不同國家所鎔鑄的文學傳統，不是簡單的「西化」，而是他改革漢詩、成就漢詩「現代感」的途徑。這一點，我將在底下討論楊牧與「漢文學傳統」的關係時，再進一步闡述。

2、「現代感」

> For us, as Spanish Americans, the real present was not in our own countries. it was the time lived by others, by the English, the French and the Germans. It was the time of New York, Paris, London. We had to go and look for it and bring it back

home. (Octavio Paz, "Nobel Lecture," 1990)

　　楊牧的創作始於臺灣現代主義時期的 1960 年代。我在一篇臺灣現代主義小說的論文裡，曾經提到，臺灣現代主義是臺灣在冷戰時期，遭遇美國文化在臺的強力登場，所產生的「落後的時間感」的產物（Chiu 2007: 197）。臺灣現代主義是臺灣作家對於「現代感」的追求，所驅動的一場文學革命。「現代感」的追求，意味臺灣作家意識到臺灣文學的時間與世界文學的時間，產生落差。兩個廣為人知的歷史文獻，提供了這個論點的重要支持：掀起現代詩論戰的《現代詩》創刊號的宣言（1953），以及啟動現代主義小說實驗的《現代文學》發刊詞（1960）。由紀弦主筆的《現代詩》創刊號宣言明白宣示「現代性的追求」：

　　　　我們認為，在詩的技術方面，我們還停留在相當落後十分幼稚的階段，這是無庸諱言和不可不注意的。唯有向世界詩壇看齊，學習新的表現手法，急起直追，迎頭趕上，才能使我們的所謂新詩到達現代化。而這，就是我們創辦本刊的兩大使命之一。

　　由劉紹銘撰稿的《現代文學》發刊詞同樣流露「落後感」的焦慮和作家對於現代感的追求：

　　　　我們不想在「想當年」的癱瘓心理下過日子。我們得承認落後，在新文學的界道上，我們雖不至一片空白，但至少是荒涼的。

　　有關楊牧詩的「現代感」，許多學者已有探討。Joseph R. Allen 在 *Forbidden Games & Video Poems: The Poetry of Yang Mu and Lo Ch'ing* (University of Washington Press, 1993) 書末的評論裡，討論楊牧與羅青詩學，認為楊牧詩特意而為的艱澀語言是他詩作最「現代」的一個重要面向（"The studies difficulty of Yang' language – from his sophisticated, academic vocabulary to his complex, hypotactic syntax – is one of the most 'modern' aspects of his poetry"）（Allen 1993: 406）。而奚密則在〈楊牧：臺灣現代詩的 Game-Changer〉裡，精闢分析楊牧詩作〈屏風〉，具體示範楊牧如何化古為今，展現其書寫的「現代感」（奚密 2010: 18-20）。

　　放在世界文學的場域裡，我們發現，「現代感」並非楊牧獨自面對的問題。1990 年獲得諾貝爾文學獎的墨西哥作家 Octavio Paz 在他的得獎致詞裡，特別提到時間的落差和對於現代性的追求，是像他一樣非西方主流國家作家的挑戰。他提到，在他小時候，他的表姊指給他看一個北美雜誌上的照片，照片裡一群士兵走在一條都會大道，說：「他們從戰場回來了」。那剎那間，Paz 意識到一個巨大的時間的斷裂：他的小小的溫馨的墨西哥郊區的家鄉，和美國雜誌上所指向的外面那個廣大的世界，是活在不一樣的時間裡。他意識到，外面那個世界的時間，並不屬於他的國家，而是美國人、英國人、法國人、德國人所生活的時間，那是紐約、巴黎、倫敦的時間（For us, as Spanish Americans, the real present was not in our own countries: it was the time lived by others, by the English, the French and the Germans. It was the time of New York, Paris, London.）。作為一個墨西哥的作家，他的使命

就是出去尋找那個「現在」的時間,把它帶回來,帶回墨西哥。
他希望成為一個現代的詩人,他的現代感的尋求,就從那時開始
(http://www.nobelprize.org/nobel_prizes/literature/laureates/1990/p
az-lecture.html)。而他的諾貝爾得獎致詞,標題就是〈尋找
「現在」〉(“In Search of the Present”)。

　　就像楊牧創作裡所提到的尋找聖杯的騎士一樣,Paz 尋找墨
西哥文學的「現代感」(Paz 也用了 Quest 這個從十二世紀以來
在文學中經常出現的意象作為譬喻)。而這正也是楊牧所尋找
的、所經歷的。而 Paz 在致詞裡說道,經過長久的尋尋覓覓,他
終於找到通往「現在」的秘徑:回到原初的文化、原初的傳統
(“the search for modernity was a descent to the origins. Modernity
led me to the source of my beginning, to my antiquity.”)。對 Paz
而言,那原初的文化、原初的傳統,就是墨西哥在地的文化。對
楊牧而言,問題則更複雜。楊牧在 Newman Award 的致詞裡這
麼表達他所謂的「現代感」:「這將近四百年的臺灣源流,孕育
出我們獨異於其他文化領域的新詩,生命因為變化的環境而常
新,活水不絕。它保有一種不可磨滅的現代感(modernity),
拒絕在固定的刺激反應模式裡盤旋。」奚密以〈延陵季子掛劍〉
為例,說明楊牧詩作的現代感如何產生。她認為,楊牧挪用中國
古典傳統題材為詩,重新賦予「有機聯繫和象徵意義」,「不受
原始材料的限制,並有意偏離傳統的解釋」(奚密 2010: 17)。

　　奚密此處的詮釋,示範了楊牧創新改「格」的一種方式。但
是,顯然,楊牧詩的中西合璧,其中所流露的「世界感」,更是
楊牧創作「現代感」的來源。由於創作並不僅限於漢文學的傳
承,更鎔鑄了世界文學的傳統,漢詩因而有了與傳統漢詩不一樣

的面貌，而因為有了漢文學傳統為底，引用世界文學的傳統，創作就不可能僅是西方文學的「亞流」或「仿冒」。楊牧以具體的創作實踐回應了臺灣現代主義時期「引進西方」所引發的論爭。這中西傳統的匯流，稠密的互文性，構成了楊牧的「破格」，臺灣文學、華文文學的「現代感」於焉產生。

而這樣的文學之所以可能，正因為臺灣的生命、文學的生命「因為變化的環境而常新，活水不絕。」臺灣的歷史「孕育出我們獨異於其他文化領域的新詩」。值得注意的是，楊牧致詞裡後半段的這段文字：「我們的現代詩不時流露出對這風濤雷霆的舊與新臺灣形象之懷想，但勇於將傳統中國當做它重要的文化索引，承認這其中有一份持久的戀慕，以它為文學創作的基礎，提供文字，意象，和典故，乃至於觀察想像的嚮導。我們使用漢文字，精確地，創作臺灣文學。」如果說，如同 Paz 一樣，楊牧對於「現代感」的追求，帶領他回到自己的歷史，而臺灣的歷史，就如同他所說的，「我們的現代詩不時流露出對這風濤雷霆的舊與新臺灣形象之懷想」，值得特別留意的是，楊牧強調，這樣對於臺灣文學的懷想，是「勇於」承認傳統中國之為臺灣文學創作的重要基礎，「勇於」承認「其中有一份持久的戀慕」。這究竟表達了什麼樣臺灣文學與「傳統中國」的關係？又代表了什麼樣臺灣文學的定義和開展？

3、「漢文學傳統的傳承」

Jews are prominent in Western culture because they act within that culture and at the same time do not feel bound to it by any special devotion; therefore, he says, it will always be easier for a Jew than for a non-Jew to make innovations in Western culture. We can say the same of the Irish in English. The fact of feeling themselves to be Irish, to be different, was enough to enable them to make innovations in English culture. (Jorge Luis Borges, "The Argentine Writer and Tradition," 1943)

　　中國古典文學傳統的滋養，是楊牧文學的一大特色。就西方文學傳統而言，如同奚密所說的，當年輕的楊牧以「葉珊」的筆名開始萌芽出道之時，正是臺灣 1960 年代現代詩運動如火如荼展開之時（奚密 2010: 8）。當時風潮中的「創世紀」成員瘂弦、商禽等人都是他密切往來的詩友，而其時現代詩的領袖之一覃子豪對他日後的創作路線，更有重大的影響。楊牧之後進入西方學院求學和任教，對於西方文學傳統的駕馭，造就了楊牧創作的一大特色。現代詩和「西化」的關係，引發的批判，楊牧雖不在臺灣，卻也名列被點名的批評名單之上（奚密 2010: 16）。楊牧往後雖然對於現代詩的西化有所反省，西方文學於他的重要和影響卻不容否認。而另一方面，楊牧與中國文學傳統的關係，當然也同樣是個重要的議題。楊牧在柏克萊師承陳世驤，其博士論文以《詩經》為主題。而 1980 年代我去西雅圖華盛頓大學就讀博士班之時，楊牧的詩經課，是東亞系的賣座課程，也是所有華大臺灣留學生必修的科目。當時包括吳潛誠、曾珍珍、陳黶姜，都深受其啟發。而奚密也提到，在 2009 年一場以楊牧為主題的座談會上，詩人主編楊澤「回顧老師當年對他最大的啟發就是，

作為一個詩人，必須重視中國古典文學」（奚密 2010: 16）。

我在上文提到，楊牧在 2013 年 Newman Award 的得獎致詞裡，特別融入他收錄於《人文蹤跡》（2005）裡的〈臺灣詩源流再探〉的一段話，強調傳統中國文學對於臺灣作家的重要。在那段文字裡，楊牧提示臺灣文學創作的方向，應「勇於」將傳統中國文學視為資產、文化遺產來加以承接，「承認」作家對於這個傳統的「戀慕」，並以之為創作「觀察想像的嚮導」。楊牧鼓勵臺灣作家面對漢文字，不是以「混雜」的策略來解構漢字中心主義，而是「精準地」使用漢字，創作臺灣文學。楊牧實踐的「青出於藍，更勝於藍」的漢字創作，為華語語系文學示範了一種解構中國中心的漢文創作，而他所展示的「勝」──對於「原本」、「源出」的「超越」，正是奚密所言楊牧「現代」漢詩「破格」的精髓所在。

何以如此？我們可參考 Borges 引用 Thorstein Veblen 這位北美社會學家對於西方社會裡猶太人的看法，來反思拉丁美洲文學與歐洲文學的關係的說法。Borges 認為，猶太人在西方文化裡之所以脫穎而出，正因為他們活在西方文化裡，卻又不受其拘束，而得以對西方文化帶來更多的創新（Borges 2014: 397）。愛爾蘭人於英語亦同：正因為愛爾蘭人感受到他們之為愛爾蘭人，與英國人不一樣，愛爾蘭人因而得創造新的英文文化（"The fact of feeling themselves to be Irish, to be different, was enough to enable them to make innovations in English culture."）（Borges 2014: 379）。Borges 認為，同理可推，阿根廷之於歐洲文化亦同（Borges 2014: 379）。因此，阿根廷作家必須勇於承認歐洲文化傳統對他們的重要性，並以之為他們源源不斷的資產，來創

造阿根廷文學。楊牧主張漢文古典傳統於臺灣文學創作的重要性，也可從這樣的脈絡思考來理解。

我在 2013 年所發表的文章裡，曾引用德希達對於文化傳統的說法，來闡釋其中複雜的含意（Chiu 2013: 162）。「世界觀」的臺灣文學，不僅「選擇」傳承西方文學傳統，也「選擇」傳承漢文學傳統，這樣的選擇，宣稱對於這個文學傳統的「仰慕」、「感激」、必須對此傳統有信心，以便「重新」詮釋它、持續地不斷地肯定它（"declar[ing] [his] admiration, [his] debt, [his] gratitude – as well as the necessity to be *faithful* to the heritage for the purpose of reinterpreting it and endlessly reaffirming it."）（Derrida 2004: 5）。臺灣作家在臺灣傳承漢文學傳統、實踐漢文學傳統，而在這過程中不斷開展漢文字創作新的面貌，為他灌注源源不斷的活水，與其源出的中國之地有所不同，卻並非「亞流」或「仿冒」，而是「青出於藍，更勝於藍」。這樣的文學和漢文字創作理念，意味所謂的「本尊」（authenticity）並不取決於源出之地在哪裡，而是成就於傳統傳承實踐過程裡所創造的新生命與活水（Chiu 2013）。這樣的主張漢文學實踐，是對於漢文學「中國中心」論述的挑戰，主張臺灣的漢文學、漢文字創作，「責無旁貸」地傳承漢文學傳統，在這有意識的「選擇」當中，回應了德希達所說的傳承意味的「雙層命令」（double injunction）：不只是「默默接受」這個傳統的遺產，而是以另一種方式重新帶動它，以便讓它生生不息（"not simply accepting this heritage but relaunching it otherwise and keeping it alive."）（Derrida and Roudineco 2004: 3）。德希達所謂的「傳承」，是一種重新肯定（"Reaffirming"），其實際的行為，是「挑選、篩

選、詮釋、而因此進行轉化」；而非讓遺產保持不動或不變，不是讓我們宣稱所尊敬的東西「安全」地保留在那裡就好（"to select, to filter, to interpret, and therefore to transform; not to leave intact or unharmed, not to leave *safe* the very thing one claims to respect before all else"）（Derrida and Roudinesco 2004: 4）。換句話說，德希達所謂的真正的「傳承」，是一種透過視其須要而進行激進改變的方式來重新肯定傳統的遺產（"This inheritance must be reaffirmed by transforming it as radically as will be necessary."）（Derrida 1994: 67）。楊牧肯定和古典文學傳統於臺灣文學創作的重要性，鼓勵臺灣作家「傳承」這個傳統，善用其遺產，而這「善用」的實踐，即是創造其「現代感」、「世界感」，來活化它。

二、臺灣文學的「未然」

在臺灣透過文學創作來實踐漢文學傳統，不僅是連結漢文學的過去，更是召喚漢文學創作「不可預見的未然」（"the unforeseeable future-to-come"）[1]，而就在這充滿無限可能、無法定調、無法訂於一尊的文學傳承的創作實踐當中，臺灣文學的未來充滿生機。借用奚密在 *Frontier Taiwan: An Anthology of Modern Chinese Poetry* 裡所提出的一個概念，臺灣文學成為漢文

---

[1] 廖朝陽如此解釋「未然」：「未然的出現呈現未來的開放性，也因為未然來自過去而使時間的延續複雜化。」參見邱貴芬、廖朝陽合著，〈魏德聖專輯弁言〉，《中外文學：魏德聖專輯》，《中外文學》45 卷 3 期，頁 11。

學創作的前沿（frontier），而非「邊陲」（margin）。[2]這尚未
到來的、不可預見的漢文學的未然，是臺灣文學的利基所在，臺
灣文學在漢字創作領域裡可以展現的力量和生機。楊牧實踐的漢
字創作，意味這樣的召喚，而就在這當中，楊牧成為奚密所言的
漢文學的遊戲規則改變者（"game-changer"）（奚密 2010:
26）。根據奚密對 "game-changer" 的定義：

> 第一、作為文學史的推動者，Game-Changer 是一位作
> 家，或是一個作家群，透過作品和其他文學實踐（諸如結
> 社、編輯、出版、朗誦、座談、論戰等），建立新的文學
> 習尚與價值，並進而改變了文學場域的生態，對當代和後
> 代的發展造成深遠的影響。第二、Game-Changer 常常出
> 現在文學史的轉捩點，當舊的典範日益衰微，而新的典範
> 方興未艾之際。Game-Changer 往往從邊緣出發，透過作
> 品和其他文學實踐，突破舊的思維及書寫模式，在文壇上
> 建立優越的地位，而造成上述影響。（奚密 2010: 3）

楊牧不僅為漢文學創造了一個嶄新的「世界」，也為臺灣文學創
造了「世界」。楊牧展示：臺灣文學「創造世界」（world-
making）的可能。而這「創造世界」的力量，正是學者謝永平在
What Is A World? 這本討論世界文學的重要著作裡所提出的「世

2　此處我挪用了奚密談陳黎詩的說法。參見 Michelle Yeh, in Michelle Yeh
and N. G. D. Malmqvist eds., "Frontier Taiwan: An Introduction," in
Frontier Taiwan: An Anthology of Modern Chinese Poetry, New York:
Columbia University Press, p. 49.

界文學」的要件：以空間流通（spatial circulation）來理解「世界文學」，是混淆了「全球」（globe）與「世界」（world）。他認為，「全球」隱含的「空間性」代表的往往僅是資本主義市場的交換和流通，而「世界文學」的「世界」，是具有「時間性」（temporality）的，因為「世界文學」的誕生和存在、發展，意味對於文化交流的期待與企求，世界文學因而帶有一個「該然的力量」（normative force）。謝永平認為世界文學作為「該然」的力量，就是指向一個尚未實現的但應該存在的狀態（"Normativity refers to what ought to be."）（Cheah 2016: 6）。「該然」但現在卻仍不然，意味「該然」尚未到臨，如同德希達所提出的充滿無限可能、無法定調的「不可預見的未然」。謝永平因此強調，「世界文學」是個「時間性」而非「空間性」的概念。世界文學的使命，在於透過文學讓「世界」得以開放、開展（opening of worlds），人類因閱讀而產生的文化交流，對於他者和異文化的特殊性（particularity）有更開放的接納度，進而得以進一步打開世界，讓自我與所有的他者（個體或群體）產生一種共同存有（being-with）的關係（Cheah 2016: 18）。在此認知下，世界文學對於「該然」的欲求，產生一種「打開世界」（world opening）、「創造世界」（world making）的力量，它必然是個開放而非封閉的文學生產過程，世界文學因而必然是個具有世界感（cosmopolitanism）的文學實踐。

　　而這正是楊牧文學實踐與理念的精髓所在：一種具有「世界感」的文學實踐，傳承漢文學傳統卻激進地改變它，以賦予它新的生命，一種具有「現代感」的漢文學於焉誕生。而同時，作為一個臺灣的詩人，他以具有「世界感」、「現代感」的漢字創

作,創造了臺灣文學的「世界」,讓臺灣文學得以向「世界」開放,介入世界文學「該然」的打造過程與時間。楊牧正是奚密所說的 "game-changer",一個世界文學作家的臺灣文學詩人,透過他的文學實踐句句召喚臺灣文學、漢字文學、世界文學「不可預見的未然」。

致謝詞

本論文之所以成形,有賴曾珍珍教授邀請我多次參與楊牧相關研究活動,以及不同場合的討論。論文撰述過程中,助理洪千媚、如恩、呂樾在不同階段的協助,加速了論文寫作的效率,在此致謝。

引用書目

邱貴芬 1998。《仲介臺灣‧女人》。臺北：元尊。

邱貴芬 2007。〈翻譯驅動力下的臺灣文學生產：1960~1980 現代派與鄉土文學的辯證〉。收錄於陳建忠、應鳳凰、邱貴芬、張誦聖、劉亮雅合著，《臺灣小說史論》。臺北：麥田。197-273。

邱貴芬 1992。〈「發現臺灣」：建構臺灣後殖民論述〉。《中外文學》21卷 2 期。151-167。

奚密 2010。〈楊牧：臺灣現代詩的 Game-Changer〉。《臺灣文學學報》第 17 期，頁 1-26。英文文獻 Apter, Emily. 2013. *Against World Literature: On the Politics of Untranslatability.* London and New York: Verso.

楊牧 2005。〈臺灣詩源流再探〉。《人文蹤跡》。臺北：洪範。175-180。

楊牧 2015。詩人楊牧得獎致詞 http://w3.trend.org/arts_info.php?pid=847, accessed20 June 2017.

Allen, Joseph R. 1993. *Forbidden Games & Video Poems: The Poetry of Yang Mu and Lo Ch'ing.* University of Washington Press.

Bhabha, Homi. 1994. *The Location of Culture.* London and New York: Routledge.

Borges, Jorge Luis. 2014. "The Argentine Writer and Tradition (1943)." In David Damrosch Ed, *World Literature in Theory.* John Wiley & Sons, Ltd.. 391-397.

Casanova, Pascale. 2004. *The World Republic of Letters.* Cambridge, Massachusetts and London, England: Harvard University Press. Cheah, Pheng. 2006. *Inhuman Conditions: On Cosmopolitanism and Human Rights.* Cambridge: Harvard University Press.

Cheah, Pheng. 2016. *What is a World? On Postcolonial Literature as World Literature.* Durham and London: Duke University Press.

Damrosch, David. 2003. *What Is World Literature?* Princeton and Oxford: Princeton University Press.

Derrida, Jacques. 1994. *Specters of Marx.* New York and London: Routledge.

Delanty, Gerard. 2006. "The Cosmopolitan Imagination: Critical Cosmopolitanism and Social Theory," *The British Journal of Sociology* Vol. 57, no. 1 (2006): 35.

Derrida, Jacques. Elizabeth Roudinesco. 2004. *For What Tomorrow... A Dialogue,* trans. Jeff Fort. Stanford: Stanford University Press.

Balcom, John. Yingtsih Balcom 2015. *Memories of Mount Qilai.* Columbia University Press.

Chiu, Kuei-fen. 2007. "The Production of Indigeneity: Contemporary Indigenous Literature in Taiwan and Trans-Cultural Inheritance." *The China Quarterly,* no. 200, pp. 1071-1087.

-----. 2013. "Cosmopolitanism and Indigenism: The Use of Cultural Authenticity in an Age of Flows." *New Literary History*, 44.1: 159-178. (A&HCI).

-----. 2018. "Worlding World Literature: Four Taiwanese Paradigms." *Modern Chinese Literature and Culture,* forthcoming.

Smith, Lawrence R. Michelle Yen. 1998. *No Trace of the Gardener: Poems of Yang Mu.* Yale University Press.

Lingenfelter, Andrea. 2014. "'Imagine a Symbol in a Dream': Translating Yang Mu." in *Chinese Literature Today* 4.1: 56-63.

Michelle Yeh. 2001. "Frontier Taiwan: An Introduction." In Michelle Yeh and N.G. D. Malmqvist Eds., *Frontier Taiwan: An Anthology of Modern Chinese Poetry.* New York: Columbia University Press. 1-53.

-----. 2014. "The Newman Prize for Chinese Literature: nomination statement for Yang Mu." in *Chinese Literature Today* 4.1: 50-53.

Moretti, Franco. 2013. *Distant Reading.* London and New York: Verso.

Patton, Simon. 1994. "China – Forbidden Games and Video Poems: The Poetry of Yang Mu and Lo Ch'ing by Yang Mu and Lo Ch'ing and edited and translated by Joseph R. Allen." in *World Literature Today*

68.1 (Win.): 213.

Paz, Octavio. 1990. "In Search of the Present." http://www.nobelprize.org/nobel_ prizes/literature/laureates/1990/paz-lecture.html. Accessed 20 June, 2017.

Shih, Shu-mei. 2003. "Globalisation and the (in)significance of Taiwan." *Postcolonial Studies*, Vol. 6, no.2, pp.143-53.

Sze, Arthur. 1999. "*No Trace of the Gardener: Poems of Yang Mu* (review)." in *Manoa* 11.2: 206-207.

Wong, Lisa Lai-ming. 2017. *The Completion of a Poem* (Brill).

-----. 2009. *Rays of the Searching Sun: The Transcultural Poetics of Yang Mu*. *Brussels*: Peter Lang.

Zhai, Yueqin. 2014. ""Language Is Our Religion": An Interview with Yang Mu." in *Chinese Literature Today* 4.1: 64-68.

臺灣文學的擬造世界之力：
談楊牧《奇萊前書》

國立中興大學臺灣文學與跨國文化研究所助理教授
詹閔旭

摘　要

　　這篇論文將透過楊牧《奇萊前書》回應目前學界有關世界文學的討論，思考弱勢地區的文學生產如何介入世界文學。《奇萊前書》集結楊牧《山風海雨》、《方向歸零》、《昔我往矣》三本充滿自傳色彩的散文集而成，深刻記錄一位作家如何透過書寫重構兒時所接觸的各種新知識、異文化初體驗，以及成年作家字裡行間隱含的敘事觀點與批評。從敘事觀點來看，這一本書絕非向過去時光回顧的回憶錄，而是一份面向未來，面向新世界的擬造與期許，呼應謝永平（Pheng Cheah）所謂世界文學所蘊含的擬造世界之力（world-making power）。本文主張楊牧作品所展現出來的以臺灣為觀點的擬造世界實踐，或許有助於在世界文學殿堂裡尋覓到臺灣文學的獨特發聲位置。

關鍵詞：《奇萊前書》　楊牧　世界文學　擬造世界之力

Abstract

This paper, via the case study of Yang Mu's *Memories of Mount Qilai: The Education of a Young Poet*, intends to examine how literary production of the so-called peripheries engage in the discussions of world literature. *Memories of Mount Qilai* combines Yang Mu's *Moutain Wind and Ocean Rain, Return to Degree Zero, Long Ago, When We Started*, three autobiographically-tinged collections of prose, and records in detail how the writer, through writing, reconstructs an amorphous medley of new knowledges and new experiences of exotic cultures he encountered as a child. The book also records how the writer, in his grown-up mature voice, makes his critical observations. From a narrative point of view, this book is by no means a retrospect that contemplates of things in the past; rather, it is a book that faces a future, a re-imagining and an expectation of a new horizon. Thus, it demonstrates an alternative notion of world literature as world-making power, as defined by Pheng Cheah. This paper highlights the importance of the world-making practices in Yang Mu's cosmopolitan writings, for it may help find a place for Taiwan literature in a map of the world literature.

前　言

小世界，大世界，充實自足的世界。

筆畫，線條，標點，色彩，聲音——這裏甚麼都有，繽紛
無盡

引自《奇萊前書》，頁 223

近幾年來，世界文學的討論相當熱烈。絕大多數世界文學研
究者強調世界文學不等於是全世界無窮無盡、難以盡數文學作品
的總和，也絕非全球所有文學都可以歸類到世界文學的範疇，世
界文學是一種對於文學流通及閱讀模式的重新思考。[1]根據丹姆
洛什（David Damrosch）的定義，當各國文學一旦離開原來的文
化，積極介入另一國文學體系——無論是原文直接傳播或透過譯
介——這樣的文學方能被稱為世界文學，而世界文學正是研究某
一文學作品在異地如何顯現出有別於原先文化的嶄新樣態。[2]事
實上，世界文學研究的幾位核心研究者包括丹姆洛什、莫瑞堤
（Franco Moretti）、卡莎諾瓦（Pascale Casanova）等人的關懷
儘管各有不同，但都偏重作品的跨國翻譯、接受與傳播，也就是
作品的世界化過程。

　　然而，從跨國翻譯與否的角度判斷作品是否具有世界文學的
高度，不免失之偏頗。首先，誠如論者指出，一旦標舉翻譯的重
要性，恐怕只是再次鞏固了強勢語言（如英語、法語）或全球都

---

[1]　David Damrosch, *What Is World Literature?* (Princeton: Princeton University Press, 2003), p.5.

[2]　Damrosch, *What Is World Literature?*, p.6.

會區文學（如紐約、倫敦）出版與流通體系所隱含的權力，邊緣文化或小語種創作難入世界文學之列，只能被歸類在地方文學框架之下。[3]其次，作品是否能被翻譯成強勢語言，甚至獲得主流出版社青睞，和地緣政治也大有關係。在全球場域不具備政治經濟影響力的小國，勢必會影響到其文學作品生產的能見度，喪失成為世界文學的機會。於是乎，我們必然要問：弱勢地區的文學生產如何成為世界文學？倘若臺灣文學翻譯成外文的數量有限，臺灣文學可以從甚麼樣的角度介入世界文學相關論述呢？

這一篇文章希冀從楊牧《奇萊前書》（2003）提供一些思索和回應。我之所以選擇《奇萊前書》作為分析世界文學實踐的個案，一方面是因為這一本書目前已出版多國譯本，包括上田哲二日譯本《奇萊前書——ある台湾詩人の回想》（2007）、陶忘機（John Balcom）與黃瑛姿（Yingtsih Balcom）的英譯本 *Memories of Mount Qilai: The Education of a Young Poet*（2015）。[4]另一方面，從內容來看，《奇萊前書》是一本充滿楊牧自傳色彩的散文集，這本書記錄一位在臺灣花蓮誕生、學習、成長，以及作家成長過程所接觸的各種新知識、異文化等體驗如何形塑出作家獨特的人文關懷、跨文化視野以及美學感受

---

[3]　Lital Levy and Allison Schachter, "Jewish Literature / World Literature: Between the Local and the Transnational," *PMLA*, vol.130, no.1 (2015), p.92.

[4]　楊牧著，上田哲二譯，《奇萊前書——ある台湾詩人の回想》（東京：思潮社，2007）；Yang Mu, John Balcom and Yingtsih Balcom trans., *Memories of Mount Qilai: The Education of a Young Poet* (New York: Columbia University Press, 2015).

力，進而淬鍊成以華文為主要創作語言的世界文學作家。[5]以這一本書為起點，我們得見一位在地作家如何從花蓮，走向世界。

耐人尋味的是，《奇萊前書》裡的敘事聲音意不在忠實還原歷史，而是以成人之眼回首個人成長經歷，尤其深入辯證不同異質文化間的相逢與遭遇，同時提出個人看法，品評過往歷史的洞見與不見。正是在此散文形式設計下，《奇萊前書》巧妙地把個人生命史之旅縫合進二十世紀世界史當中對戰爭、國家機器、跨族群接觸的深刻反省。換句話說，這一本書並非面向過去時光回顧的回憶錄，而隱含了作家面對現在，面向未來，面向新世界的擬造與期許。《奇萊前書》是一本世界文學，呼應謝永平（Pheng Cheah）主張世界文學所蘊含的擬造世界之力（world-making power；或者用李歐旎（Françoise Lionnet）的話說，這是一種創造世界的文學（world-forming literature; literature mondialisante）[6]，在文學作品裡透過獨特的想像力及世界期許，創造以花蓮為中心向外輻輳出去的新世界。本文主張楊牧透過個人生命史回望所展現出來的以臺灣為觀點的擬造世界實踐，或許有助於在世界文學殿堂裡尋覓到臺灣文學的獨特發聲位置。

---

[5] 楊牧在《奇萊前書》之後，另外完成《奇萊後書》（2009），主要描述離開花蓮、赴外地求學以後的生命經歷。不過，相較於《奇萊前書》仍有明確的成長故事發展情節，《奇萊後書》則更傾向於個人思想與詩藝的省思，更接近一本詩學之書。可參考：郝譽翔，〈抒情傳統的省思與再造〉，《國立臺灣教育大學語文集刊》第 19 期（2011），頁 209-236。

[6] Françoise Lionnet, "World Literature, Postcolonial Studies, and Coolie Odysseys: J.-M.G. Le Clézio's and Amitav Ghosh's Indian Ocean Novels," *Comparative Literature*, vol.67, no.3 (2015), p.288.

個人生命史裡的世界史

　　楊牧投身華文文學創作已逾半世紀，無論在詩歌、散文、評論、翻譯等各領域創作均成果斐然，作品譯為英、法、德、日等多國語言，更曾榮獲臺灣國家文藝獎、馬來西亞花蹤華文文學獎、美國紐曼華語文學獎等各地獎項殊榮，堪稱臺灣在國際文壇知名度最高的作家之一。楊牧無疑是一位世界文學作家，不過，我認為楊牧之所以是一名世界文學作家不僅止於他的作品翻譯成多國語言，備受愛戴，更在於他的作品內部展現出世界文學所蘊含的深刻人文關懷與全球視野。《奇萊前書》可謂代表作。《奇萊前書》集結楊牧的《山風海雨》（1987）、《方向歸零》（1991）、《昔我往矣》（1997）三本充滿自傳色彩的散文集而成，本書記載楊牧 5 歲至 18 歲從童年到青少年階段的個人生命史。有別於一般自傳寫作，《奇萊前書》突破散文形式窠臼，融合散文、詩、小說、戲劇等不同文類，讓這本散文集充滿非常繁複而複雜的形式結構與文學意象。

　　《奇萊前書》第一部分「山風海雨」的敘述觀點設計尤其值得進一步推敲。作家在書裡大部分章節均採用第一人稱敘述觀點「我」，只不過，郝譽翔認為《奇萊前書》設計了非常巧妙的敘述觀點，作家在字裡行間，幽微地暗示書中「被描寫的我」（孩童）是由「正在敘述的我」（成人）所構築出來的角色，敘述觀點「虛構了一位孩童，並且藉由這樣一個虛構的位置，重新感受周遭的萬物」。[7]傳統自傳創作大多屬於回憶錄的寫法，現在的

7　郝譽翔，〈浪漫主義的交響詩：論楊牧《山風海雨》、《方向歸零》、

我回憶過去的我，形式較單純；而《奇萊前書》最別出心裁之
處，在於正在敘述的成人我一方面回憶過去，重新感受兒時時
光，與此同時，「成人我」的知識、想法、意見、詮釋不斷侵入
過去的時光，兩個「我」並置且對話，彷彿如郝譽翔所言「反倒
更類乎小說」。[8]面對如此別出心裁的形式設計，多數論者業已
留意到《奇萊前書》裡的「我」是寫作者楊牧投影、想像、虛構
出來的人物，透過成年人的眼光重新回顧兒時種種。[9]

　　然而，我想進一步指出，《奇萊前書》將敘述者我（成人）
與角色我（孩童）並置，這種安排彰顯出個人生命史與世界史的
纏繞糾葛，深具全球視野。《奇萊前書》第一篇文章〈戰火在天
外燃燒〉鮮明地反映出此種特色：

　　　　這些發生在太平洋戰爭的初期。戰火在天外燃燒，還沒有
　　　　漫延到我的大海來，還沒有到達我的小城，沒有到達我小
　　　　城裡籠著密葉的院子。陽光幾乎每天都在竹籬上嬉戲，籬
　　　　下幾株新發芽的木瓜樹在生長。我蹲下來觀察那木瓜一天

《昔我往矣》〉，《臺大中文學報》第 13 期（2000），頁 169。

8　郝譽翔，〈浪漫主義的交響詩〉，頁 170。

9　吳潛誠，〈詩人少年時的一幅畫像：楊牧的（虛構）自傳散文〉，《島
　　嶼巡航：黑尼和臺灣作家的介入詩學》（臺北：立緒文化，1999），頁
　　93；楊照，〈重新活過的時光──論楊牧的「奇萊前後書」〉，載陳芳
　　明主編，《詩人楊牧：練習曲的演奏與變奏》（臺北：聯經，2012），
　　頁 290-291；鍾怡雯，〈文學自傳與詮釋主體──論楊牧《奇萊前書》
　　與《奇萊後書》〉，載陳芳明主編，《詩人楊牧：練習曲的演奏與變
　　奏》。陳芳明編。臺北：聯經，2012），頁 401；郝譽翔，〈浪漫主義
　　的交響詩〉，頁 171。

> 一天抽高，蚯蚓在翻土，美人蕉盛放……那邊還有成排的
> 人家，正對著後門的那家廊下總坐著一個小腳的老媽媽，
> 她是瞎子。向右轉就得下坡，群樹錯落處是一畦一畦的菜
> 園。再遠的地方我就不太清楚了。
> 戰火還沒有燒到花蓮。（12）[10]

〈戰火在天外燃燒〉描寫楊牧 5 歲在花蓮時期的童年記憶。5 歲
的孩子能記得甚麼？望出去的世界範圍有多大？也許相當有限。
楊牧在這本書一開始建構了一座「籠著密葉的院子」，以此為隱
喻，一座密葉層層疊疊覆蓋的院子，暗示童年時期楊牧視野的侷
限與不足，童年楊牧對於世界的想像範圍最遠跨不出他住家附近
的菜園，「我的天地很小，大半就在院子裡樹蔭底下」。不過，
角色我（孩童）及對院子的描述部分僅佔這篇散文一半的篇幅，
另一半則由敘述者我（成人）從世界史角度描述太平洋戰爭對東
亞各國帶來的戰火轟炸以及戰事的發展，此時，視野大幅度開
展，跨出院子，越過花蓮、深入太平洋沿岸與各島慘烈的熊熊戰
火，以此補足了童年楊牧的認知侷限。日本偷襲珍珠港，美軍轟
炸，硫磺島之役，呂宋戰役，臺籍南洋軍伕，太平洋戰爭的重大
戰役穿插進楊牧描述兒時記憶的散文，孩童之眼望出去的純真世
界與遠方太平洋慘烈戰火互為對比，不只讓這篇文章的敘事更為
繁複、重層，更重要的是，此文跳脫個人生命史的耽溺追憶，而
是把個人兒時記憶放在世界史版圖。

---

[10]　本文所引用的版本為楊牧，《奇萊前書》（臺北：洪範，2003），以下
不另外說明。

　　更值得留意的是，楊牧在此不只是將個人生命史與世界史參照並置，更透過敘述觀點的運作，趁機提出自身看待戰爭的態度。緊接著〈戰火在天外燃燒〉，《奇萊前書》第二篇〈接近了秀姑巒〉表面上描寫「我」的家人為了閃避美軍轟炸，決意舉家往南疏散，實際上探討的是死亡的殘忍。這一篇以直接而嚴厲的口吻批判太平洋戰爭：「這些臺灣人真不知道為什麼必須捲進這場暴虐可恥的戰爭裡」（27），敘述者在此選用「暴虐可恥」作為形容詞，清楚凸顯自身觀點。此外，在批判日本軍國主義之後，緊接著，敘述者提到某日「我」在巷口瞧見兩位業餘獵人展示一頭野豬，同時想像這頭野豬在生前如何奮勇反抗獵人與獵犬的圍捕，攻擊著，直至筋疲力竭。「我」誇讚野豬的奮戰精神。敘述者描述野豬的段落應與前一段批判日本皇軍的敘述對比參照，可凸顯何謂真正的勇敢：野豬為了生存而戰，是「真正的英雄」（29），而日本皇軍則是為了滿足軍國主義野心而投入「聖戰」，終究只是滿足貪念罷了。〈接近了秀姑巒〉藉由人類屠殺動物為隱喻，批判人類的殘忍、無情、冷血，批判戰爭與死亡的荒謬，「我聞到了人間暴虐的氣息」（40）。

　　《奇萊前書》開卷首篇刻畫童年楊牧嬉戲玩耍的院子及太平洋戰爭的戰事發展，兩段記憶交疊糾葛，展現出史書美（Shu-mei Shih）所定義的：文學的世界性（worldness）。文學屬於世界的一部分，同時也涉入世界所統御的關係之間[11]，從這個角度來看，既然所有的文學總已經介入了充滿權力流動的關係網絡，

---

[11] Shu-mei Shih, "Comparison as Relation," in Rita Felski and Susan Stanford Friedman eds., *Comparison: Theories. Approaches, Uses.* (Baltimore: John Hopkins University Press, 2013), p.80.

難以逃逸，文學的形式與歷史的形塑過程緊密相依，而文學的內容總也是歷史的一部分，於是乎，所有的學者必須從世界史的角度審慎而深入地剖析這些關係。[12]倘若我們同意《奇萊前書》的核心任務在於勾勒一位詩人——不論是身體、心智、藝術感悟各方面——的萌芽與茁壯，當作家刻意把個人生命史與世界史合而觀之，似乎暗示我們文學內裡與外在世界兩者之間緊密不可切分的關係，同時也展顯作家的世界觀。

　　簡單來說，《奇萊前書》展現出兩種層次的「文學的世界性」。首先，楊牧是一名著作等身的比較文學學者，中西文學學識紮實深厚，他歷年來的詩作與散文作品頻繁調度中國古典詩文以及西方文學的意象、書目、主題、知名人物等，以致於橫跨雙重文化（bicultural）、多重文本相互指涉（intertextual）已成為楊牧鮮明的文學標誌。[13]葉慈、林冲、羅爾卡、達賴喇嘛等身分各異、國族各別、或真實或虛構的人物均在楊牧詩文作品裡輪番登場。我們在《奇萊前書》同樣可看見這種跨文化互文的技巧，例如〈詩的端倪〉引述柏拉圖、艾略特，〈胡老師〉談到沈從文作品裡的湘西小村。黃麗明（Lisa Lai-ming Wong）總結道，這種引述各國文學經典傳統、多重文本相互指涉的文學創作特色有助於楊牧在作品裡，讓各國文學傳統彼此對話、互動、碰撞，並建構出世界文學的論述空間（discursive space of world literature）。[14]

---

[12]　Shu-mei Shih, "Comparison as Relation," p.84.

[13]　Michelle Yeh, "Introduction," in Yang Mu, Lawrence R. Smith, and Michelle Yeh eds., *No Trace of the Gardener: Poems of Yang Mu* (New Haven: Yale University Press, 1998), pp. xxiv-xxv.

[14]　Lisa Lai-ming Wong, *Rays of the Searching Sun: The Transcultural Poetics*

　　其次，楊牧試圖將世界史巧妙地融入作家自傳散文創作，這是另一種介入世界文學論述空間的嘗試。謝永平犀利地批判，目前論者在討論世界文學時，往往強調作品的跨國流動、翻譯與接受，此舉無疑與全球資本主義市場的修辭不謀而合，將文學作品扁平化為商品。謝永平認為，當我們在談世界文學時，我們不是在討論一種超越普世時間的永恆美學，也不是指一本作品究竟賣出多少國際版權，而是這部文學作品如何屬於這個世界，內在於這個世界（literature that is of the world），同時也在作品裡展現這個世界。世界提倡的是一種連結、從屬、休戚與共的形式[15]，而一部世界文學作品能呈現某個歷史特定時空環境下的各種力量及其錯綜複雜的關係，藉此彰顯世界化的過程（processes of worlding）[16]。

　　從這個角度來看，《奇萊前書》正是一部世界文學作品。《奇萊前書》在 2002 年出版，數年後，上田哲二、陶忘機（John Balcom）與黃瑛姿（Yingtsih Balcom）分別將這部重量級華語作家散文扛鼎作譯介成日文、英文，讓這本作品得以傳播到世界其他地方。然而，我認為早在《奇萊前書》外譯之前，此書便已是一部謝永平所定義的世界文學鉅作。〈戰火在天外燃燒〉、〈接近了秀姑巒〉揭開 1940 年代太平洋戰爭序幕，接著回過頭來批判二十世紀初期日本殖民主義及軍國主義的野心。〈他們的世界〉描寫臺灣原住民自全球大航海時代遭到原住民、漢人、日本

---

of Yang Mu (New York: PIE Peter Lang 2009), p.76.

[15]　Pheng Cheah, "World against Globe: Toward a Normative Conception of World Literature," *New Literary History*, vol.45, no.3 (2014), p.319.

[16]　Cheah, "World against Globe," p.326.

人重層殖民的悲劇。太平洋戰爭落幕，另一波戰爭又悄悄開打，〈一些假的和真的禁忌〉、〈野橄欖樹〉、〈程健雄和詩與我〉、〈那一個年代〉描寫 1950 年代國民黨統治時期白色恐怖、反共抗俄等一連串舉措，宣告全球冷戰局勢已然悄悄啟動。楊牧創作的《奇萊前書》除了是一本回顧詩人成長歷程的文學自傳以外，更重要的是，個人史與世界史的交錯呈現方式讓這部作品跳脫耽溺的個人回憶錄，將視野投向到二十世紀世界史、東亞史的劇烈動盪及對個人心靈成長的深遠影響。

　　楊牧歷年來創作反映出一種世界公民胸懷，這標示出一種對世界開放的態度（cosmopolitan world openness），同時也是傳承世界共同資產的志業。邱貴芬提醒我們，楊牧文學創作所展現的世界主義色彩必須和跨文化、全球化等概念仔細區辨。因為當代文學及文化論述流行的跨文化論述強調差異、非正統、異質性的重要性，這種價值觀並不適用於詮釋楊牧作品。楊牧作品裡的世界公民實踐隱含一種對於根（roots）和傳承（inheritance）的堅持[17]，這是一種義無反顧承擔傳統、傳承文化、批判性反思歷史的舉動。換句話說，《奇萊前書》裡將充滿戰爭兵禍的世界史納入視域，也是基於同樣的傳承使命感。

擬造記憶，擬造世界

　　除了宏觀世界史，《奇萊前書》當然也刻畫了臺灣史的進

---

[17] Kuei-fen Chiu, "Cosmopolitanism and Indigenism: The Uses of Cultural Authenticity in an Age of Flows," *New Literary History*, no.44 (2013), p.161.

程，跨族群互動是此書核心關懷所在。書裡的「我」是誕生於日治末期花蓮的福佬人，因此這本書花了相當大的篇幅處理福佬人、日本人、原住民、外省族群之間的互動，包括好奇、衝突、理解等迥異情感狀態的呈現。耐人尋味的是，儘管皆屬於異族、異文化，敘述者觀看各個不同族群的方式（ways of seeing）大相逕庭，凸顯出敘述觀點的運作以及隱藏在背後的作者史觀。接下來，我希望從《奇萊前書》呈現的臺灣跨族群互動軌跡，思考這本書除了將世界史融入文學文本之中以外，如何更進一步地立基臺灣的族群情境，提出對新世界藍圖的期許。

　　《奇萊前書》裡率先登場的異族是〈戰火在天外燃燒〉的一對日本夫妻，有意思的是，後來經母親告知，「我」才明白這一對「不知道為什麼他們開口講的都是日本話」的夫妻其實是臺灣人（14）。這一段把臺灣人「誤識」為日本人的描述充滿寓意，表面上寫的是渴望變成日本人的臺灣人，暗地裡，間接暗示日本人在臺灣享有殖民統治者、殖民模範、優勢族群的文化位階，以致於臺灣人在殖民論述的洗腦下努力變成日本人。1930 年代中期，隨著日本與中國戰事日益增溫，臺灣總督府全力推動皇民化政策，力倡臺灣人無論姓名、語言、文化均加速日本化，驅使臺灣人認同自身為日本人，並為日本帝國的海外戰役奉公獻身。這一對日本化的臺籍夫婦便是皇民化運動政策下的產物。「我」觀看日本人的方式極為迂迴，作家並沒有直接描述日本人，而是透過模仿日本人的臺灣人，襯托出日本人在當時臺灣社會所佔據的優越位置。從皇民化運動的歷史脈絡觀之，敘述者挑選「誤識」作為觀看及理解日本人的開端，隱含敘述者面對皇民化運動和殖民權力結構由上而下穿刺臺灣人自我認同的基進批判立場。楊牧

藉此表明自己對於殖民統治下種族政治與權力關係的反思。

　　相較於「我」為了避免遭到同化極力與日本人維持異質關係，「我」與原住民的接觸則闢拓出一種無法跨越的異質性。〈他們的世界〉書寫「我」的原住民第一類接觸經驗，作家花了非常大的力氣描繪原住民外觀上的差異，黝黑、繁瑣的頭巾衣飾、背籮筐、嘴叼粗煙捲，並且不斷將山川自然的意象疊加到原住民形象。需要留意的是，敘述者大量使用形容詞形容原住民，「樂天、勇敢而缺乏謀慮」，「純樸，耿直，簡單，開放，縱情」（50）。我認為這樣的策略呼應作者意欲傳達的原漢之間的關係：原住民是一種充滿異質性且難以言銓的世界，正如標題敘明，他們的世界。形容詞無止盡的堆疊在此具有特殊意義，這種形式傳達出意義符號的平移、滑動、補遺，大量形容詞構連成連綿不絕的意義鍊結串，在在暗示讀者，作者對於捕捉此異質世界的渴望，但又難以精準定義的徒勞無功。楊牧與原住民的相遇、相識、相容進而戮力以文字捕捉其樣貌，一種面對「非我族類」的同情共感於焉浮現。[18]

　　這種跨族群互動書寫有何意義？又與展望未來的擬造世界之力有何關係？我們必須回到散文創作的時代背景加以仔細推敲。如前所述，《奇萊前書》由三本出版於 1980 年代的散文集彙整而成，而楊牧在這一系列書寫構築出的兩種跨族群互動世界想像——原住民異質世界，以及日人臺人混居的殖民地世界——在作品出版的 1980 年代恰恰屬於遭到中華民國漢人正統官方論述壓

---

[18] 董恕明，〈拿起來，翻開：原住民在楊牧詩文中進進出出〉，《新地文學》第 10 期（2009），頁 337。

抑的異質記憶，那是戰後出生一代從未經歷過的隱蔽臺灣史。當楊牧重新在作品裡招喚異質記憶，可與蘭斯伯格（Alison Landsberg）所提出的「擬造記憶」（prosthetic memory）相互參照。根據蘭斯伯格的看法，擬造記憶是指某一人與關於過去的歷史敘述相逢時，將自身縫合進自己從來沒有經驗過的歷史記憶之中。[19]擬造記憶是一種非自然、非正統、非自身真實經驗，是從博物館展品、欣賞電影、畫作或書籍等媒介再現歷史記憶的過程當中，將這些記憶化為自身記憶。[20]《山風海雨》（1987）、《方向歸零》（1991）、《昔我往矣》（1997）自 1980 年代中期之後陸續出版，彼時以臺灣為主體的思考逐漸檯面化，鬆動大中華民族主義敘事，臺灣日本殖民時期的作家如楊逵、鍾理和等人重新受到重視，原住民紛紛走上街頭，爭取自身權益。從這個脈絡來思考，儘管楊牧觀看日本人與原住民的觀點各異，放到 1980 年代的時間點來看，這兩種再現均隱含一種擬造記憶的實踐，讓毫無日本殖民經驗的臺灣人重新活過一次當時的時光，正視臺灣豐富的跨族群接觸圖景。

　　臺灣意識崛起的時代背景深深影響楊牧的創作。賴芳伶提醒我們注意《奇萊前書》首頁的日文獻詞：「此の書わ母を捧に」，獻給母親的書。「母親」是指作家楊牧的母親，也可以視為臺灣的隱喻，以此對應這本書對於臺灣歷史、語言、政治和族群的深刻關照，展現作家對「原初土地，文化，與情感的概

---

[19] Alison Landsberg, *Prosthetic Memory: The Transformation of American Remembrance in the Age of Mass Culture* (New York: Columbia University Press, 2004), p.2.

[20] Landsberg, *Prosthetic Memory*, p.20-21.

念。」[21]楊牧的花蓮不是限縮，而是擴張的，以花蓮隱喻整個臺灣的歷史境遇。[22]於是，這本書以「奇萊」為書名，細膩刻畫臺灣的地景風土、人情世故、歷史流變，這本書所構築的殖民地、原住民、山野自然等多樣態的異質世界同樣也加入修復臺灣記憶的工程，透過擬造記憶的運作，讓此書發揮形塑蘭斯伯格所謂形塑個人主體性的效應。[23]〈一種假的和真的禁忌〉批判「我」在國民黨教育統治下背誦大麥——「你可能一輩子都看不見的東西」（107）——的相關知識，而非教導蕃薯、芋頭、水稻等與臺灣人民生活息息相關的作物。這一段指出國民黨教育利用擬造記憶（不存在於臺灣人生活經驗的大麥）形塑臺灣的中國認同，那麼《奇萊前書》則以其人之道還治其身，藉由文字的虛構力量擬造臺灣的歷史記憶及生活世界，創造中原大陸世界觀以外的另一個以奇萊（臺灣）為觀點的新世界。遭到壓抑的臺灣記憶，在楊牧的文字世界裡獲得來世（after life）。

　　楊牧在《奇萊前書》闢拓以臺灣為觀點的世界，這個世界並非對抗性，而是包容、開放、悅納異己。此特點在刻畫臺灣本省與外省族群之間的記憶、語言、文化差異與衝突時，表露無遺。〈愛美與反抗〉是一顯著案例。這一篇寫國民黨政府來臺以後大力推行國語政策，嚴禁臺灣人民講日語，不料某次兩位高年級學

---

[21] 賴芳伶，〈楊牧「奇萊」意象的隱喻和實現——以《奇萊前書》、《奇萊後書》為例〉，載陳芳明主編，《詩人楊牧：練習曲的演奏與變奏》（臺北：聯經，2012），頁 74-75。

[22] 陳義芝，〈楊牧詩中的花蓮語境〉，《淡江中文學報》第 26 期（2012），頁 179。

[23] Landsberg, *Prosthetic Memory*, p.2.

生私下使用臺語交談，卻被誤認為是日語，遭到外省籍公民老師孫先生的嚴厲懲罰：

> 「他說的是臺語」，戴眼鏡的哥哥搶著說。
>
> 「不要以為我聽不懂。日本鬼子話我聽多了」公民老師的聲音緩和一些，有點訕訕的樣子：「我看到的鬼子比你們還多。你這個亡國奴。」原來公民老師是東北人，他是痛恨日本鬼子的。
>
> 「他說臺語怎麼是亡國奴呢？」我插嘴問。
>
> 孫的黑臉又歪了，摻進一絲赧紅，隨便看我一眼，憤憤地說：「臺語、日語，都一樣，全是些無恥亡國奴！」隨即挪動他短短的雙腿，轉身走進剛才那間教室，將我們六個人丟在走廊上。雨還在細細地下著。（180）

本省族群經歷長達五十年的日本殖民統治，外省族群的對日抗戰創傷難以痊癒，兩個族群各自有各自的日本情結，這一段深刻彰顯出本省族群與外省族群源自於不同的歷史經驗所造成的緊張關係。歷史經驗的落差轉化到實際生活，則因為權力位置的高低（公民老師相對於學生），讓外省族群的歷史經驗較具政治正確，因而可出手掌摑學生，甚至痛罵他們為無恥亡國奴。耐人尋味的是，儘管公民老師的言詞展現出權威，敘述者「我」卻透過描述公民老師的細微外在情緒變化——「聲音緩和一些，有點訕訕的樣子」、「摻進一絲赧紅」——暗示公民老師自知理虧，只是拉不下面子向學生道歉。再一次，我們看見敘述觀點扮演了重新建構意義的角色。

　　然而，這一篇文章的重點並非鼓勵以某一觀點取代另一觀點，而是開啟相互理解的平台。公民老師離開後，遭到摑掌的兩位高年級生和四位低年級生留在原地，望著走廊外滴滴答答下著的雨。低年級關心探問學長的狀況，學長「低頭對他用臺語說：『不要緊』伸手摸摸他的頭：『だいじょうぶ』，又加上一句：『猿も木から落ちる』」（181）。「猿も木から落ちる」直譯是指猴子也會從樹下掉下來，意指人非聖賢孰能無過。〈愛美與反抗〉描寫戲劇化的體罰場景，卻以學生原諒老師化解衝突。遭到掌摑的學生摀著痛處，仍站在對方（老師）立場設想，選擇原諒對方，這裡深刻展現自我與他者之間的倫理關係。

　　稍微敏銳地的讀者或許會質疑，叛逆期的中學生遭到師長莫須有責罰，怎麼可能選擇原諒？怎可能忍住動手的衝動呢？這是真的記憶嗎？我想，我們不需要太計較故事發展的真實性，而是要思考這樣的記憶被紀錄下來（或擬造出來），具有甚麼樣的效益？吳潛誠提醒我們，與其說楊牧自傳式散文的主角是真實自我，不如說是作家建構的理想的自我（ideal self），「詩人自己最關心、希望別人看到的那個角色」。[24]我希望延伸此觀點，主張《奇萊前書》的所有角色均是作家為了建構某種理想世界，依照真實經驗且經藝術化調整而擬造出來的角色。換句話說，楊牧在〈愛美與反抗〉這篇文章刻畫本省與外省族群記憶的相互理解、尊重，可發揮蘭斯伯格主張的擬造記憶的力量：「因為他們栩栩如生，他們有助於決定一個人如何感知世界，也能闡述自我與他者之間的倫理關係……產生同情、社會使命感及政治結盟，

---

[24]　吳潛誠，〈詩人少年時的一幅畫像〉，頁93。

藉此跨越種族、階級與性別的藩籬」。[25]這一段刻意描寫本省籍高年級生教導低年級生原諒公民老師的魯莽，隱含仇恨情緒不該世襲的用意，教導未來世代尋求族群共榮的和解之道。這樣的用心顯然對應 1980 年代中國意識與臺灣意識日漸激化的對立處境。

小世界與大世界的辯證

《奇萊前書》裡擬造記憶的運用勾勒出跨文化接觸的關係倫理，思考跨族群結盟的未來，於是乎，這本書跳脫耽溺個人記憶的回憶錄，而具備改變社會、建構人文價值判斷的動量。陳芳明指出，《奇萊前書》「除了不斷挖掘記憶身處的啟蒙與成長經驗」，同時也「致力重建自己的人文價值與思想結構」[26]；賴芳伶也提醒，楊牧所關切的「不僅止與具象或昇華後的大自然，而是考量到『如何將其融通於人文價值』」。[27]兩位學者共同強調《奇萊前書》內蘊豐厚的人文價值，我認為這種人文價值正是謝永平所謂文學所具備的擬造世界之力（world-making power）。

我前面業已徵引謝永平的觀點，強調世界文學能呈現某個歷史特定時空環境下的各種力量及其錯綜複雜的關係，藉此彰顯世界化的過程（processes of worlding）。[28]只不過，他也提醒我們，

25　Landsberg, *Prosthetic Memory*, p.21.

26　陳芳明，〈抒情的奧秘〉，載陳芳明主編，《詩人楊牧：練習曲的演奏與變奏》（臺北：聯經，2012），頁 ii-iii。

27　賴芳伶，〈楊牧「奇萊」意象的隱喻和實現〉，頁 45。

28　Cheah, "World against Globe," p.326.

世界文學並非是指將整個世界的複雜關係及構連濃縮在文學文本裡頭，這相當困難，而且不切實際，因為沒有人可以宣稱自己已經看遍全世界。對謝永平來說，世界公民視域（cosmopolitan optic）指的不是一種實際感官經驗，而是一種想像。於是，世界文學成為一種擬造世界的行動實踐，讓我們得以從文學創作的想像實踐裡，嘗試想像另一個未知而即將到來的世界。[29]

　　楊牧也有類似的看法，文學於他亦是擬造世界的利器，而文學與現實之間正是小世界與大世界的辯證。「小世界，大世界」的說法出自《奇萊前書》的〈程健雄和詩與我〉一篇。這一篇散文描寫「我」在國中時期熱衷寫詩投稿的故事。在當時的花蓮小鎮，不少學生嘗試寫作投遞到花蓮地方報刊，其中的寫作佼佼者，是楊牧在這一篇描寫的高二詩人程健雄，他的詩作整齊悅目，卻又憂傷沉默，不但是全校最出名的詩人，甚至已在臺北詩刊發表新作。然而，當「我」在中學階段醉心於錘鍊詩藝，此時也正是國共兩黨隔著臺灣海峽對戰、叫囂之際，民族主義氣焰高漲，投筆從戎的口號喊得震天嘎響。校方在週會拉起「歡送愛國同學入伍從軍」的大紅布條，「我」赫然發現，程健雄也位列行伍之中，我的內心大受衝擊。

> 我看到程健雄也在其中……這樣就去從軍了嗎？……那些剛出生的憂鬱怎麼處理，詩怎麼處理？那些你能帶去海軍嗎？你真要去為太平艦復仇嗎？……聽校長和老師代表一

---

[29] Pheng Cheah, "What Is a World? On World Literature as World-Making Activity," *Daedalus*, vol.137, no.3 (2008), p. 26.

一上台演講，聽在校同學代表致歡送辭，聽從軍同學代表
致告別辭，繞來繞去都是那幾句話。你坐在那裡，不覺得
他們可厭嗎，不覺得那些成語虛假，俗氣嗎？然則你的詩
哪裡去了？你有紀律的句式和章法，精緻的標點烘托出纖
細靈巧的意象，如歌的嘆息，如此溫婉如此美麗，從具象
帶向抽象，從現實帶向未知的世界，你如何保護這一個小
世界，大世界？（225-226）

這一段話有相當多層次的解釋可能性。首先，它建構創作與從軍
的二元對立，它把整個從軍儀式形容為虛假、俗氣、可厭，批判
高漲的民族主義（從軍入伍），藉此推崇具備普世主義色彩的創
作（你的詩哪裡去了？）。其次，它彰顯現實世界與文學世界之
間的對立關係，彷彿暗示，一旦投筆從戎，文學創作勢將無以為
繼。最後一點，也是我認為最核心的詮釋切入點，如果說從軍入
伍的目的是要保衛家園、抵禦外侮、收復大陸失土，這裏頭其實
隱含一種改變現實或者預防現實遭到改變的念頭；然而，當楊牧
把從軍入伍和詩歌創作相提並論，並以敘事觀點的評價點出詩歌
創作優於入伍的時候，他實際是在暗示詩歌創作擁有改變世界的
力量，而且其力道絕對不亞於從軍入伍。

　　《奇萊前書》擬造了甚麼樣的新世界？如何改變世界？想像
（imagination）扮演舉足輕重的角色。正如我前面所分析的，
《奇萊前書》揭示了一個世界，而時間是展示世界化過程
（worlding）的核心力量。這本書透過「我」的回憶追述構建出
一個不只擁有山河、村落、自然等空間向度的世界，更是深具情
感、記憶、歷史意識等時間向度的世界，楊牧生命史、臺灣史、

乃至於世界史均融合在這一本文學創作所建構出來的想像世界裡頭。這個世界之所以是想像的產物，在於其虛構特質，如同前述指出，書中所記載的故事不見得等同於楊牧的實際生平經歷。[30]不過，正因為其虛構特質，讓散文裡的敘述觀點得以發揮臧否人事的作用，比方說這本散文集一開始〈戰火在天外燃燒〉便大力批評二十世紀初橫掃東亞的日本殖民主義，質疑其掠奪殖民地資源，同時企圖透過皇民化運動將殖民地人民洗腦為日本人，好讓殖民地人民志願在太平洋戰爭期間為天皇犧牲。同樣地，〈一些假的和真的禁忌〉、〈野橄欖樹〉透過書寫敘述者接受教育的過程，標示以本土為觀點的發聲位置，批判國民黨洗腦教育的虛妄。值得注意的是，即便《奇萊前書》凸顯以臺灣為觀點的思考，這本書卻未因此落入族群分裂的險境。〈愛美與反抗〉以本省族群與外省族群的大和解，暗示跨族群理解、共存、共榮的必要性，期許未來世代尋求族群共榮的和解之道。

奚密曾盛讚楊牧為臺灣現代詩的 Game-Changer，尤其是在 1970 年代起擔任期刊編輯、叢書出版、學術活動、多角度創作等不同職位，對臺灣文壇的發展與未來走向發揮相當大的影響力。[31]我不禁想進一步探問，除了 Game-Changer，楊牧是否有可能亦是 World-Changer？對世界有一些自己的想法，並且想要改變？有的。《奇萊前書》對於族群共榮、世界史、人性價值的

---

[30] 吳潛誠，〈詩人少年時的一幅畫像〉頁 93；楊照，〈重新活過的時光〉，頁 290-291；鍾怡雯，〈文學自傳與詮釋主體〉，頁 401；郝譽翔，〈浪漫主義的交響詩〉，頁 171。

[31] 奚密，〈楊牧：臺灣現代詩的 Game-Changer〉，《臺灣文學學報》第 17 期（2010），頁 21-25。

關注，無疑是這本書試圖擬造和想像的新世界圖景。換言之，《奇萊前書》並非指向過去，而是面向未來的，恰恰呼應《山風海雨》扉頁所題：「此書為詩人自剖心神，體會記憶，展望未來之作」。謝永平回過頭重新梳理歌德的世界文學概念，力主當代學者挪用此概念時，總是淘空了立基於世界文學核心的人文主義精神（humanist ehtos）。什麼是人文精神？人文精神如何培育？歌德認為不同文化與國家之間的相互理解與容忍彌足珍貴，因為人文精神正是跨文化交流的產物。正是在此前提下，孕育於不同國家、地域的文學所交流匯聚而成的世界文學有助於勾勒出人類的共同歷史，滋養人文主義精神[32]。從這個角度來看，世界文學並非文學能在整個世界版圖裡傳播到多遠，跨越了幾大洲，而是它如何具體展現個別差異之間的普世人性，不同文化的跨文化接觸歷程。

　　《奇萊前書》展現了歌德所想像的世界文學圖景。從文學傳統方面，這本書以臺灣花蓮為主要描寫場景，書裡描寫的場景雖然狹小，但視野卻極為宏大，它引用臺灣、中國、英國、希臘神話等不同地區的文學傳統，繁複的跨文化文本指涉讓此作介入世界文學平台。除了世界文學史，楊牧也巧妙地將個人生命史貼合進世界史的發展進程，觸及二十世紀以後的太平洋戰爭、冷戰等不同重大歷史時刻，由小（地方）見大（世界），再次將這本書縫合進舉世動盪的變革局勢。另外一方面，從文本故事內容來看，《奇萊前書》細膩地描寫日本人、臺灣本省族群、外省族群、原住民等不同族群在臺灣這塊島嶼的相逢，在不同族群之間

---

[32]　Cheah, "World against Globe," p.305.

的好奇、對話、摸索、爭執、體諒的各式各樣跨文化相逢情境
裡，這部作品探討的並非各族群如何凝聚自身的單一族群認同，
而是跨族群關係如何維繫平衡，跨文化理解、容忍、對話如何可
能。

　　這本書闢拓出一種朝向他人，而非朝向自己的格局，普世人
性於是得以從個別性浮現。李歐旎討論世界文學時，特別援引女
性主義觀點，強調跨文化接觸時的第一步即是承認差異：「勒克萊
齊奧（Jean-Marie Gustave Le Clézio）和葛旭（Amitav Ghosh）的去
中心小說足以有效地生產出我理解的互動式普世主義（interactive
universalism）。各個角色截然不同、大異其趣的敘述觀點輪番上
場，呼應一種對於陌生他者的倫理關懷」。[33]李歐旎認為世界文
學——或是她強調的創造世界的文學（world-forming literature;
literature mondialisante）——是一種擁抱矛盾、差異、多樣性的
去中心化文學創作，拒絕提供單一視角的觀點及線性時間觀。[34]
從這個角度觀之，儘管《奇萊前書》採用第一人稱敘述觀點，並
未如李歐旎強調的讓不同敘述觀點輪番發聲，然而，此書依舊保
有一種「對於陌生他者的倫理關懷」，〈他們的世界〉是很好的
例證。這一篇嘗試再現臺灣原住民，儘管敘述者不斷建構原住民
正面、樂天、良善的形象，大量堆疊的形容詞卻也暗示漢人終究
無法全面性理解原住民。這種反躬自省的書寫觀點是跨文化接觸
不可或缺的能力，同時也為陌生他者保留其殊異性，留下詮釋縫
隙、差異、多樣性的空間。

---

[33]　Lionnet, "World Literature, Postcolonial Studies, and Coolie Odysseys,"
　　　p.292.
[34]　Ibid.

　　總結來說，楊牧在《奇萊前書》透過幻想之力所擬造的文字上的花蓮，是一個新世界，在這個世界裡，人與人充滿理解、對話、體諒的可能。正是在這個層次上，《奇萊前書》成為一本世界文學作品，這部作品呈現某個歷史特定時空環境下的各種力量及其錯綜複雜的關係，藉此彰顯世界化的過程（processes of worlding）；更重要的是，它在擬造新世界的行動裡扮演了舉足輕重的角色。《奇萊前書》是一種想像，一種願景，一種面向未來的許諾。《奇萊前書》徹底發揮謝永平所謂的擬造世界的力量，一股開創另一個世界的力量。這個世界並非一個觸不可及的理想世界，事實上，僅僅離現實世界只有一步之遙[35]。

結　語

　　弱勢地區的文學生產如何成為世界文學？如何介入世界文學相關論述？以往我們關心的是透過臺灣文學的翻譯和傳播，讓世界看見臺灣。這一篇論文試圖翻轉這種論述思維，尋思臺灣文學擬造世界、改變世界的動能。這篇論文從楊牧的《奇萊前書》為切入點，論證這本書所描述的個人生命史之旅縫合進二十世紀世界史當中對戰爭、國家機器、跨族群接觸的深刻反省，隱含了作家面向未來，面向新世界的擬造與期許。《奇萊前書》蘊含了一股擬造世界之力。這一股力量，或許是臺灣文學可以介入世界文學相關論述的角度。

---

[35]　Cheah, "What Is a World?," pp.35-36.

引用書目

吳潛誠，〈詩人少年時的一幅畫像：楊牧的（虛構）自傳散文〉，《島嶼巡航：黑尼和臺灣作家的介入詩學》，臺北：立緒文化，1999。

奚密，〈楊牧：臺灣現代詩的 Game-Changer〉，《臺灣文學學報》第17（2010），頁 1-26。

郝譽翔，〈抒情傳統的省思與再造〉，《國立臺灣教育大學語文集刊》，第 19 期（2011），頁 209-236。

郝譽翔，〈浪漫主義的交響詩：論楊牧《山風海雨》、《方向歸零》、《昔我往矣》〉，《臺大中文學報》，第 13 期（2000），頁 163-186。

陳芳明，〈抒情的奧秘〉，載陳芳明主編，《詩人楊牧：練習曲的演奏與變奏》，臺北：聯經，2012。

陳義芝，〈楊牧詩中的花蓮語境〉，《淡江中文學報》第 26 期（2012），頁 177-196。

楊牧，《奇萊前書》，臺北：洪範，2003。

楊牧，《奇萊後書》，臺北：洪範，2009。

楊牧著，上田哲二譯，《奇萊前書──ある台湾詩人の回想》，東京：思潮社，2007。

楊照，〈重新活過的時光──論楊牧的「奇萊前後書」〉，載陳芳明主編，《詩人楊牧：練習曲的演奏與變奏》，臺北：聯經，2012。

董恕明，〈拿起來，翻開：原住民在楊牧詩文中進進出出〉，《新地文學》第 10 期（2009），頁 331-341。

賴芳伶，〈楊牧「奇萊」意象的隱喻和實現──以《奇萊前書》、《奇萊後書》為例〉，載陳芳明主編，《詩人楊牧：練習曲的演奏與變奏》，臺北：聯經，2012。

鍾怡雯，〈文學自傳與詮釋主體──論楊牧《奇萊前書》與《奇萊後書》〉，載陳芳明主編，《詩人楊牧：練習曲的演奏與變奏》，臺北：聯經，2012。

Cheah, Pheng. "What Is a World? On World Literature as World-Making Activity." *Daedalus*, vol.137, no.3 (2008), pp.26-38.

Cheah, Pheng. "World against Globe: Toward a Normative Conception of World Literature," *New Literary History*, vol.45, no.3 (2014), pp.303-329.

Chiu, Kuei-fen. "Cosmopolitanism and Indigenism: The Uses of Cultural Authenticity in an Age of Flows." *New Literary History*, no.44 (2013), pp.159-178.

Damrosch, David. *What Is World Literature?* Princeton: Princeton University Press, 2003.

Landsberg, Alison. *Prosthetic Memory: The Transformation of American Remembrance in the Age of Mass Culture*. New York: Columbia University Press, 2004.

Levy, Lital and Allison Schachter. "Jewish Literature / World Literature: Between the Local and the Transnational," *PMLA*, vol.130, no.1 (2015), pp.92-109.

Lionnet, Françoise. "World Literature, Postcolonial Studies, and Coolie Odysseys: J.-M.G. Le Clézio's and Amitav Ghosh's Indian Ocean Novels." *Comparative Literature*, vol.67, no.3 (2015), pp.287-311.

Shih, Shu-mei. "Comparison as Relation," in Rita Felski and Susan Stanford Friedman eds., *Comparison: Theories. Approaches, Uses*, Baltimore: John Hopkins University Press, 2013.

Wong, Lisa Lai-ming. *Rays of the Searching Sun: The Transcultural Poetics of Yang Mu*, New York: PIE Peter Lang, 2009.

Yang, Mu. John Balcom and Yingtsih Balcom trans., *Memories of Mount Qilai: The Education of a Young Poet*, New York: Columbia University Press, 2015.

Yeh, Michelle. "Introduction," in Yang Mu, Lawrence R. Smith, and Michelle Yeh eds., *No Trace of the Gardener: Poems of Yang Mu*, New Haven: Yale University Press, 1998.

山勢氣象：論楊牧的詩歌與自傳散文《奇萊前書》

蘇黎世大學博士候選人
利文祺

摘　要

　　楊牧的「氣象」一詞，發軔於晚期詩歌〈仰望——木瓜山一九九五〉，提示山脈雄偉、永恆之勢，並彰顯了楊牧自身的生命經驗。此山脈的意象可追溯至早期散文《奇萊前書》，根植於楊牧幼時和青年的記憶。如陳芳明所言，楊牧兒時印象的「花蓮」，不只是靈感的體現，更如奧德修斯一般，是詩人羈旅在外留學時，一種回顧，以及提示「花蓮」為終點之必然性。詩人常將山與海比擬為人，彷彿為其知己，抑或理想之化身，並與其展開親密的對話。這樣的對話反映了詩人的內在世界，如〈仰望〉一詩，敘述者將木瓜山描述為永恆的「少年氣象」，並透過對山脈充沛氣象之認同，進而暗示了自我對詩的定義、追尋、探索、以及想望，成為永恆之可能。因此，我將討論詩歌中的「山脈氣象」，對應楊牧的「少年氣象」，並解說詩人如何透過對山脈的認同，達到永恆的高度。

關鍵詞：奇萊前書　仰望——木瓜山一九九五　楊牧　自然書寫

The Spirit of Mountains: on Yang Mu's Poems and His Autobiography *Memories of Mount Qilai*

Abstract

My research intends to explore the idea of "spirit" (氣象) in Yang Mu's poem and his autobiography *Memories of Mount Qilai* (奇萊前書). This idea of "spirit", firstly appearing in the poem "Looking up – Mount Papaya" (1955), can shed the light on other works related to Taiwanese mountains. The image of mountains from his childhood, despite much of his lifetime staying abroad, has inspired him to develop an attitude of nostalgia in his works. Indeed, as Chen Fang-ming has underlined, the experience of Yang Mu's childhood not only became his poetic motivation, but also made Hualien into an Odysseus place where he would return after travelling. In his works, he personified the mountains as either his confidant or the ideal, shaping an intimate communication between him and the landscape. Such a communication reflects his inner world's dynamism. For example, the narrator, when looking up at Mount Papaya again, has discovered the eternal "spirit of youth" exuding from the mountain. After observing this "spirit" never changed since childhood, and revering the vitality of the mountain, the poet seemed to identify with such a magnificent image. In this way, the "spirit" can both refer to the mountain and the poet himself. More than this, the poet confessed his constant attempt to imitate and represent the beauty of nature, and also shaped a symbolic totality of myth and legend within his woks. Therefore, I would like to point out the correspondence between the "spirit" of the mountain and that of the poet, showing how the poet identified with the landscape, in order to bring himself into the level of eternity.

Keywords: *Book of Mount Qilai*, "Looking up to – Mount Papaya 1995", Yang Mu, Nature Writing

正　文

　　作為花蓮詩人的楊牧，描寫了許多當地的特色與風景。許多學者也已注意到花蓮作為象徵的特殊性，如陳芳明將詩人羈旅在外，透過對花蓮的不斷回顧，使其詩歌成為奧德修斯回家所按圖索驥之證詞（testimony）。[1]曾珍珍也以此為發想，寫下〈英雄回家〉的訪談紀錄。[2]其他人如陳義芝提到的花蓮語境，以及董恕明細數楊牧作品的原住民圖像，皆表示「花蓮」作為想像與靈感之重要。[3]然而，在臺灣中央山脈以東的花蓮，有奇萊山、太魯閣山、立霧山等，山勢高聳、密集，這樣無法迴避的重大意象卻少有人以學術的角度「進入山林」、或者說是「解構山林」，將「山」豐富的意義系統化。楊牧筆下的「山」，既是永恆、守護著花東之地，使其在戰爭之下得享安寧，更見證了臺灣歷史的轉變。而楊牧兒時記憶的山，在其羈旅回歸之後，於東華大學時期寫下的作品，如〈仰望──一九九五木瓜山〉，提示山脈「少年氣象」之充沛，印證自我對詩的定義、與著追求。

---

[1]　陳芳明，〈永恆的鄉愁──楊牧文學的花蓮情節〉，《後殖民臺灣：文學史論及其周邊》（臺北：麥田出版，2002），頁 209-240。

[2]　曾珍珍，〈英雄回家〉，《人社東華》第一期（2014）。

[3]　陳義芝，〈楊牧詩中的花蓮語境〉，《淡江中文學報》第二十六期（2012.6），頁 177-196。
　　董恕明，〈拿起來，翻開──原住民在楊牧的詩文中進進出出〉，《新地文學》第十期（2009.12），頁 331-341。

心靈寄託與創作源頭

　　楊牧「山」的意象，從《奇萊前書》可發現，其繁複性乃依據詩人的成長軌跡所發展。該書之〈序〉提到自傳體《奇萊前書》之命名，乃因這些散文，發溢於「胸裏懷有一片悠然的綠色山谷，深邃如神話重疊的細節，形貌彷彿隱約，倫理的象徵永遠不變，那崇高的教誨超越人間想像，不可逼視，巍巍乎直上雲霄」。[4]引文隱含兩種概念：首先，「山」成為詩人的靈感泉源，如早期「神話」激發了後來小說家與詩人的想像。[5]其次，詩人亦提到「倫理」之教誨，彷彿「山」的拔高提示「倫理」的絕對（absolute）、以及無條件（unconditional）的肯定、或否定。[6]在山的雙重特性——它作為靈感源泉、不願妥協——之前，詩人仰首，並提到：

> 奇萊山高三千六百零五公尺，北望大霸尖山，南與秀姑巒
> 和玉山頡頏，永遠深情地俯視著我，在靠海的一個溪澗蜿
> 蜒，水薑花競生的，美麗的沖積扇裏長大，揮霍想像，作
> 別，繼之以文字的追踪，而當文字留下，凡事就無所謂徒

---

[4]　楊牧，《奇萊前書》（臺北：洪範書店，2003），頁5。

[5]　山作為神話的源頭請參照註解六。

[6]　「倫理」一詞並未在我們要探討的作品《奇萊前書》以及〈仰望〉再次出現，然而卻可透過迂迴的方式印證。《奇萊前書》的敘述背景為國民政府統治時期，敘述者在隱約之處常提及殖民過程，如禁說母語、政令宣傳、迫害，在提及這些政治經驗之後，筆勢轉為對山勢的描寫，而楊牧的政治態度，以及試圖反抗的更情溢於表，對於自由的想望，是「倫理」、是「道德」的命題。

然。[7]

　　我們必須注意到這段序文中的句子「奇萊山高三千六百零五公尺，北望大霸尖山，南與秀姑巒和玉山頡頏，永遠深情地俯視著我」重複在後來的章節，共計四處。如〈戰火在天外燃燒〉提到奇萊山護衛太平洋戰爭下的小城：「奇萊主山北峰高三千六百零五公尺，北望大霸尖山，南與秀姑巒和玉山頡頏，遠遠俯視著花蓮在沉睡，一個沒有新聞的小城。」[8]或此篇散文的後半部，反寫颱風過後花蓮的甦醒，同樣的句子，若干的變奏：「奇萊主山北峰高三千六百零五公尺，插入亞熱帶的雲霄，北望大霸尖山，南與秀姑巒和玉山頡頏，遠遠俯視著甦醒的花蓮。」[9]第三處為散文〈接近了秀姑巒〉，描繪戰爭下，舉家逃難入山的過程，詩人回憶當時看到奇萊山，並稱呼為「偉大的守護神」：「我們的奇萊山——啊！偉大的守護神，高三千六百零五公尺……（秀姑巒山）拔起海面三千八百三十三公尺，和玉山並肩而立，北望奇萊山，同為臺灣的擎天之柱。」[10]第四處的變奏為〈愛美與反抗〉，奇萊山冷眼觀看外省人污辱本省人：「奇萊主山北峰高三千六百零五公尺，北望大霸尖山，南與秀姑巒和玉山頡頏，遠遠俯視我們站在廣場上聽一個口音快意的人污辱我們的母語。」[11]這四處暗示了「奇萊山」作為本書的母題以及其變

---

[7]　同前註，頁5。

[8]　同前註，頁12。

[9]　同前註，頁23。

[10]　同前註，頁31。

[11]　同前註，頁176。

奏，也在寫作技巧上，提示了特定象徵之必要。「奇萊山」成就了這本自傳的精神依靠，是颱風、以及太平洋戰爭的避風港、國語政策之下的超脫。

又或者，詩人「追踪」那「奇萊山」的意象後，發掘奇萊意象可以如此變化，如此地被想像力所「揮霍」，如散文〈水蚊〉所言：「山的顏色和海的聲音──這些在我心神中央，我這樣想像著，其實是觀察著諦聽著，並且似乎還能從現象出發，掌握一些更深的線索──那些沉在精神內部的因素，在我覺悟的時刻，忽然湧動，產生無限光彩。起初只是繽紛的顏色和抑揚的聲音，繼則彷彿可以蔚為虹霓，構成完美的樂章。」[12]如同方才所提到的古老神話之於後來作家，又或者如奧林匹斯山作為希臘神話的中心而產生的諸多想像與故事，[13]我們不仿也說「奇萊山」的神話性，體現於雲間那隱藏卻乍然顯現的神秘，成為創作之源頭與本書之基調，這也是詩人在〈序〉的結尾所提示：

> 朋友認真地說：現在你向右看。大家都相信，他說，從花
> 蓮望去，這是惟一看得見奇萊山的地方──早上天剛亮的
> 時後。然後呢？我問。然後雲靄就將那山遮起來了，他
> 說：太陽照到的那一刻。我們相繼接不上話來，各自沉
> 默，眼睛朝著窗外。我看到熟悉的草木在春夏之交的山谷
> 地帶如此翁鬱，快速地生長，點綴一種提早結有紅色小果

---

[12] 同前註，頁68。

[13] 楊牧在最新詩集《長短歌行》，即以「希臘」為題，描述希臘諸神享有永久之名，並在〈序〉提示神話在詩集之作用，以及招喚已逝去的神話之嘗試。

子的矮樹，像星星一樣為我逐日淡去的如夢的夜空燃起記
憶的火光。……我認得那北邊最高的群峰，和那些雲，就
在忽明忽滅的太陽光照耀之下，這一刻，霧氣快速散去，
那蜂群卓爾的背面，凜然嚴峻，直接以它超越的光明注視
著我的，就是奇萊山。[14]

「太陽照到的那一刻」，可解釋成敘述者觸及想像力及回憶之
時，當山脈顯現，「『熟悉』的草木」也跟著燃起「『記憶』的
火光」。記憶重現，以山勢的形象。此時山勢成為創作的源頭、
記憶的鑰匙，開啟後來兒時記憶的篇章。另外，敘述者最後說：
「我認得……它超越的光明注視著我的，就是奇萊山。」以哲學
的方式來看，奇萊山的「超越」（transcendence），以及「光
明」，提示了超然於世俗、先驗性（a priori），以及神性。

堅強的守護

　　楊牧並沒有太多的幼時印象，有的也僅是無法抹滅的記憶。
在第一篇〈戰火在天外燃燒〉提及了兩大深刻的主題——太平洋
戰爭以及颱風——並以山的意象草蛇灰線，貫穿文章。太平洋戰
爭象徵了人類文明發展至極端之殘害，而颱風揭示了自然的極大
力量之蹂躪。對楊牧而言，一九四零年代的花蓮受到山「神」的
保護，不受颱風和戰爭之影響，使他能夠完整、充分地探索他的
天地。他道：「在那個年代，幼稚而好奇，空間所賦予我的似乎

---

[14]　同前註，頁 6。

只是巍峨和浩瀚，山是堅強的守護神，海是幻想的起點。」[15]

　　花蓮對楊牧來說，不只是家鄉，更是認知的起點。一九四零年初期，太平洋戰爭尚未延燒到花蓮。楊牧描述他的天地，提到：

> 那是一個幾乎不製造任何新聞的最偏僻小城，在那個年代。小城沉睡於層層疊高的青山之下，靠著太平洋邊最白最乾淨的沙灘。站在東西走向的大街上，你可以看見盡頭就是一片碧藍的海色，平靜溫柔如絲幕懸在幾乎同樣碧藍的天空下。回頭是最高的山嶺，忽然拔起數千尺，靠北邊的是桑巴拉勘山，向南蜿蜒接七腳川山，更遠更高的是伯托魯山，立霧主山，太魯閣山，在最外圍而想像中還能看清楚的是杜銌山，武陵山，能高山，奇萊山。[16]

這是《奇萊前書》正文第一次出現山的符號。山在此揭示了護衛、以及守護的含義，讓年幼的楊牧在山的懷抱中被呵護，未感到戰事的逼近。甚至，山群方位的描寫，以「靠北」、「向南」、「更遠更高」、「最外圍而想像中」等這些語彙，提示了以家鄉作為同心圓向外擴展認知的疆界，以山作為家鄉認同的最後終點，[17]過了山脈則為臺灣西部，另一個世界。如同楊牧在描寫颱風時，也提到：「颱風一定已經越過了奇萊山了。越過了奇

15　同前註，頁 18。
16　同前註，頁 12-13。
17　必須注意到，山的方位並非吻合地圖，僅是想像中的認知疆界。

萊山，它就離開了花蓮的境界。」[18]奇萊山成了自我的家鄉與外
界的分水嶺，這樣的領域認知，不僅是以西的山脈為界，也以小
城東方之太平洋浪潮之意象，體悟到世界即有邊疆與階段：「我
聽著那聲音，一遍又一遍來去，巨幅的同心圓——我就靠著枕頭
躺下，作為那不可計數的圓圈的中心，精神向外逸走，在無限的
空間裏湧動、向外延伸，直到最不可思議的抽象世界裏，似乎還
縹緲地搖著，閃動著，乃沉沉睡去——睡在大海的溫柔裏。」[19]
我們可以說，西邊的山脈與東邊的海域，這些界限劃分了世界，
使世界成為異質（heterogeneous）的場域，我屬地帶為安穩、富
饒，它屬地帶為想像、抽象、不可捉摸、恐怖。[20]山脈護衛下的
花蓮，楊牧能安穩地長大。

　　楊牧在《奇萊前書》提到的太平洋戰事之印象，除了資訊性
的描繪美國轟炸花蓮，深刻的記憶幾乎僅剩關於帶軍刀的日本
人、以及逃難過程。這兩者也透過山勢意象，襯托不同的主題。

　　首先是帶軍刀的日本之記憶。楊牧描繪自己見到的日本軍
人，臉上顯露出孤傲的氣息，暗示了戰爭的失利，然而筆勢一
轉，以山群的意象作結：「桑巴拉堪山，立霧山，奇萊山，峰頂
積著白雪，比挫折中的統治者和惶惑的臺灣人更沉默，沉默地守
護著，卻必然也傾傾訴說著些甚麼，我是聽得見山的言語的。」
[21]山脈永恆不變，靜靜地觀看一切，即使在戰爭，仍守護著臺灣

---

[18]　同前註，頁 23。

[19]　同前註，頁 26。

[20]　楊牧對化外海洋的想像為沉船、水手的髑髏、蟹類和海星的蠕動，「為
　　寂靜的水底世界敷上一層恐怖的顏色」。同前註，頁 19。

[21]　同前註，頁 15-16。

人，免受戰事的侵擾。

戰事終究來到花蓮，楊牧在後來的兩個篇章〈接近了秀姑巒〉與〈他們的世界〉描繪逃難的過程。逃難對於年幼的詩人，像一次愉悅的旅行，進入山林，無疑提示了山區保護了人類。詩人指認山脈，提示多層次的山脈構成了花蓮的邊界。楊牧更稱奇萊山為「偉大的守護神」：

> 左邊遠處是海岸山脈，右邊還是偉大的中央山脈。海岸山脈對我說來除了遙遠和陌生以外，甚麼感覺都沒有，不如右邊的大山那樣，似乎所有連綿和迤邐都是屬於我的。坐在火車上，我們最努力觀看的必然是右邊的大山，而我們就在那山腳下迂迴推進。從花蓮南下，想像西邊巍巍第一層峰巒是木瓜山，林田山，玉里山，都在兩千公尺以上，比海岸上任何突出的山尖都高出一倍。第二層是武陵山，大檜山，二子山，他們都接近三千公尺了。而和我們的奇萊山──啊！偉大的守護神，高三千六百零五公尺──同為第三層次環疊高聳在花蓮境界邊緣的，是能高山……[22]

山脈作為守護神，並保衛圓心之內的花蓮，這樣的信仰亦可見於〈胡老師〉一文。敘述者由內逐步向外，指認、細數山神：

> 我向來判斷那些盡數雄性之神明，桑巴拉堪山，七腳川山，柏托魯山，立霧主山，太魯閣大山，還有更遠更高

---

[22] 同前註，頁31。

的，不是我肉眼所能辨識，但又為我心靈嚮往日夜的守護系列，杜鉾山，武陵山，能高山，奇萊山。[23]

回到幼年逃難過程之討論，在〈他們的世界〉，楊牧描繪在山村裏遇到阿美族人的經驗。不同於前兩篇文章的山之意象，在此篇，詩人並未以山作為突起之象徵。然而，我們須意識到，本篇的背景是在山中的村落，另一個在戰時的庇護場所，可說是花蓮小城的延伸，亦可說，透過逃難，年幼的詩人是進入了「山」的核心，因此楊牧可以在此放縱他的好奇、和想像力。如同他在此篇文章提到，「我始終是都是那麼好奇，甚至是勇於探索的」、[24]「那人與真確如山林，是我急於認識的」、[25]「我記得那些植物的名字……然而那人語雖然真確地閃爍於山林的背後，我捕捉不到它的意思……（我）站在無窮的好奇裏」、[26]「起初也許是幻想而已，後來就慢慢轉變為一種急於了解的慾望」。[27]楊牧的對世界的好奇，透過各類植物、生態、和原住民的生活，在山林中被開啟，又或者順著我們以山為主的脈絡，可解釋為好奇心在大山的擁抱之下被開啟。

23　同前註，頁 354。
24　同前註，頁 48。
25　同前註，頁 48。
26　同前註，頁 49。
27　同前註，頁 58。

超然與慰藉

〈一些假的和真的禁忌〉、〈野橄欖樹〉、〈愛美與反抗〉描寫詩人中學時代的政治、社會變遷。最受矚目的，乃國民政府接管臺灣之後的措施，禁說方言與日語、軍訓制度的開始、以及制服改為卡其布，如傅科（Michel Foucault, 1926-1984）提到的規訓與懲戒制度，層層的監視與管訓，以達思想的一致。這些政令壓迫他人，楊牧稱這樣的社會為「人間的條件或禁忌」，並解釋：「在那個年代，生存依附著一些難以瞭解的禁忌。在沉悶紛擾的年代，我謹慎保護著自己的感情，不讓它受到傷害。無論走到甚麼地方，似乎，你都會遭遇到嚴厲的規範……隨時有人監視著你，並且不厭其煩地修正你。」[28]我們讀到楊牧筆下的白色恐怖：「我們聽聞了許多槍殺和失蹤的事。」[29]那些被規訓，甚至被監禁而又被贖回的菁英們，也轉為沉默，憂鬱。這樣的氛圍，楊牧形容為「一個羼和了憤怒和恐懼的，一個因為嚴厲，肅殺，猜忌到某種程度遂化為沉默的，相當空洞的時代」。[30]

以後殖民的脈絡下重新審視楊牧的這幾篇散文，能隱約讀到戒嚴氛圍以及楊牧的政治立場。青年楊牧在思想上的反抗，可見於許多細膩處，如對黨國提供中國教育而無視臺灣鄉土教育的輕蔑：「大麥是甚麼呀？不是水稻，不是玉米，不是芋，不是薯，是另外一種你可能一輩子都看不見的東西。」[31]又或者對於習慣

---

[28]　同前註，頁 106。
[29]　同前註，頁 157。
[30]　同前註，頁 157。
[31]　同前註，頁 107。

臺語以及日語溝通的幼時楊牧，卻對注音符號顯露某種程度的厭惡：「收音機的女人還在不斷地『ㄅ——ㄆ——ㄇㄈ』，令人厭煩……熱衷，兇悍，顢頇。」[32]甚至牆上標語不過是政令謊言：「那是一個標語和口號的時代……比車輪還大的方塊字在鼓舞你去服從……一些可恥的謊言。」[33]或許最直接的，莫過於夜半登門盤查的警察與里長，楊牧露骨地表示對他們的鄙夷：「他們的制服寒傖可厭……我想我怕他們的成分，還不如我鄙視他們。」[34]

　　在這樣的氛圍下，山的意象在文學表現以及審美上，能給予多大的幫助？換個方式詢問，《奇萊前書》的山群，是如何介入社會的脈動？又或者借用楊牧的詞彙，是如何地「涉世」？

　　首先，可以看到〈野橄欖樹〉中花蓮許多人士捲入政治糾紛：「有人露宿香蕉林中，番社裏，山坳谷底，親人為他們行賄贖死。」[35]各地張貼的標語和口號「萬萬歲」、「服從」等。詩人對壓迫的反應為「畏懼生澀地長大」，感到「無限的困惑」，也「比從前更孤僻」。[36]面對龐大的政黨機器，無法以一己之力面對，當詩人無法處理鬱結的心境以及紛雜的政局、與社會，散文〈野橄欖樹〉的書寫也就陷入無法收尾的僵局。最後，楊牧的筆法，則透過山的意象，來處理這積鬱：

32　同前註，頁 91。

33　同前註，頁 158。

34　同前註，頁 157。

35　同前註，頁 157。

36　同前註，頁 160。

> 我倚坐最靠近海洋的那一顆只有四十一張葉子的野橄欖
> 樹，夏末的汗水在臉上淌流，看一座青山升起，在南。[37]

「山」似乎成為化解現時衝突的方式，或者一種逃避現實的方法，彷彿山成為面對現實的醜陋之後，僅剩的寬慰。這寬慰正是自小深信能護衛他的大山，從太平洋戰爭、颱風，直到如今的國民政府統治下的戒嚴社會，他皆能在山的懷抱與凝視下得到慰藉。

　　或者循著序文提到山的「超越的光明」，山勢挺拔成為「永恆」、「超然」的象徵，特別在青年楊牧與社會交鋒後。最經典的例子為〈愛美與反抗〉，外省的馮老師無法理解高中生為何以日語互相問候，之後，學校剔除日本文化，以及接收國民政府的規範，軍訓於焉開始，光復節成為校慶日。某日，校長在臺上闡述國語的優美和臺語的卑俗，本省的學長老師們以憤怒的眼光彼此示意，音樂老師更直接離場。楊牧之後寫道：

> 更遠的是青山一脈，而青山後依稀凜然的，是永恆的嶺
> 嶂，屬於桑巴拉堪山，博托魯山，立霧主山，太魯閣大
> 山，杜鋒山，能高山，奇萊山。奇萊主山北峰高三千六百
> 零五公尺，北望大霸尖山，南與秀姑巒和玉山頡頏，遠遠
> 俯視我們站在廣場上聽一個口音快意的人污辱我們的母
> 語，他聲音尖銳，口沫橫飛，多口袋的衣服上插了兩支鋼
> 筆。他上面那頭顱幾乎是全禿的，這時正前後搖晃，我注

37　同前註，頁 161。

視他，看見他頭顱後才升起不久的國旗是多麼鮮潔，卻有
一種災難的感覺。

忽然間，我好像懂了，我懂為甚麼馮老師那麼悲哀，痛
苦。我甚至覺得我也悲哀，也痛苦。

國旗在飄，在美麗的晨光裏，在帶著海洋氣味的風裡招
展，鮮潔的旗。奇萊山，大霸尖山，秀姑巒山齊將眼神轉
投我們身上，多情有力的，投在我身上，然而悲哀和痛苦
終將開始，永生不得安寧。[38]

緊張的氣氛中，青年楊牧無法解決音樂老師和校長的衝突，因
此，他轉移了焦點，從現實困境帶到了壯麗風景。山群是永恆，
超越歷史以及榮辱，並像神祇低頭俯視著「口音快意的人污辱我
們的母語」。敘述者並且意識到自身對於身分、母語認同的痛苦
將「永生不得安寧」。我們可以說，楊牧以類似宗教的方式，尋
找更高、更遠的形象如山為依憑，以及解脫，或許是一種懦弱的
逃避，然而不訪也說，考量到詩人青年時所處的地位，這種逃
避，以山的形象替代苦痛，是一種無可避免的策略。

　　另一段情節則直接地以「高山之神」稱呼，彷彿印證了我提
及的神格化以及宗教皈依。楊牧描寫高中生說臺灣話，被不懂的
外省公民老師指認為日本話，高中生被老師汙辱，刮臉，並被稱
之為「無恥亡國奴」。青年的楊牧立刻站出來護衛學長：「他沒
有講日本話！」最後老師憤然離去，並道「臺語，日語，都一
樣，全是些無恥亡國奴！」留下一群沒落的高中生，這時楊牧提

38　同前註，頁 176。

到：

> 這樣看來，啊偉大的浩瀚滄海之神，遙遠巍巍的高山之
> 神，藝術之力非僅來自大自然之美，非僅來自時間和空間
> 交替的撞擊，在我摸索的手勢，在我探討的眼光，在我叩
> 問的心跳，在這一切動作，持續的行為上，時空加諸予我
> 那震懾的摧折，天地的重量，打在我身體和靈魂深處，啟
> 發我，叫我知道堅毅，好奇，棄絕庸俗，追求自我無限量
> 的祕密。……啊偉大的滄海之神，高山之神……奧祕不是
> 人生的所有一切，雖然它鞏固了我早年為膜拜大自然之美
> 而建立起來的一心趕赴的殿堂，原來藝術之力還來自我已
> 領悟之人世間一些可撫觸，可排斥，可鄙夷，可碰擊的現
> 實，一些橫逆，衝突。[39]

早年信仰的大自然，本以為藝術發源於此，然而現實所給予的震
撼，使其「棄絕庸俗」，並發現「藝術之力」亦能迸發於現實的
「衝突」與「橫逆」。如《一首詩的完成》所言，現實能淬煉出
最好的作品，或如楊牧所言的「具象化作抽象」。因此，我們能
夠理解該文的最後一大段，竟不再寫反抗之事，反以「我聽見海
水，就在我的筆觸之下」開頭，描述領受神思寫下詩歌的過程。
[40]這一大段並未出現提示「衝突」與「橫逆」的字眼，然而放在
〈愛美與反抗〉的脈絡下，心境也就昭然若揭。楊牧提到的「以

---

[39]　同前註，頁182。
[40]　同前註，頁192。

文字捕捉那疼痛的感覺」，應為政治氣氛下所寫的作品，是一種反抗。[41]因此，他的創造力在「推進」，並且「自我靈魂幽玄處聽見那訊息，準確不疑的是愛，同情，美，反抗，詩」。[42]文章收束在「反抗」與「詩」並列，表明了寫詩作為反抗的策略。然而，楊牧所言的「遙遠巍巍的高山之神，藝術之力非僅來自大自然之美」，不僅表示山神退居幕後，也表示不同於慰藉、超然的形象，山亦可為靜默之姿。

或者僅是靜默，與拒絕言說？

對於楊牧，山勢永遠不變，並靜靜守護年幼的他。也如方才所言，在〈序〉我們看到山的意象作為收束，彷彿山作為文本敘述的鑰匙，開啟後來的章節。或者說，山是創作之源，文字是山所給賜予，如聽得見山的語言，在〈戰火在天外燃燒〉中，寫道：「我是聽得見山的言語的。」[43]以及〈接近了秀姑巒〉：「我是聽得見山的言語的，遠遠地，高高地，對我一個人訴說著亙古的神話，和一些沒有人知道的秘密。那些秘密我認真地藏在心底。」[44]

山並非如此和善、多情，並樂於分享秘密和神話。楊牧提到，在幼時目睹獵人打死的獐之暴行，彷彿見到山的另一面，是靜默，與拒絕言說：

---

[41]　同前註，頁 192。

[42]　同前註，頁 193。

[43]　同前註，頁 15。

[44]　同前註，頁 28。

我聽得見山的言語；可是它並沒有告訴我今天黃昏有人會
從它那裏扛來一隻死獐，並且擺在巷口地上，這麼殘忍嚇
人。然而我終於多了些知識，山是很高……我想，野豬是
最大無畏的獸，是所有狩獵故事裏，最讓我著迷同情的，
真正的英雄。[45]

同樣地，再次檢視詩人面對現實的段落，將發現山的另一形象，
如中學時期校長以快意的口音「污辱我們的母語」，山並沒有做
出安慰、或保衛的一貫姿態，卻讓楊牧體認到被污辱之時，彷彿
「永生不得安寧」。另一次山失去了保衛作用則為散文〈來自雙
溪〉。顏姓朋友經商失敗，觸犯了票據法而深陷牢獄，楊牧同妻
子探望時，提到：

那是一個春暖花開的上午，吉安鄉村野裏靜謐安寧……
我似乎可以聽見海潮的巨響來自花蓮溪口偏北那方向，越
過剛剛上升的月眉丘陵，遲遲地傳來；抬頭朝另外一邊仰
望，慈雲山，白葉山，銅門山由北向南迤邐的滂礴蒼茫，
崇高，親近，額頭與眉目和記憶所珍惜的天空斧鑿略無參
差，永恆，不變。……想那鳥自海那邊來，而現在當正通
過白葉山南麓，而且，若是它以持續有恆心的心力這樣
飛，不久即將通過天長山和突宙山晨光充沛的斷崖，以及
太魯閣大山夕照掩映，金光燦爛的一層層一列列峻峭的石

---

[45] 同前註，頁 28-29。

嶽，到達旌旗三辰的奇萊。[46]

山訴說了亙古神話，以及祕密，卻不曾告訴詩人殘酷的事實，如朋友陷於囹圄，或一頭獸被獵殺。殘酷的認知乃詩人在社會內所獲得，此時山必定是沉默的。我們曾提到山的護衛，彷彿山是如此主動，卻在此處描述山的被動與沉默，這樣的衝突該如何被解識？或許可透過後來的詩歌〈仰望〉，來看山的多元、衝突的形象如何被融合成一首詩。

重來的時光

《奇萊前書》發表於 2003 年，但該作品乃為早期三大散文集《山風海雨》（1987）、《方向歸零》（1991）、《昔我往矣》（1997）之集結。亦即該回憶錄乃成書於八零年代後至九零年代，為楊牧四十至五十歲之間。細觀這段期間的詩歌，楊牧亦有一首詩名為〈仰望〉，描述臺灣山色。[47]其作品寫於 1995年。此時楊牧對於家鄉山脈的看法，已經奠定於前兩輯《山風海雨》、《方向歸零》中的散文，亦即我們所分析過的那些情節。因此，〈仰望〉可視為楊牧描寫臺灣山脈之壓卷，在許多的細節、心緒、和思考上，以更確切的角度觀看山勢，其內容更不斷地回顧、呼應之前山勢的看法。

此首為詩人仰望木瓜山之巍峨所寫下之作。我們可將此視為

---

[46] 同前註，頁 403-405。

[47] 楊牧，〈仰望〉，《楊牧詩集 III：一九八六──二零零六》（臺北：洪範書店，2010），頁 224-227。

敘述者「我」與「山脈」的認同、冥合。詩歌的開始，提到山的
永恆，彷彿敘述者在年逾半百，在回到花蓮，或者說是在解嚴之
後，政治的壓迫不再，體悟到「山」仍在那裏：

> 山勢犀利覆額，陡峭的
> 少年氣象不曾迷失過，縱使
> 貫穿的風雨，我在與不在的時候
> 證實是去而復來，戰爭
> 登陸和反登陸演習的硝煙
> 有時湧到眉目前，同樣的
> 兩個鬢角齊線自重疊的林表
> 頡頏垂下，蔥蘢，茂盛
> 而縱使我們的地殼於深邃的點線
> 曾經輪番崩潰，以某種效應
> 震撼久違的心——
> 髣彼兩髦
> 實為我特。我正面對著超越的
> 寧靜，在這裏窗下坐著
> 看大寂之青靄晨光中逍遙
> 閒步

面對山勢的高峻，詩人回顧慘綠年少時刻，而感到目前「超越的
寧靜」。這樣的超然感，正是歐洲傳統的所提倡的「崇高」

（Sublimity），特別是康德。[48]康德提倡兩種「崇高」，第一種的「數學性崇高」，體現在楊牧描寫山勢的壯大感，如「大寂之青靄次第漫衍／密密充塞於我們天與地之間」，以及「看大寂之青靄晨光中逍遙」。第二種的「力學性崇高」，則如楊牧感受到的山之震撼、以及自我的畏懼之中，譬如，隱喻地震或造山運動的詩行：「而縱使我們的地殼於深邃的點線／曾經輪番崩潰，以某種效應／震撼久違的心──」，和站於高處之膽怯：「然則高處或許是多風，多情況的／縱使我猶豫畏懼，不能前往」。

　　崇高之感亦體現於山巒以外的描寫，如「風雨」與「戰爭」。如果試圖尋找弦外之音，或者，做實可能的喻體，那麼詩中的「風雨」似乎暗示了散文〈戰火在天外燃燒〉的「颱風」，而「戰爭」也似乎提示了「太平洋之役」。同樣地，後續的詩行出現象徵可怖的意象，詩人宣稱，這些意象以夢魘的方式進入意識。若以佛洛伊德的夢境理論，或許可解為睡眠時從無意識所浮現的創傷景象，透過偽裝、變形，而呈現一系列如「熊爪」、或

48　對於崇高之感，可以追溯到希臘時期的卡休斯・朗基努斯（Cassius Longinus, 213-273），在歐洲亦有許多後人闡述，其中如埃德蒙・伯克（Burke, 1729-1797）、休謨（Hume, 1711-1776）、康德（Immanuel Kant, 1724-1804）。康德將崇高感分為兩種，「數學性崇高」（the mathematically sublime）、與「力學性崇高」（the dynamically sublime）。前者的崇高感為壯大（the greatness），如宇宙，提示主體的想像力無法企及該物體（例如宇宙）的規模性。倘若要沉思其規模，必先遇到山川宏偉、而後又發現地球之大，再沉思，則為星系之規模，我們總能找到更大的規模。而後者的崇高，則為站在一個安全的位置，沉思由物體流露的致命力量（lethal power），如雷電、火山爆發、龍捲風、暴雨、戰爭、神祇，沉思主體試圖抵抗，卻又感到徒勞。參見奇萬（James Kirwan）一文（頁 53-54）。

「雷霆」之姿。這些夢魘，可能反映兒時的暴力記憶，更可能指涉青年時期的政治氛圍：

　　想像露水凝聚如熄滅的燈籠
　　鳥喙，熊爪，山豬獠牙，雷霆
　　和閃電以實以虛的聲色，曾經
　　在我異域的睡夢中適時切入───
　　多情的魘───將我驚醒

　　該作品的詩眼，即「少年氣象」，出現於兩處。除了開場的「少年氣象不曾迷失過」，亦於後面的「少年氣象堅持廣大／比類，肖似」，這兩處暗示了楊牧認為山脈乃年輕的男性。[49]這樣的擬人，牽引了後續的山勢描述，如「兩個鬢角齊線自重疊的林表／頡頏垂下，蔥蘢，茂盛」。「兩鬢」，描繪山如未滿二十歲、尚未笈冠之少年，屬於古早的詞彙卻使用在當下時空，這樣的時空錯置增添了山的亙古、永恆不變，如詩中所言「山勢縱橫不曾稍改」，和「仰首／看永恆」，亦反襯自我內在時間的流逝，與衰老，如「此刻我侷促於時間循環／今昔相對終於複沓上的一點」。另外，「兩鬢」一詞呼應下文引用的「髧彼兩髦／實維我特」（〈詩經・鄘風・柏舟〉），為女子愛上少年之表述。

49　楊牧對山脈的性別看法和其師不同。在《奇萊前書》的〈胡老師〉一章，楊牧曾提到老師將山比擬做女性，「那是甚麼樣的年歲，我站在那裏，居然學到將米崙山毫不靦腆當作女人來形容，解識，禮讚。那可能也是平生第一次的事情，雖然還是未能確定───又有甚麼不好呢第一次？……我向來判斷那些盡數雄性之神明」（頁354）。

此引用表現了楊牧對山之傾慕。因此，詩人以親暱的方式，稱呼「山」為「你」：

> 然後兩眼闔上……
> 縱使我躊躇不能前往
> 你何嘗，寧不肯來，準備的心跳
> 脈搏？

　　縱然《奇萊前書》多處側寫山的型態，卻不曾將山脈稱為親暱的「你」，僅在〈仰望〉一詩所獨用。〈仰望〉的敘述者即便遭逢夢魘，山「寧不肯來」，如同散文多處描寫山勢冷眼旁觀青年的楊牧被羞辱、抑或遭受挫折，如今「寧不肯來」不是不認同山無情的姿態，在詩歌充沛、景仰的語調下，乃體悟山為「永恆」，並化作「大寂之青靄」充塞於「天與地之間」。如此超然，詩人終能理解當初在政治興風之時，山的「寧不肯來」，為自己對山的怨懟。山永遠在那裏，無時無刻，不需要特別提及來與不來，山即是存在（being-in-itself）。

　　敘述者對於山脈的認同、模仿，可發現於多處細節。關於認同之處，印證於文字的重複，如提到「山勢犀利覆額」，敘述者以同樣字詞「犀利」形容自己的額頭：「輕撫我一樣的／犀利，一樣陡峭，光潔的額」。關於模仿之說，可參見「山勢縱橫不曾稍改」，此套語「不曾稍改」蔓延，並重複於「我長年模仿的氣象／不曾稍改」。甚至，形容山勢的「少年氣象」，反轉過來形容敘述者：「（我的）少年氣象堅持廣大／比類，肖似」。這些文字的重複，不斷直指、延異、又反轉指涉山勢或自身，彷彿山

就是自我的存在。透過對山勢的觀看，敘述者在詩末，描繪山勢的反觀、回眸：

> 正將美目清揚回望我
> 如何肅然起立，無言，獨自
> 以俟忽蒲柳之姿

詩歌結束於彼此的觀看，敘述者在完成詩歌的同時，已完成對於記憶的回溯，以及對山勢的認知。

結　論

　　從《奇萊前書》以及〈仰望〉兩部作品的脈絡，能看出楊牧筆下山的多樣性。《奇萊前書》的序提示山作為想像力之啟發，以及神話之起源，以及預示該書在白色恐怖下所提示的反抗與倫理／道德原則。該書亦展現山在心靈上的庇護、安全感之所在，以及為地理性的疆界，分別此地與他界。山勢的超然可能隱含了拒絕、不願言說的神聖性。而這些矛盾的特徵在〈仰望〉一詩融合，詩人體悟到即便是政治風暴、白色恐怖，山體現了自身永恆的存在。

引用書目

楊牧，《奇萊前書》，臺北：洪範，2003。

———，《楊牧詩集 III》，臺北：洪範，2010。

Kirwan, James. Sublimity: The Non-rational and the Irrational in the History of Aesthetics. Oxon: Routledge, 2005.

陳芳明，《後殖民臺灣：文學史論及其周邊》，臺北：麥田出版，2002。

陳義芝，〈楊牧詩中的花蓮語境〉，《淡江中文學報》第二十六期（2012.6），頁 177-196。

曾珍珍，〈英雄回家〉，《人社東華》第一期（2014）。

董恕明，〈拿起來，翻開—原住民在楊牧的詩文中進進出出〉，《新地文學》第十期（2009.12），頁 331-341。

論楊牧詩的憂憫與抵抗

東華大學中文所博士
李建興

摘　要

　　參與社會，介入現實，無非來自知識良心的感發；憂憫苦難，抵抗橫逆，無非源於詩人滿腔熱切的愛念。本文擬闡釋楊牧有關詩的現實功能與永恆價值之論述旨意，考察他在關切現實與藝術追求之間，如何衡量抉擇。文中將借鑑他所標舉的「詩關涉」，對於詩的美學層次與道德旨歸的界定，間或及於如何釐清、統攝詩的形式與內容、文體與主題的關係。進而析論楊牧三首關注現實世界的詩作：〈悲歌為林義雄作〉（1980）、〈悼某人〉（1987）、〈地震後八十一日在東勢〉（1999），其中或涉及人間不義之事件，或涉及天地不仁之災變，藉以印證他在悲憫介入與藝術美感之間，如何經過探索錘鍊而取得謹嚴縝密的平衡。從而指出，楊牧綰合詩的技術關涉與文化關涉，踐履他對人間社會的抵抗與憂憫，並具體實現、維持了他終極嚮往追求的「詩的真實」。

關鍵詞：詩關涉

一、詩人的社會關懷與詩藝追求

　　詩的藝術格調是詩人恆久的執著。在楊牧漫長不懈的詩創作路途上，表達的方式雖不斷變化推陳出新，但詩的精神意圖和文化目標，對藝術的超越性格之追求，卻始終不渝。這是楊牧堅守不能犧牲的「詩的真實」（poetic truth）：

> 詩的真實是藝術想像和哲學思考激盪的結果，通過聲音，色彩，點與線的平衡，捕捉到美以為作品定型，並且在那範圍裡呈現了真。[1]

詩人透過聲韻，色彩，點線等種種文字形式的錘鍊塑造，掌握到美，同時呈現了詩的真。這是詩人的職志和專業。然而同時，詩人也是一個知識分子，處於其時代社會，「環顧左右，眼有不忍見者，耳有不忍聽者」[2]，面對民生苦難甚或公理正義的衰亡頹壞之際，怎麼能漠然無感置身度外？

　　楊牧承認，詩的藝術格調追求和現實的社會參與之間，的確存在兩難之處。因為藝術期求長遠普遍，希望放諸四海皆準，社會參與則需快速把握時效，常局限於某地方事務，難以企及永恆的文學價值。

　　參與介入是責無旁貸的，只要一個詩人的知識良心存在，楊牧為「社會參與」下如此的定義：「原指一個詩人在創作活動中

---

[1]　參見楊牧《一首詩的完成》〈社會參與〉（臺北：洪範書店，2011 年 10 月十一印），頁 107。

[2]　同前註，頁 109。

選擇題目，斟酌體裁，是否有意和當前社會問題乃至政治風雲互為牽涉。」[3]有時會出現一些批評的聲浪，認為現代詩演進風潮未曾以政治社會為關懷中心，斥責現代詩人筆下很少直接描述或批判現實問題。對於這種評議，楊牧舉白居易論詩之效用為例，來說明自己的觀念：

> 又詩之豪者，世稱李杜。李之作。才矣奇矣，人不逮矣！索其風雅比興，十無一焉！杜詩最多，可傳者千餘首，至於貫穿今古，覼縷格律，盡工盡善，又過於李焉！然撮其《新安吏》、《石壕吏》、《潼關吏》，《塞蘆子》、《留花門》之章，「朱門酒肉臭，路有凍死骨」之句，亦不過三四十首。杜尚如此，況不逮杜者乎！[4]

楊牧認為強調詩的社會功能，主張「文章合為時而著，歌詩合為事而作」的白氏，過於珍惜「個人設計發明的尺度」，以諷諭之意旨為唯一的標準來檢視一切詩歌作品，在這樣窄化的詩觀底下，不但李杜的詩出現問題，連白氏自己的詩也難以避免面臨窘境：「今僕之詩，人所愛者，悉不過雜律與《長恨歌》以下耳；時之所重，僕之所輕。至於諷諭者，意激而言質；閒適者，思澹而詞迂。以質合迂，宜人之不愛也。」[5]

　　儘管楊牧並不贊同白氏狹隘的論詩觀點，但他曾自剖：「我知道我自己比較熱衷從事的，並不是白居易所謂的諷諭詩，那種

---

[3]　同前註，頁 104。

[4]　白居易《與元九書》。

[5]　同前註。

為時事遭遇即刻表白的感懷之作，雖然我並不見得不尊重那一類工作，也很願意自己一生的事業痕跡裏能包含適量的，屬於那種層面的作品。」[6]蓋因詩人兼具知識分子身分，況且楊牧在求學的生涯裡，特別是在柏克萊（Berkeley）教育環境的潛移默化中，即已深刻體會到知識分子的責任，應介入社會而不為社會所埋葬。[7]然則，楊牧也曾說「詩是我涉事的行為」[8]，詩人惟有以詩作為他表達精神和感情的手段，惟有詩可資憑藉，別無其他。但詩若為反映社會現實、追逐新聞時效而寫，卻藝術想像貧弱，哲學思考蕩然，技巧多所妥協，詩逸失了美，就算可能有效傳達了如告示般急於傳達的訊息，卻沒有創造出「詩的真實」。[9]因此，楊牧進一步闡釋，以詩的形式參與社會介入現實並非完全不可行，歷來詩人通過這個方法還能夠藝術成就斐然可觀的作品並不是沒有，楊牧於是舉出司馬相如描寫天子狩獵，昂揚璀璨的〈上林賦〉，以及向秀悼念摯友嵇康遇害所作，悲憤冷肅的〈思舊賦〉為例證。最後，楊牧提出應以「卓然維持那作品的藝術格調」作為一切藉由詩的形式從事社會報導，政治評論，甚或宗教宣傳的前提。[10]

　　稟持這樣關懷現實與詩藝追求的理念，當 1999 年臺灣遭逢

---

[6]　參見楊牧《有人》〈後記：詩為人而作〉（臺北：洪範書店，1986 年 4 月初版），頁 177。

[7]　參見楊牧《柏克萊精神》（臺北：洪範書店，2014 年 5 月十三印），頁 88。

[8]　參見楊牧《涉事》〈後記〉（臺北：洪範書店，2009 年 4 月二印），頁 138。

[9]　同註 1，頁 107。

[10]　同註 1，頁 106。

九二一大地震的摧折，造成二千餘人死亡、失蹤，一萬多人受
傷，房屋、道路、橋樑及學校等設施倒塌毀壞，數量龐大，這是
臺灣自第二次世界大戰之後傷亡損失最嚴重的天災，應即在這一
年冬天，心繫著歷經劫難的島嶼家鄉，楊牧寫就〈地震後八十一
日在東勢〉一詩[11]：

Move most gently if move you must
In this lonely place.

——W.B. Yeats

你沿著河水往下走，不久
就看見那舞台了。所有的道具
都已經卸下了，人員（檢場的
四個，燈光二）已經到齊
兩小時內一切就緒
不要打擾舞者：讓她們
像白鷺鷥那樣掩翅休息

負責旁白的對著錄影機
朗誦一首新詩；表情，我說
只能適可而止，背景音樂

---

[11] 楊牧嘗言，他有一位舞蹈家學生參與雲門舞集二團，於九二一地震後八
十一日到東勢表演，幫助災民。楊牧適於此際與之連繫，遂醞釀出這首
詩。參見《現代詩的語言與教學》（彰師大「第五屆現代詩學研討
會」），頁19-21。

視實際需要調節。鄉野的風
降八度吹過，激起一些漣漪
不要打擾舞者：讓她們
像白鷺鷥那樣掩翅休息

若有人終於還是淡忘了子夜
天地呼嘯的震撼，河對岸
白芒花輕搖一些醒轉的帳篷
如半熄的燈泡；這其中必然
有些啟示，關於男女出場序
不要打擾舞者：讓她們
像白鷺鷥那樣掩翅休息

這時電話 0932 手袋裏響起
你兩次讓路給穿雨衣的村人
站在橋頭看霽色天邊初染的
光輝，隔山傳來久久疑似
中斷的音訊——縱使驚喜
不要打擾舞者：讓她們
像白鷺鷥那樣掩翅休息[12]

這首詩題目標明和大地震相關，讀者原預期詩中應會描述驚恐慘
烈的景象，實則不然，起始的句子「你沿著河水往下走，不久／

12　同註 8，頁 76-79。

就看見那舞台了。」彷彿在暗示，不論經歷怎樣的傷痛，生命終究會隨時間的流動推移，繼續前行；不能不承受接納，無可抵禦自然如此。全詩沿此「異常寧靜」[13]的語調迤邐至終，反而透顯一種「柔美恍惚的情致」[14]。而架設在東勢地震災區現場的「舞台」，亦即是新詩朗誦的場地，兩組不同的印象元素在此處疊合，衍生第二節「背景音樂」與「鄉野的風」交織相融，而曠野的風似也懂得此際災民的驚懼苦痛，小心翼翼以「降八度吹過」——這裡表達了詩人哀戚的心情與天地同悲的相互感應。[15]

　　第三節「白芒花輕搖一些醒轉的帳篷／如半熄的燈泡」，似象徵倖存的災民劫後餘生，驚魂未定；最後一節「你兩次讓路給穿雨衣的村人」則語氣一轉，點出村人穿梭於途的景象，生活繼續前進的腳步。緊接著描寫詩中主角「站在橋頭看霽色天邊初染的／光輝」，彷彿察覺天地的狂暴怒氣已止歇消散，天空復現晴朗和藹的顏色。貫穿全篇的寧靜輕柔氛圍，被「這時電話 0932 手袋裏響起」的現實音波擊破，詩境與實境霎時間遽然交疊，自低緩的節奏中拔高，銜接了詩前所引的葉慈（William Butler Yeats, 1865-1939）詩句：「溫雅移動如果你必須，在這寂寞土

---

[13] 參見謝旺霖〈《地震後八十一日在東勢》導讀〉，《讓風朗誦：楊牧詩作展演選讀本》（臺北：財團法人趨勢教育基金會，2014 年 9 月），頁 108。

[14] 參見賴師芳伶《新詩典範的追求──以陳黎、路寒袖、楊牧為中心》（臺北：大安出版社，2002 年 7 月），頁 195。

[15] 參見石計生〈印象空間的涉事──以班雅明的方法論楊牧詩〉《中外文學》第 31 卷第 8 期，2003 年 1 月，頁 243。

地」[16]（Move most gently if move you must／In this lonely place.）至此，葉慈的詩句遂得以和詩中鋪陳的各個意象，相互聯結滲透。

臺灣歷經九二一大地震的浩劫，罹難往生者與劫後倖存者皆亟需安憩和撫慰，楊牧〈地震後八十一日在東勢〉整首詩四個小節的末尾兩行，皆以「不要打擾舞者：讓她們／像白鷺鷥那樣掩翅休息」收結，人間舞台上翩躚的舞者一如原野中飛翔或棲息的白鷺鷥，都寄寓在有限生命的劇場裡，演出亙古不變、生死成毀循環交替的情節；詩人只衷心祈求一切喧嘩塵囂止步，讓逝者獲得寧謐安息。楊牧安排相同的語句反覆出現，蘊釀「恍如安魂曲的吟誦意味」[17]，將滿懷悲憫化為精心鏤刻的詩句，引渡吾鄉無盡的生命苦難。

二、詩的創作與對現實的抵抗

地震後八十餘日，楊牧因著偶然的機緣掌握一妥適之形式，得以抒發胸臆。特殊的社會或政治事件爆發常對關心現實的詩人產生衝擊，然而詩非僅資訊的堆砌組裝，亦非搶搭新聞列車的稿件，楊牧說他不相信詩是強烈刺激下的反應，認為詩的思維必須經過冷靜沉澱，慢慢發酵，提煉，加工等過程，才能在某種妥適的形式裡定型。[18]因此，楊牧倍感興趣的問題是：「如何正確地

16　此處葉慈詩句翻譯，引自石計生〈印象空間的涉事──以班雅明的方法論楊牧詩〉，頁 245。

17　同註 14，頁 197。

18　同註 6，頁 176。

掌握日常生活的特殊和一般文學奧義間之平衡，追求文學的現實功能和超越價值」。[19]楊牧嘗在〈詩與抵抗〉一文中，特別提及明朝末年文學奇才夏完淳（1631-1647）的故事，當其抵抗入侵的異族失利，為清軍所執押解江寧途中，不期而遇故鄉同里、適擢清朝進士第的宋徵輿（1618-1667），遂作詩譏之：

> 宋生裘馬客，慷慨故人心。有憾留天地，為君問古今；風塵非昔友，湖海變知音。灑盡窮途淚，關河雨雪深。

楊牧讚許夏完淳以十六之齡，身處如斯巨大的人事低昂變化之中，竟仍然能夠冷靜地將一首律詩中規中矩地完成，而且不忘其諷諭之深旨。弱冠少年下筆而有如此體格與品貌，堪稱悠悠千百載絕無僅有的天才神童。楊牧說，夏完淳不但竭盡力量抵抗現實的橫逆，並且將其生命典型珍惜地以「詩的方式」流傳下來，讓後來的讀者感到無限緬懷。[20]

　　夏完淳以一介書生投入明清之際板蕩的政局，縱身抵抗終究不可挽的現實狂瀾，在極端窮厄形勢下抒發心境感慨的詩句，隔遙遠世代讀之，仍然擲地有聲耐人細品，其藝術造詣並不因時代情境消逝而隨之湮沒。對夏完淳作品的讚許，印證楊牧一向的觀點，詩不是不能涉及當前的政治風雲或社會問題，在詩言詩，藝

19　參見楊牧《飛越火山》〈海外作家的本土性〉（臺北：洪範書店，1987 年 1 月），頁 93-94。

20　參見楊牧《隱喻與實現》（臺北：洪範書店，2001 年 3 月初版），頁 209-215。1647 年秋，夏完淳遇難，主庭訊定其罪者為降清時任江南總督內院大學士洪承疇。

術的本質亦不可犧牲。

　　臺灣重大的政治與社會事件，恆為楊牧關懷的焦點。1979
年底爆發臺灣民主化進程中極為關鍵的美麗島事件[21]，審判期
間，1980 年二月二十八日，被告之一黨外異議人士林義雄
（1941- ）年邁母親與一對雙胞胎幼女，竟然在大白天情治人員
嚴密監視的情況下，遭兇手潛入家中殺害，長女重傷倖存。當時
人在美國西雅圖的楊牧，從航空版的報紙上讀到這則震驚海內外
的血案新聞[22]，難抑心中的悲痛與憤慨，寫下了〈悲歌為林義雄
作〉：

　　　　遠望可以當歸

　　　　　　　　　　　　　　　　　　　　　　——漢樂府

　　　　　1

21　「美麗島事件」：是發生於 1979 年 12 月 10 日（國際人權日）在臺灣
　　高雄市發生的一場重大衝突事件。以美麗島雜誌社成員為核心的黨外運
　　動人士，於當日組織群眾進行遊行及演講，訴求民主與自由，終結黨禁
　　和戒嚴，終至引爆警民衝突。事件後，警備總部大舉逮捕黨外人士，並
　　進行軍事審判，為臺灣自二二八事件後規模最大的一場警民衝突事件。
　　此事件對臺灣往後的政局發展有著重要影響，臺灣民眾於美麗島事件後
　　開始關心臺灣政治。之後又陸續發生林宅血案（1980）、陳文成命案
　　（1981）等事件，撼動國際社會，使國民黨政府不斷遭受國際輿論的壓
　　力以及黨外勢力的挑戰，逐漸放棄一黨專政的路線以因應時勢，乃至於
　　解除持續 38 年的戒嚴、開放黨禁、報禁，開啟臺灣社會真正邁向民
　　主、自由與人權的新頁。
22　參見張惠菁《楊牧》（臺北：聯合文學出版社，2002 年 10 月），頁
　　174。

逝去的不祇是母親和女兒
大地祥和，歲月的承諾
眼淚深深湧溢三代不冷的血
在一個猜疑暗淡的中午
告別了愛，慈善，和期待

逝去，逝去的是人和野獸
光明和黑暗，紀律和小刀
協調和爆破間可憐的
差距。風雨在宜蘭外海噭啕
掃過我們淺淺的夢和毅力

逝去的是夢，不是是毅力
在風雨驚濤中沖激翻騰
不能面對飛揚的愚昧狂妄
和殘酷，乃省視惶惶扭曲的
街市，掩面飲泣的鄉土
逝去，逝去的是年代的脈絡
稀薄微亡，割裂，繃斷
童年如民歌一般拋棄在地上
上一代太苦，下一代不能
比這一代比這一代更苦更苦

2
大雨在宜蘭外海噭啕

　　　　日光稀薄斜照顫抖的丘陵
　　　　北風在山谷中嗚咽，知識的
　　　　磐石粉碎冷澗，文字和語言
　　　　同樣脆弱。我們默默祈求
　　　　請子夜的寒星拭乾眼淚
　　　　搭建一座堅固的橋樑，讓
　　　　憂慮的母親和害怕的女兒
　　　　離開城市和塵埃，接引
　　　　她們（母親和女兒）回歸
　　　　多水澤和稻米的平原故鄉
　　　　回歸多水澤和稻米的故鄉
　　　　回歸平原，保護她們永遠的
　　　　多水澤和稻米的平原故鄉
　　　　回歸多水澤和稻米的
　　　　回歸她們永遠的
　　　　平原故鄉。[23]

　　楊牧說他從來沒有寫過「這麼直接，這麼大聲的詩」[24]，即使作為向來與政治刻意保持省視距離的詩人，遇到這樣的事件也不能不鮮明地、熱切地以這樣一首詩來表達他悲痛與反抗的聲音。這首詩不僅為受難者及劫餘者而作，更為眾多惶恐的旁觀者，包括

---

[23]　《楊牧詩集 II》（臺北：洪範書店，2015 年 4 月四版），頁 478-481。
[24]　同註 22，頁 175。

詩人自己而作。[25]殘酷的殺戮橫暴地粉碎了人們對於種種理念的信仰：關於愛、慈善和光明的期待，在那樣一個人性泯滅如嗜血野獸、黑暗籠罩大地與歲月的午後，人間失去的不僅是三個生命，而且是許多比生命更珍貴的事物。血案不僅是一家的傷亡或個人的悲劇而已，而是人類整體的苦難，普遍價值的淪喪。楊牧在詩中不停思索試探，艱辛地為他所信仰的理念[26]尋找繼續堅守的力量：「逝去的是夢，不是毅力／在風雨驚濤中沖激翻騰」，他率直地說出了糾結心中的感慨與憂慮：「上一代太苦，下一代不能／比這一代比這一代更苦更苦」。

　　即使在這樣慟憤的情緒翻騰中，楊牧仍選擇以溫厚和祈願的語氣，對於政治的愚昧狂妄與殘忍暴力，以詩的方式表達了詩人最沉痛的控訴與抗拒。雖然楊牧自言未曾寫過這麼直接而大聲的詩，但細讀第二節中出現的意象：大雨海外嚎啕、日光稀薄斜照、磐石粉碎冷澗、北風嗚咽、寒星拭淚等等，圍繞著一片音調淒清、色澤幽黯的自然景象，用以烘托、強化此一事件的悲劇本質，並賦予其普遍性的象徵意義。[27]尤其到了詩末十二行，以迴

25　參見唐捐、陳大為主編《當代文學讀本》〈悲歌為林義雄作・評析〉（臺北：二魚文化事業，2004 年 9 月二版），頁 75。

26　楊牧信守不渝的理念與立場，應該可以透過他論述浪漫主義及其疑神態度的這段話來把握：「對我而言，文學史裏最令人動容的主義，是浪漫主義。疑神，無神，泛神，有神。最後還是回到疑神。其實對我而言，有神和無神最難，泛神非不可能，但守住疑神的立場便是自由，不羈，公正，溫柔，善良。」參見氏著《疑神》（臺北：洪範書店，2014 年 5 月六版），頁 168。

27　參見張芬齡、陳黎〈楊牧詩藝備忘錄〉，收入林明德編《臺灣現代詩經緯》（臺北：聯合文學出版社，2001 年 6 月初版），頁 261-262。

盪低吟的句法，反覆祈願，「恍惚若咒，肅穆如經」[28]，讀來彷彿佛典輪誦縈繞耳畔[29]──「接引／她們（母親和女兒）回歸／多水澤和稻米的平原故鄉」──這一首悲歌，既是詩人所譜寫安撫苦難靈魂之曲，也是他所發出的抵抗殘暴政權之聲。

〈悲歌為林義雄作〉標記完成於 1980 年三月，距血案剛發生不久，應屬詩集《有人》時期的作品，但未納入集中；受限於當時箝制言論的審查尺度以及脅迫思想的白色恐怖陰影，最初只能輾轉發表於香港期刊《八方》。八十年代後期，東海大學某學生刊物曾予轉載，直至 1995 年才收入《楊牧詩集 II》。[30]楊牧這首罕見的、立即性積極反應、介入政治事件的詩作，以其表現的強烈悲愴情感，撼動了許多讀者，曾經在海外流亡時期有五年時光與楊牧生活於同一城市同一校園的陳芳明（1947-）[31]，在〈昨夜雪深幾許〉一文中憶及：「多年後，我再度捧讀他寫的〈悲歌為林義雄作〉，南加州谷地的夜涼，又不覺襲身而來。那首歌不只是寫給林義雄，也是寫給整個時代。從林家事件的震駭中覺醒過來的，恐怕不只是我，楊牧也同許多知識分子一樣感到顫慄。」[32]

其實，楊牧常懷深情與悲憫，關切故鄉的政治社會的現實層

---

[28]　同註 25，頁 76。

[29]　同註 27。

[30]　同註 25。另參見李秀容《楊牧詩介入與疏離研究》（國立臺南大學國語文學系碩士論文，2009 年 5 月），頁 41。

[31]　此段有關陳芳明與楊牧海外共同經歷的描述，參見氏著〈讀楊牧〉《深山夜讀》（臺北：聯合文學出版社，2008 年 9 月二版），頁 182。

[32]　參見陳芳明《昨夜雪深幾許》（臺北：印刻文學，2008 年 9 月），頁 133-146。

面,只是他也主張,現實的「忠實描寫」或「反映」不成其為文學。他說:

> 你必須將你的想像敏感和學識功夫凝聚,擴張,進擊,切入那現實裡外所有相關的因素,質理,情節,組織它並鍛練你的文體力道,使它拔起若無所附著,卻又圓融綿密,自成一解析,詮釋,不待外物支援而生生不息的體系,此即你創造出來的風格,正是你賴以創造更多創造的風格。所以說風格才是一切,風格就是一切。[33]

溫柔敦厚的觀照視野,真摯祈願的抒情語調,錘鍊詩的藝術形式以表達他的憂憫情感或控訴抵抗,這是楊牧社會參與和詩藝追求的平衡鎔鑄,也是楊牧詩創作的一種風格,從〈悲歌為林義雄作〉或〈地震後八十一日在東勢〉這類關懷現實的作品,似乎都能印證這種詩的風格存在。楊牧曾經強調:「詩的美與好建立在它所賴以顯露的感情之為誠摯,思維之為率直,聲籟之為天然,幅度之為合理。」[34]這二首詩都具體指涉了政治或社會事件的衝擊與撫慰,只是前者流露了較強烈的介入態度與悲憤意緒,後者則在輕柔的氛圍裡運用了更多的象徵手法。至於重覆吟誦宛如安魂曲的句式經營,則兩首如出一轍。

---

[33] 《疑神》,頁241。
[34] 《一首詩的完成》〈形式與內容〉,頁140。

三、詩的具象與抽象

楊牧雖曾長年居住海外，但在他的魂魄深處，對於故土的眷戀恐怕比在歷史現場的許多本土人士還來得深刻；如果把故鄉的影像從楊牧詩中抽離，那麼他那些關切介入的作品如《有人》、《疑神》等的立場就會失卻依據——這是長久以來閱讀楊牧其人其作的陳芳明所指出：

> 他（楊牧）不是逃避者，而是孤獨者。臺灣社會中的傷痛與損害，楊牧可能從未使用憤怒的口號表達他的心情。不過，他默默把他的所感所見，化為詩篇，鍛鑄為昇華的藝術。這種實踐，不同於吶喊與口號，而已經為臺灣保留了更為深層的感覺。[35]

在《完整的寓言》的〈後記〉中，楊牧自述，政治和牽涉鬼神的種種活動（或稱「宗教」）是他不能坦然或忘的，儘管此事甚難，其中充斥矛盾，非他所能盡知。楊牧也曾極力思索考察所謂無神論的真諦及安那其無政府主義的源起流變，為之耗廢許多時光，卻樂此不疲。「無神或無政府終於還是不行的」，即使政府可能是人世間最大的亂源，似乎只能讓它繼續存在，繼續混亂下去。楊牧陳述此一時期創作的思維與感受：

---

[35] 陳芳明〈孤獨深邃的浪漫象徵——楊牧的詩與散文〉《深山夜讀》，頁176。

> 我一年四季肅然聽聞聽天下或與鬼神或與政治有關的大小
> 故事，時常感懷無窮，不能自持，但那些故事，我發現，
> 絕大多數是重覆的；從前就發生過了，人們健忘並且疏
> 忽，就讓它再來一次。我將重覆雷同的故事擺在一邊，集
> 中精神思索幾件個案，因有悼挽死者之作若干，蓋悲歌可
> 以當泣，雖云時過境遷，猶未能釋然。[36]

《完整的寓言》收錄 1986 之後六年間的詩作，臺灣政治社會的
損失與傷害，仍是楊牧憂憫感懷的重心之一；就在楊牧「集中精
神思索」、「時過境遷」的政治個案之中，他以「悲歌可以當
泣」的心情，寫下了這首題目沒有標明具體指涉的〈悼某人〉：

> 1
> 那一夜，據說，你也和常人
> 一樣遂被星光擊倒，乃通過樹影
> 和瓦稜曲線之類跌落於蕃薯園中
> 臉部朝下彷彿傾聽著某件偉壯的
> 傳說——劍與塵土
> 並且雄辯地告訴了其他
> 別的。星光交談
>
> 交談：遠處深巷一犬低吠

---

[36] 楊牧《完整的寓言》〈後記〉（臺北：洪範書店，1991 年 9 月），頁 159-160。

水門四周荒草有螢
雨雲飄過大屯山
孤舟搖動在渡口。星光
和你逸失的思考商略
日夜的依據，蟬聲不復記憶
只聽見皮革和熟鐵交擊穿過迴廊
溼度在上升，充塞整個盆地
血糖乃如預期下降

    2
向西是昆蟲和杜鵑
一條小水溝勉強漂浮著萍草
這時向西很暗，你俯耳傾聽
惟蚯蚓翻身的動靜刺探
大地，而大地恐怕將默默送走一個
接受一個有著寬厚肩膀的男孩，你
俯耳傾聽

你聽見一方隱約是鼓聲點點
微微自歷史翻過去的一章傳來
偶爾斷續。樓頂上黯黯
星光還在閃爍聚訟，窗裏
有電路呈交叉型奔竄
一隻蠹魚醒來，打哈欠
心裏忐忑不安，遂也

游過鬼谷子逼向尸子
在你手指間
默默

　　　3
杜鵑轉了一個方向
當月亮照滿乾燥的路
警覺到馬達和車輪朝盡頭圓環
繞了一圈，如烏鵲嘎嘎然離去
風裏有汗和血淚的氣味，不然
許是書籍，試管，操作機油
六號水稻，也許是曩昔
當你快步跑過盛大開放的一排杜鵑
三月細雨

這時你已經聽見地下有人
歎息，聲音像菜葉長大
像根莖宛轉，充實，準確
像露聚濃於芭蕾，月亮遂已照滿
堅毅伸入熱風裏一條顯著的光芒
遠處深巷裏一犬低吠[37]

與前引兩首詩相較，〈悼某人〉因為詩題對象的不特定性，就像

---

[37] 《完整的寓言》，頁106-111。

放入空括號之中，可以任由讀者聯想填入；詩句之中事件若隱若現，專注於意象的鋪展，所指曖昧不明卻也擴大了詮釋空間。三首詩關懷介入如一，採取的創作策略則前後迥異。參照楊牧曾闡述其詩觀云：「我的詩嘗試將人世間一切抽象的和具象的加以抽象化，訴諸文字：我的觀念來自藝術的公理，我不違悖修辭學的一般原則，而且講文法，注重聲韻。我不希望我一首完成了的詩只能講一件事，或一個道理。」³⁸楊牧認為，詩人經營認可的抽象結構是無窮盡的給出體，所有的訊息不受限制，運作相生，綿綿互互，謂之「抽象超越」，這樣的詩才有力——他承認自己向來很為一切抽象的物事著迷。這首「悲歌可以當泣」的悼亡詩，因為抽象無明確具體的指涉，不像前面兩首關懷現實之作，讀者只能抽絲剝繭詩中的意象，旁敲側擊詩人密藏於文字間的良苦用心，領略詩的真與美。

　　開頭一段描寫悼挽對象被幽夜之中神秘詭異的「星光擊倒」，從高處「通過樹影和瓦稜曲線之類跌落於蕃薯園中」，「臉部朝下」彷彿在傾聽某件如「劍與塵土」的「偉壯的傳說」——偉壯鋒利如劍的生命一夕之間終歸埋落塵土。這裡出現的「跌落蕃薯園」、「臉部朝下」以及後續出現的「盛大開放的一排杜鵑」、送走一個有著「寬厚肩膀的男孩」，甚至「蠹魚」、「書籍」所暗示的圖書研究處所，種種意象聚合不禁讓人聯想這首註明 1987 年九月所作的「悲歌」，所哀悼的是發生於 1981 年七月的「陳文成事件」。這又是一件白色恐怖時期駭人聽聞的命案，離「林宅血案」僅年餘，身列海外黑名單的旅美青年學者陳

---

³⁸　同註 36，頁 155。

文成（1950-1981），夫婦倆帶著一歲兒子返臺探親，遭警總約談後隔天，被人發現陳屍臺大研究生圖書館旁番薯園內，據研判為自高處落下。

　　若果〈悼某人〉悼挽的是臺灣威權體制下的另一位政治的受難生命，就詩的形式表現而言，有別於〈悲歌為林義雄作〉的揭示牽涉、明快反應與直抒胸臆；距「陳文成事件」發生六年後所作的〈悼某人〉，楊牧以相對冷靜近乎白描的筆觸，抽象化的結構，勾勒滿懷理想的知識青年暗夜橫臥故鄉泥土的蕭索淒涼畫面，令人不忍卒睹的孤寂身影，這豈不正是一個「真正的好的安那其」、一個關懷現實的詩人，對陰險的政治暴力和受難往生者所表達的至深的悲憫與控訴？楊牧改弦易轍不再使用複沓吟誦的安魂曲句式，在詩的普遍象徵意涵方面，獲致突破性的藝術效果。[39]如同張芬齡、陳黎在〈楊牧詩藝備忘錄〉中的評論，楊牧對詩藝的追求不曾停歇，他對聲韻的講究，意象的鋪陳，文字的歧義性，切入題材的觀點等等，都有不流俗、不妥協的堅持。他喜歡將事物抽象化以求其普遍性。然而，抽象化的過程是極其私密的內在思維活動，抽離了現實，指涉更遼闊的時空，卻也可能讓認知背景缺乏交集的讀者往往不得其門而入。[40]對應這種解讀抽象詩意時相當可能產生的窘境，楊牧確曾感嘆：「創作之難，初非主題障礙，是意識的給出尋不到適當，可沿循的依靠，文字不能有效地指涉，致使你心神潛浸久久，陶鑄研閱的道理飄浮無

---

[39]　2014 年出版的《楊牧詩選》，〈悲歌為林義雄作〉、〈地震後八十一日在東勢〉未見入選，而〈悼某人〉則在其中。或許透露了楊牧自己對抽象化詩作的肯認態度。

[40]　同註 27，頁 265。

附著，此時，縱使你自以為話已說完，別人以為你完全未說。或者，你還沒說，別人以為你說了，而且說了許多；他們猜測你的企圖，以有限的文字結構為基礎，任意詮釋，渲染你的作品。有時全錯。有時，他們蓄意犯錯。」[41]儘管讀者的解讀極可能錯誤叢生，仍是作者應欣然接受的現象，楊牧在〈劍之於詩〉文中的詮解，已經以寬容肯定的態度，維繫了詩的讀者與作者兩端之間密切而又隔閡的特殊關係：

> 我們對於一首詩最大的禮讚，就是專注，聚精會神去閱讀它，即使為某種獨異的原因竟從一錯誤的地方切入，以致於我們尋覓到的解說悖離了作者的意志；但若是因為藉著這樣高層次的心智交涉，我們畢竟已實際沉潛於他的詩之深奧而無懈怠，玩忽，我們應該就是有所體會，嘗到了（實有以及虛幻的）喜悅，挫折，即使超越了他的想像，也還是禮讚。[42]

本文對於楊牧詩作的詮釋，主要就是建立於這樣的閱讀基礎上進行的，儘管結果可能如張芬齡與陳黎所說「閱讀楊牧詩作的時候，我們彷彿聽見詩人驕傲地宣稱他的詩是為知音而作」[43]，但這也不能阻止像筆者這樣的一般讀者，凝聚心神，持續不斷地對這些精緻動人的詩篇進行誠摯的「誤讀」，專注的「禮讚」。

---

[41]　《疑神》，頁 200。

[42]　《隱喻與實現》，頁 135。

[43]　同註 40。

四、結語：詩的雙重關涉與美的追尋

　　楊牧闡釋所謂「詩關涉」，係指一篇文學作品在它確定的範圍之內，亦即在可認知的體格姿勢之內，因充分賦予各種有機組成因素以互相激盪的機會，而導致意義之產生，進而確定其全部的美學層次與道德旨歸，這是詩的本質——以形式統攝內容，以文體浮載主題的藝術性格。詩關涉就性質言，有技術關涉與文化關涉兩種；而詩的技術關涉指的是詩的聲音和色彩，是為詩的本質所在，換言之，詩的技術關涉乃是詩藝美的極致。[44]

　　依此，楊牧引述歌德的話，詩的主題意旨（文化關涉）人人看得見，但是詩人之選擇某種特殊結構形式（技術關涉）以表現那主題，自有其心神鍛鍊的原則，非一般人所能瞭解。[45]所以，楊牧深信，結構，觀點，語氣，聲調，甚至色彩——這些因素決定了一首詩的外在形式，而形式取捨則由詩人的心神掌握，始終是一種奧秘，卻又左右了主旨的表達。[46]縱觀前引三首詩作，可以證知楊牧在關懷社會政治現實的主題下，分別採取了不同的創作策略，其詩的文化關涉之深刻昭然若揭，其詩的技術關涉之美亦雕琢成形。質言之，詩的真實就是美，美就是詩的真實。楊牧各以不同的美感姿態達成這三首詩的道德旨歸，這是他堅持的創作態度，它們的主題皆為臺灣社會政治的傷痛與損失——這也是楊牧作為一個充滿浪漫主義精神的知識分子，不容袖手旁觀而必須參與介入的現實世界——然需以詩的方式、美的完成來參與介

---

[44]　參見〈詩關涉與翻譯問題〉《隱喻與實現》，頁 25-35。
[45]　《有人》〈後記〉，頁 179。
[46]　同前註，頁 180。

入。只是，憂憫苦難抵抗暴虐的詩作所呈現的美感，彈奏的是哀痛安魂的樂音，描繪的是無限悲涼的色彩。

　　在思考詩人參與社會的議題時，楊牧特別提醒我們注意文類體格與主旨表達之間的必然性，並且舉米爾頓（John Milton, 1608-1674）為例，他在〈里西達士〉裡以詩的形式悼亡，並批判現實；在〈論壇芻議〉裡以散文的直接朗暢正面介入政治社會問題的檢討；而米爾頓生命最後戮力完成的不朽鉅製〈參孫鬥力〉，看似一種神話世界的逃遁，悲劇的昇華，已然超越現實世界的關注，企及抽象的美，為詩的真實下定義。究其根柢，楊牧主張應該掌握多種文類以處理不同題材，依此原則調和創作與學術，他希望藉此安身立命，不論是作為詩人或知識分子，都能俯仰無愧地完成一生的工作。楊牧更進一步指出，社會參與不一定要像米爾頓創作〈參孫鬥力〉那般拉高層次到與汝俱亡的悲壯精神，有時像葉慈以謹嚴縝密的藝術形式，拈成一首類似〈有人要我寫一首和戰爭有關的詩〉[47]那樣的短詩，其言外所表達的諷喻之意，何嘗不是一種參與介入呢？[48]

　　楊牧在《徐志摩散文選》的序文中探討文學介入人世的真實

---

[47]　〈On Being Asked for a War Poem〉：I think it better that in times like these／A poet's mouth be silent, for in truth／We have no gift to set a statsman right／He has had enough of meddling who can please／A young girl in the indolence of her youth,／Or an old man upon a winter's night. ──W.B. Yeats 楊牧譯文如下：「我想這種時候詩人最好還是／將嘴巴閉起來，因為事實上／我們並無天分可資糾正政治家也者；／他向來參與不少，一時頗能取悅／慵倦青春年華裏那麼一個少女，／或皤然一叟，在冬天的夜裏。」參見《一首詩的完成》，頁 114-115。

[48]　同前註，頁 109-114。

意義時說：

> 或許創造，文學的創造，在尺幅有限之中叩寂寞而求音，
> 課虛無以責有，使擴充至於無限，以文學表象之柔弱正面
> 迎向人世間的恫嚇的刀鋸，陰冷的箭矢，保持他的介入，
> 疏離，和介入，自成一種優遊大時代，挑戰大時代，歸屬
> 大時代，揚棄大時代的倫理風度。[49]

以文學創造的柔弱表象迎向人世間恫嚇的銳利刀鋸，結果會是如
何？一如徐志摩曾流露對現實世界的愁慮：「朋友們，真的我心
裡常常害怕，害怕下回東風帶來的不是我們盼望的春天，不是鮮
花青草蝴蝶飛鳥，我怕他帶來一個比冬天更枯槁更悽慘更寂寞的
死天……你問我明天會不會放亮，我回答說我不知道，竟許
不！」[50]楊牧也曾憂心忡忡地說：

> 這個世界幾乎一個理想主義者都
> 沒有了，縱使太陽照樣升起。我說
> 二十一世紀只會比
> 這即將逝去的舊世紀更壞我以滿懷全部的
> 幻滅向你保證[51]

---

[49] 楊牧編校《徐志摩散文選》〈序〉（臺北：洪範書店，1999 年 9 月四
版），頁（4）。

[50] 同前註，頁（6）。

[51] 楊牧〈樓上暮〉《時光命題》（臺北：洪範書店，1997 年 12 月初
版），頁19。

現實人世處處令人不愉，事事透著可疑，未來亦不堪寄予厚望。
然則，詩人楊牧迄未擱置筆墨，不曾停止介入與關懷，或許就是
因為在詩人眼中現實已然如此晦暗，人間若再失去詩所創造的美
與真的國度，何以對照出如斯可貴的光明？

引用書目

楊牧，〈詩關涉與翻譯問題〉《隱喻與實現》。

楊牧，〈讀楊牧〉《深山夜讀》（臺北：聯合文學出版社，2008 年 9 月二版）。

楊牧，《一首詩的完成》。

楊牧，《一首詩的完成》〈形式與內容〉。

楊牧，《有人》〈後記〉。

楊牧，《完整的寓言》。

楊牧，《現代詩的語言與教學》（彰師大「第五屆現代詩學研討會」）。

楊牧，《楊牧詩集 II》（臺北：洪範書店，2015 年 4 月四版），頁 478-481。

楊牧，《疑神》（臺北：洪範書店，2014 年 5 月六版）。

楊牧，〈樓上暮〉《時光命題》（臺北：洪範書店，1997 年 12 月初版）。

楊牧，《一首詩的完成》〈社會參與〉（臺北：洪範書店，2011 年 10 月十一印）。

楊牧，《有人》〈後記：詩為人而作〉（臺北：洪範書店，1986 年 4 月初版）。

楊牧，《完整的寓言》〈後記〉（臺北：洪範書店，1991 年 9 月）。

楊牧，《柏克萊精神》（臺北：洪範書店，2014 年 5 月十三印）。

楊牧，《飛越火山》〈海外作家的本土性〉（臺北：洪範書店，1987 年 1 月）。

楊牧，《涉事》〈後記〉（臺北：洪範書店，2009 年 4 月二印）。

楊牧，《隱喻與實現》（臺北：洪範書店，2001 年 3 月初版）。

石計生，〈印象空間的涉事──以班雅明的方法論楊牧詩〉《中外文學》第 31 卷第 8 期，2003 年 1 月。

李秀容，《楊牧詩介入與疏離研究》（國立臺南大學國語文學系碩士論文，2009 年 5 月）。

唐捐、陳大為主編，《當代文學讀本》〈悲歌為林義雄作‧評析〉（臺北：二魚文化事業，2004 年 9 月二版）。

張芬齡、陳黎，〈楊牧詩藝備忘錄〉，收入林明德編《臺灣現代詩經緯》（臺北：聯合文學出版社，2001 年 6 月初版）。

張惠菁，《楊牧》（臺北：聯合文學出版社，2002 年 10 月）。

陳芳明，〈孤獨深邃的浪漫象徵──楊牧的詩與散文〉《深山夜讀》。

陳芳明，《昨夜雪深幾許》（臺北：印刻文學，2008 年 9 月）。

徐志摩，楊牧編校，《徐志摩散文選》〈序〉（臺北：洪範書店，1999 年 9 月四版）。

賴芳伶，《新詩典範的追求──以陳黎、路寒袖、楊牧為中心》（臺北：大安出版社，2002 年 7 月）。

謝旺霖，〈《地震後八十一日在東勢》導讀〉，《讓風朗誦：楊牧詩作展演選讀本》（臺北：財團法人趨勢教育基金會，2014 年 9 月）。

浮士德精神：論楊牧的《疑神》 *

廈門大學嘉庚學院漢語言文學專業助理教授
張期達

摘 要

　　臺灣學界對楊牧詩文的討論裏，本文以為《疑神》（1993），應得更多矚目。原因除楊牧《疑神》自身繁複的美學編碼，尚未得到充分解譯，也在於該書表露的，無非一知識分子勇於挑戰權威的浮士德精神，而這點同樣有待論述以證明，突出。本文認為適當地理解《疑神》，將助益讀者清楚領略楊牧所企慕與建構的文學風景。或許可以説，本文相信這條研究進路，不僅是貼近楊牧文學生命的一個重要補充，也為闡釋楊牧在臺灣文學的典範意義，提供一相應且相當的想像。因此，本文擬題「浮士德精神：論楊牧的《疑神》」，從精讀《疑神》出發，嘗試勾勒楊牧在觀照「現實」與回應「超越」，一貫若即若離，將信將疑的美學姿態，及其後可能開展的學術視域。

關鍵詞：楊牧　疑神　浮士德精神

---

* 本文於「2015 楊牧研究國際研討會」發表時，幸得東華大學中文系吳冠宏教授講評，部分內容即根據講評意見修正，謹此向冠宏老師致謝。另，本文原題「楊牧的涉事，疑神及其他」，後發展為本人博士論文。張期達，《楊牧的涉事，疑神及其他》，中壢：中央大學中國文學系博士論文，2016。今為區隔，亦為明確論旨，更題為「浮士德精神：論楊牧的《疑神》」。

The Faustian Spirit of Yang Mu: a discussion of "*The Sceptic: Notes on Poetical Discrepancies*"

One year after the lifting of martial law in 1987, Yang Mu started writing "*The Sceptic: Notes on Poetical Discrepancies*" and published it in 1993. By reading these intellectual and poetic essays, we will have some clear thoughts about his concerns. The unique religious, political and cultural views were all involved in his works. He was a poet who didn't satisfy only with romanticism, but was also a bellwether beyond this. In my paper, it will discuss why "Faustian Spirit" was important in the study of Yang Mu's venture, and how a person believing the intellectual autonomy was sketched as a Sceptic.

Keywords: Yang Mu, Sceptic, Faustian spirit

一、前言

臺灣學界對楊牧詩文的討論裏，本文以為《疑神》（1993），應獲得更多矚目。原因除楊牧《疑神》自身繁複的美學編碼，尚未得到充分解譯，也在於該書表露的，無非一知識分子勇於挑戰權威的浮士德精神，而這點同樣有待論述以證明，突出。本文認為適當地理解《疑神》，將助益讀者清楚領略楊牧所企慕與建構的文學風景。或許可以說，本文相信這條研究進路，不僅是貼近楊牧文學生命的一個重要補充，也為闡釋楊牧於臺灣文學的典範意義，提供相應且相當開闊的想像。因此，本文擬題「浮士德精神：論楊牧的《疑神》」，從精讀《疑神》出發，嘗試勾勒楊牧在觀照「現實」與回應「超越」，一貫若即若離，將信將疑的美學姿態，及其後可能開展的學術視域。

　　章節安排為：第一節前言。第二節「心猶豫而狐疑兮：《疑神》緣起」，概述《疑神》創作動機、目的與背景。第三節「經驗與想像：文獻探討及問題意識」，爬梳臺灣學界迄今對《疑神》的討論，帶出本文問題意識。第四節「大虛構時代：《疑神》的美學編碼」，嘗試通過「斷簡：《疑神》的結構」、「新編：《疑神》的解構」兩點，分析《疑神》的形式。第五節「你決心懷疑：《疑神》的知識辯證」，以「權威：《疑神》的超越者」、「浮士德精神：《疑神》對超越的回應」兩點闡發《疑神》底蘊。第六節，結語。

二、心猶豫而狐疑兮：《疑神》緣起

　　《疑神》出版於 1993 年 2 月，創作歷程約四年餘，皆曾發表於瘂弦（1932-）主編的《聯合報》副刊，〈前記〉則見《洪範季刊》。[1]第一集發表時題為「疑神集」，並有副標「仿王文興手記體」，可見《疑神》創作動機，與歸信天主教的王文興（1939-），不無關係。而《疑神》題獻給葉步榮（1940-），據稱與葉步榮無暇讀書有關，則《疑神》創作目的，容有讀書人相互勉勵之意。[2]再從《疑神》扉頁引〈離騷〉句「心猶豫而狐疑兮，欲自適而不可」，《疑神》既向屈原致敬，也點出楊牧的「質疑」，發源於一種類似的躊躇與無奈。最後，《疑神》前記則表明該書具體記錄著楊牧的閱讀與生命經驗，以及自我宣言：「這是一本探索真與美的書。」

　　前述諸點，約為本文所見《疑神》緣起，下試詳述之。

---

[1]　《疑神》全文陸續發表於聯副 1988.10.29 至 1993.1.30，〈前記〉發表於《洪範季刊》第 50 期 4 版（1993.2.20）。第二十集的最後一則，以〈靜〉為題發表於《聯合報》39 版（1992.8.26）。

[2]　溫知儀導演，曾淑美編劇，《朝向一首詩的完成》（臺北：目宿媒體，2011）。該紀錄片附錄「續篇：朝向一首詩的朗讀」載有葉步榮談論此事（27:51-29:27）。楊牧知他工作繁忙，讀書時總想「再幫葉步榮，也多讀一本書」，遂題而獻之。這段因緣，楊牧也曾談及：「從初一我們就相識至今，花蓮中學畢業後，他便在合作金庫做事，他為人非常非常公正、乾淨，所以，合作金庫發生幾次弊端，他一點事都沒有。再者，他經營洪範書店，幾十年來堅持文學的道路，也是非常不容易的事。他平常也看很多書的，我祇是把對宗教、真善美的看法加以整理，送給他。」參黃鳳鈴，〈因為山水的關係 依舊是花蓮的──楊牧〉，《明道文藝》第 269 期（1998.8），頁 138。

《疑神》首集發表，副標「仿王文興手記體」，1988.10.29

　　首先，楊牧與王文興私交甚篤。[3]《疑神》第一集發表所以副標「仿王文興手記體」，可謂文人間一種嬉戲、對話與致意的舉動。一來，王文興手記體記載者，多為信解天主教而有的語錄，或證言；楊牧仿其文卻「疑神」為題，更嘗試解構神之存有，不啻幽老友一默。[4]二來，楊牧的幽默不失切磋論學的企圖，是以行文旁徵博引，善近取譬，力求「疑神」立場得到充分表述，也有知識分子彼此辯難的況味。三來，楊牧對信徒與傳道

3　楊牧愛荷華大學寫作班時期（1964-1966），與王文興（赴美時間1963-1965）等臺灣年輕作家常在聶華苓家聚會。聶華苓，〈序〉，收於楊牧，《葉珊散文集》（臺北：大林書店，1970），頁1-4。另，楊牧2000年獲頒國家文藝獎，王文興為指定頒獎人，見兩人交情之深。

4　王文興〈神話集〉（1987）、〈研究室手記──宗教及其他〉（1988）亦發表於聯副，後收於王文興，《星雨樓隨想》（臺北：洪範書店有限公司，2003）。張娟芬曾報載此事：「《疑神》本來是寫來與作家王文興對話的。楊牧與任教於臺大外文系的王文興是多年好友，王文興近年篤信天主教，並在報端以手記形式發表他的宗教觀，楊牧讀後寫了《疑神》裏的第一篇」。張娟芬，〈楊牧疑神疑權〉，《中國時報》第43版（1993.12.23）。

人非不能欣賞，甚且感佩之，讚揚之，雷煥彰神父即顯例；所謂「疑神」，不純然是對有神論者的批判。是故，楊牧論調始終「疑神」，而非「無神」。

再者，從《疑神》獻詞來看，《疑神》猶傳遞出楊牧對葉步榮與「洪範」這段情誼與文學因緣的感念，迴響。1976 年楊牧與葉步榮、瘂弦、沈彥士創辦洪範書店，由葉步榮負責營運。而在洪範書店堅持文學質地的理念裏，除 1970 年代風起雲湧的文學出版業為背景，更有一群充滿熱忱的文藝青年並肩作戰。[5]因此，稱《疑神》為楊牧對這段革命情感的呼召，不亦宜乎？

通過《疑神》想見臺灣知識分子、文藝青年面對一時代之風骨與實踐，將更體貼楊牧的憂思。這點《疑神》扉頁引〈離騷〉可為佐證。一方面，〈離騷〉三稱狐疑，突顯的是屈原的悲劇性格與時代困境；楊牧引用並標舉之，自寄寓相當的理解與同情。[6]另方面，這也教人揣想楊牧的處境：能否以悲劇性格描繪楊牧的心靈世界？令他遲疑去留的時代困境，又是甚麼？而他給出甚麼樣回應？

基本上，要舉證楊牧的悲劇性格似是容易的。1992 年 9 月，距離《疑神》最後兩篇發表不過月餘，楊牧寫下〈樓上暮〉：「這個世界幾乎一個理想主義者都／沒有了，縱使太陽照

---

[5]　關於洪範的理念，可參李金蓮，〈洪範書店的作家手稿──訪葉步榮〉，《文訊》第 354 期（2015.4），頁 96-102。葉步榮談到洪範出版《徐志摩散文選》的追求與考究，亦見一代文學人風範。

[6]　王淑禎，〈屈賦與屈原性格交互觀〉，《興大中文學報》第 2 期（1989.1），頁 89-102。王淑禎認為屈原在矛盾痛苦、猶豫遲疑、跌宕衝突的自我性格中，飽受折磨。

樣升起，我說／二十一世紀只會比／這即將逝去的舊世紀更壞我
以滿懷全部的／幻滅向你保證」。[7]這種對人世的悲觀與感慨，
楊牧詩文不時流露。然而，楊牧畢竟深受儒家詩學與歐洲文學的
影響，諸如「詩言志」、「士不可以不弘毅」及浮士德精神、浪
漫主義等剛健淳朗的思維，猶經常鼓舞著他。於是在楊牧的心靈
世界，顯有兩股力量消長，一邊是招致生命頹喪的趨力，另一
邊，則是振奮生命昂然的動力。[8]《疑神》亦然是這樣一種「拉
扯」。

　　但《疑神》回應，或說懷疑的是，甚麼樣的時代？

　　其一，《疑神》動筆於解嚴後一年，彼時臺灣威權體制鬆

7　楊牧這種史觀，不同於溫克爾曼（Johann Winckelmann, 1717-1768）的
　　歷史悲觀論調，楊牧是能肯定每個時代的文學，甚至期待將來的可能。
　　譬如楊牧論〈歷史意識〉，從艾略特〈傳統與個人才具〉切入，要尊重
　　傳統卻不因襲傳統（歷史感），也要把握個人與時代的歸屬關係（當代
　　性），進而理解每個歷史階段，皆昭然閃爍著那一階段的智慧。楊牧，
　　《一首詩的完成》（臺北：洪範書店有限公司，1989），頁 55-66。

8　舉例來說，楊牧曾為卡繆存在主義吸引，但其世界觀令他空虛極了：
　　「他用西索費斯的神話解答全人類推進文明的荒謬和無聊。」楊牧，
　　〈向虛無沉沒〉，《葉珊散文集》（臺北：洪範書店有限公司，
　　1977），頁 107-112。楊牧也曾聽牟宗三講沙特，世界本無意義，每個
　　人皆孤單，皆自我構成，「這是個教人失落，或不勝負荷的觀念，我
　　想，充滿悲劇性。」楊牧，〈複合式開啟〉，《奇萊後書》（臺北：洪
　　範書店有限公司，2009），頁 129-130。這種對人類存在境況中，荒
　　謬、無聊乃至孤單的悲劇性認識，相當程度構成楊牧詩文中「現代
　　性」，一與浪漫主義思維相辯證的基調。進而，在楊牧詩文中不時可聽
　　到這基調的回聲，如《涉事》（2001）後記：「有限的英雄主義，無盡
　　的悲劇意識」，「惟有詩是留下了。」楊牧，《楊牧詩集Ⅲ：一九八六
　　－二○○六》（臺北：洪範書店有限公司，2010），頁 507-510。

綁，強人逝世，社會氣氛仍然緊張，五二〇農民運動的流血衝突即是一例。不過，許多禁忌已然可訴諸公議，臺灣政治受難者聯誼總會成立、原住民抗議「吳鳳神話」、開放大陸探親、報禁解除等事件，皆描繪一個不同既往的社會圖像。從這個外緣條件看，或能標幟《疑神》的特殊位置：不只宗教觀，也是楊牧政治觀的完整「解嚴」。這不也是一種真與美的體現？[9]

其二，《疑神》關懷雖以家國臺灣為主，也有溢出。遠如蘇格拉底、耶穌、孔子等舊事，近則美國百老匯、歐美漢學界、波斯灣戰爭等新聞，還有楊牧魂牽夢縈的中世紀典故，皆在《疑神》留下痕跡。這自然與楊牧職業有關，卻不如說楊牧的「用事」，隱含更高層次的追求，即文學作為一種「志業」、「信仰」或說「終極關懷」。緣此，前述體現的一種特殊而具體的真與美，在楊牧所謂「詩是我涉事的行為」語境底下，將同樣是抽

9　《疑神》封面摺頁：「《疑神》為楊牧近年所撰思維感悟之散文專集，閱讀觀書，屬於一特定的知識層次，並以融會傳統與現代之筆意檢驗宗教、神話、真理等課題，探討詩的智慧與美，試圖為現代社會提出一兼有犀利和從容的哲學認知，一種不作偽不妥協的生命情調。」楊牧，《疑神》（臺北：洪範書店有限公司，1993）。此一不妥協態度，楊牧在解嚴前即有所表現，如《交流道》（1985）、《飛過火山》（1987）等，嘗試衝撞體制，爭取言論自由。可參賴芳伶，〈介入社會與超越流俗的人文理念〉，《新詩典範的追求——以陳黎、路寒袖、楊牧為中心》（臺北：大安出版社，2002），頁 301-331。郝譽翔也觀察到《山風海雨》（1987）、《方向歸零》（1991）、《昔我往矣》（1997），涵對政權的批判和指控，如二二八、白色恐怖、族群傾軋等議題皆有顯影。郝譽翔，〈右外野的浪漫主義者——訪問楊牧〉，《大虛構時代》（臺北：聯合文學出版社有限公司，2008），頁 337。另可注意的是《山風海雨》等三書創作時間，與《疑神》疊合。

象且普遍的。

綜上，為本文理解《疑神》的一個基礎。

三、經驗與想像：文獻探討與問題意識

臺灣學界對《疑神》的關注，或書評，或訪談，或散論，專篇討論者較少。推其原因，一是《疑神》觸及的基督教與文學典故，成為讀者理解基本門檻；二是《疑神》雖是散文體，但美學編碼具跳躍性，以詩為文，以卮言為曼衍，審美趣味與難度一併提昇；三是《疑神》思辨性亦莊亦諧，唯道德判斷多隱匿意象、情節與篇章安排裏，反覆求索能掌握二三，但也未必；四是臺灣學界對文學與宗教的興趣，迄今仍屬有限。[10]

底下試簡略爬梳《疑神》文獻，末再總結以提出本文問題意識。

吳潛誠〈楊牧的《疑神》〉篇幅雖短，頗可觀。該文指出：楊牧質疑與肯定，悉以人本觀念為依歸。楊牧對搬神弄鬼的宗教

---

[10] 以蕭蕭《臺灣新詩美學》的論述為例。蕭蕭以「入世與出世／現實與超現實」兩組辯證，座標現代詩之美學雙軸，其所謂「出世情懷」者，即通過佛家美學與周夢蝶詩例說明；「入世」，則儒家美學與余光中。蕭蕭，《臺灣新詩美學》（臺北：爾雅出版社有限公司，2004）。但細究之，蕭蕭佛家美學限於「禪」（以禪喻詩、以禪入詩），守住文學本位，卻可能啞失關於詩「宗教性」的追索。譬如宗教是歷史的；宗教無不談論「超越」（Transcendent）；宗教關於冥契主義（Mysticism）；宗教還關係著人的「終極關懷」（ultimate concern），或說「安身立命」。前述諸端雖宗教學範疇，但對闡釋文學的宗教性，皆提供相當解釋力。

建置，發揮讀書人論辯究詰的精神。楊牧所描述「最接近神」，
「接近某種奧祕」的親身經驗，類似詩的感動。楊牧把詩視同宗
教或準宗（Semi-religion）。是以該文也建議楊牧，可將堅信的
「道」、「真理」、「自然」等超越指涉，一併解構為符號，則
所嚮往的自由不羈，豈不更徹底？更容易減少盲點與偏執？[11]

　　何寄澎短評指出，《疑神》性質上屬感性思維，體製則延續
《年輪》（1982）而微幅變化；《疑神》求索的動力是「疑」，
目的是「不疑」，閱讀可感受其追尋生命本體與現象中「不疑」
的熱忱。該文也對《疑神》感到猶疑：是否過於抽象而妨礙讀者
理解？何寄澎另文則認為從《葉珊散文集》（1966）論浪漫主
義，迄《疑神》論安那其而結於雪萊，可證楊牧生命意志與信念
之流轉相承。[12]

---

[11]　吳潛誠，〈楊牧著《疑神》〉，《中國時報》第 32 版（1993.2.26）。
　　此文一年後略加更改為〈楊牧的《疑神》〉，《洪範季刊》第 52 期 2
　　版（1994.2.20）。至於吳潛誠提問「他所嚮往的自由不羈，豈不更徹
　　底？更容易減少盲點和偏執？」乃針對楊牧《疑神》裏說「守住疑神的
　　立場便是自由，不羈，公正，溫柔，善良。」楊牧，《疑神》，頁
　　168。
　　另，吳潛誠謂楊牧將「詩」視同宗教，論者多持相同意見。如陳芳明指
　　《疑神》反覆在闡釋自己的無神論，自稱無政府主義者的無神論者，楊
　　牧的內心深處其實供奉了神，那就是詩。陳芳明，〈孤獨是一匹獸〉，
　　《美與殉美》（臺北：聯經文化事業出版有限公司，2015），頁 99。
　　但本文以為，與其稱《疑神》闡釋神之有／無，不若稱《疑神》揭示權
　　威之結構／解構。蓋形而上者楊牧存而不論，冥默契之，話不說死；形
　　而下之權威具體可議，不妨鼓而攻之。
[12]　何寄澎，〈疑神〉，《聯合報》第 26 版（1993.3.4）。何寄澎，〈「詩
　　人」散文的典範──論楊牧散文之特殊格調與地位〉，《臺大中文學

　　張大春就《疑神》命名、關懷、手法、主題等面向進行訪問。據楊牧回應，《疑神》所疑者取廣義，宗教、歷史、社會政治甚至文學皆可為「神」，然真假有別。楊牧承認創作背後，有種使徒或宗教性力量。楊牧斷言真與美是善的前提。《疑神》涵詩的技術，重視文字與意象的呼應，像主題音樂。[13]

　　丁存煦表達閱讀《疑神》的疑惑：《維摩經》這部經典，楊牧為何只提及「無盡燈法門」數句？楊牧為何不提臺灣民間信仰？[14]

　　《幼獅文藝》的「懷疑、探索」座談會，楊牧主持，幼獅總編陳信元、主編陳祖彥及高中職師生等人列席。該座談原訂兩個題綱，楊牧合而論之：其一，真與美成為自己信仰的歷程；其二，如何將人的幻想和經驗相激盪，勾畫出文學和藝術的「神境」。內容撮要如下：楊牧自譯《疑神》的英文名 *"The Sceptic:*

報》第 10 期（1998.5），頁 115-134。附帶一提，郝譽翔指出浪漫主義反抗精神，簡言之即「疑神」。郝譽翔，《大虛構時代》，頁 335。

[13] 王之樵，〈疑神的楊牧〉，《中時晚報》（1993.7.4）。該訪問於同日《談笑書聲》（臺視）播出；亦刊洪範季刊 53 期 3 版 1994.11.20。張大春還提問如：耶穌釘十字架呼喊「你為甚麼拋棄我？」這種質疑是否貫穿《疑神》？《疑神》相當篇幅分析無政府主義「安那其」，你是嗎？但楊牧未正面回答，而是指出「受難」作為文學原型及象徵意義，也是他所關注的；至於安那其，楊牧則澄清概念，指出安那其第一原則：我絕對給你充分的自由去完成個我。

[14] 丁存煦，〈讀《疑神》〉，《洪範季刊》第 52 期 2 版（1994.2.20）。另，丁存煦根據蘇軾〈書晁補之所藏與可畫竹三首〉裏「莊周世無有，誰知此疑神？」推敲楊牧用意或與東坡一致，即「疑神」實為「似神」？此說雖誤，方可方不可，諒楊牧也不追究，且本文認為《疑神》與《莊子》筆法與意趣有相通處，姑存而聯想玩味之。

Notes on Poetical Discrepancies" 為：「詩的牛頭不對馬嘴」。
《疑神》宗旨在揭示權威的不禁檢驗。《疑神》即質疑權威。楊
牧認為相對其他宗教，基督教最有趣；基督教要人信了再說，這
有違一般接受知識的程序。[15]

臧蒂雯以為《疑神》承續《柏克萊精神》（1977）的積極入
世，再從《搜索者》（1982）點出楊牧「探索」已預存質疑，外
顯即現實批判，故斷言《疑神》結合浪漫主義求索、質疑與批判
精神，是楊牧圓成之作。而神之可疑在「人偽曲事理，虛妄蔽真
美」，然楊牧的「疑」以揭露、肯定公理為目的，終歸「不
疑」。此外《疑神》各章以圓點分節，如樂曲之延長記號或休止
符，可調節語氣、頓挫思維、多線敘述。[16]

陳芳明提出楊牧思維，可從「介入」與「超越」兩軌跡把
握，譬如《搜索者》是現實指涉，《疑神》是心靈鑑照，但這雙
軌也是辯證發展。陳芳明觀察《疑神》探測的「神」，是超乎渺
小人類的存在，卻也是謙卑生命的反射，超越且世俗，虛妄且希

---

[15] 黃智溶記錄整理，〈百年追尋──「懷疑、探索」座談會紀實〉，《幼
獅文藝──懷疑、探索專輯》總號 489（1994.9），頁 24-33。此座談
見報載，邱婷，〈楊牧自述文學創作理念 疑神無非一種美的提升 追求
過程彷彿冒險〉，《民生報》第 15 版（1994.7.14）。摘要準確，可
參。

[16] 臧蒂雯，〈楊牧《疑神》側寫〉，收於陳永源總編輯，《第二屆府城文
學獎得獎作品專輯》（臺南：臺南市政府文化局，1996），頁 211-
222。此外，鍾怡雯也指出《疑神》可自《搜索者》找到伏線。可參鍾
怡雯，〈無盡的搜索──論楊牧《搜索者》〉，《無盡的追尋：當代散
文的詮釋與批評》（臺北：聯合文學出版社有限公司，2004），頁 88-
99。

望，空洞且力量。《疑神》不僅確立真與美作為信仰，亦楊牧辯證發展的最清楚證據。[17]

張依蘋除考慮《疑神》隱喻繼往開來，承續《年輪》、《搜索者》，也轉軸般迎向《星圖》（1995）、《亭午之鷹》（1996）。張依蘋同樣關注楊牧辯證性，指出《疑神》將真與美複沓為許多隱喻，並揭示：真理能區分藝術與非藝術、文學與非文學、詩與非詩；詩是可檢驗的，永恆的美；懷疑精神使詩無限擴充。[18]

前述概為臺灣學界對《疑神》的研究成果。另，香港學者黃麗明對《疑神》的析論值得參考，要點包括：黃麗明將《疑神》定位為「詩學專著」，標舉英文副標並譯作「論詩之歧義」，突顯《疑神》與《一首詩的完成》（1989）內在相關；幽默與反諷為《疑神》主要風格；《疑神》的解構式閱讀，揭示議論「神」

17　陳芳明，〈孤獨深邃的浪漫象徵——楊牧的詩與散文〉，《深山夜讀》（臺北：聯經文化事業出版有限公司，2001）。頁 171-177。該文中，陳芳明也將《疑神》與《有人》對舉，標誌楊牧的人文關懷遠甚於神的質問，並認為如將「故鄉」抽離，二書立場皆失去依據。而陳芳明論「介入」與「超越」的雙軌辯證，可與何雅雯、李秀容互參。何雅雯認為《疑神》是以超越的手法表現介入的內涵，是利用對超越事物的討論，關注並批判現實秩序和價值。何雅雯，《創作實踐與主體追尋的融攝：楊牧詩文研究》，臺北：臺灣大學中國文學系碩士論文，2001，頁101-107。李秀容則以「介入」與「疏離」對舉，以論楊牧詩，其說「疏離的介入」亦表現一雙軌辯證的思維。李秀容，《楊牧詩的介入與疏離》，臺南：臺南大學國語文學系碩士論文，2009，頁 174-183。

18　張依蘋，《隱喻的流變——楊牧散文研究（1961-2001）》，臺北：臺灣大學中國文學系碩士論文，2001。張依蘋論及《疑神》的結語，稍過度詮釋。如考慮楊牧發表時原文，會發現楊牧假柳宗元〈江雪〉發揮的「算式」，有其任意性，不宜深究。

無限可能，而造神舉措乃一創作過程，近乎作詩。[19]

　　下請概括前述觀點，闡發本文的問題意識。

　　首先，《疑神》質疑權威允為共識。《疑神》雖持疑神論，卻表現藝術宗教或泛神論立場，非純然解構，非無神論；斬釘截鐵地二元論神之有無，將適得其反。《疑神》的思維與隱喻有辯證性。《疑神》表現浪漫主義精神，人本觀念或人文主義色彩。問題是以上判斷，依楊牧他書與《疑神》少數敘述即可導出，則《疑神》主體不顯，細節闕如。譬如，對於權威的構成，《疑神》有眾多事例為線索，供讀者舉一反三，前述文獻鮮有細論，殊為可惜。

　　次則，《疑神》脈絡分析較豐富，各有發揮。問題是，無論稱《疑神》庚續《葉珊散文集》的信念、《柏克萊精神》的入世；轉承《年輪》的隱喻、《搜索者》的伏筆；還是與《一首詩的完成》相類似的詩論，多屬點對點的作者論範疇，面的觀照不足。譬如，考慮「解嚴」或「階級」等外緣條件，即開啟另個詮釋角度，有效導引更多文獻進入對話，如賴芳伶、石計生的觀點。[20]

---

[19] 黃麗明著，詹閔旭、施俊州譯，《搜尋的日光：楊牧的跨文化詩學》（臺北：洪範書店有限公司，2015），頁 266-277。此外，香港學者的討論，還有黎活仁〈楊牧《疑神》的善惡觀〉。該文提到楊牧的荒原意識，惜點到為止。黎活仁，《中國文化研究》第 22 期（1998.04），頁 101-107。

[20] 賴芳伶，〈介入社會與超越流俗的人文理念〉，《新詩典範的追求——以陳黎、路寒袖、楊牧為中心》，頁 301-331。石計生，〈楊牧三論〉，《藝術與社會：閱讀班雅明的美學啟迪》（臺北：左岸文化事業有限公司，2003），頁 85-132。而石計生以「布爾喬亞」批判楊牧，屬楊牧研究中罕見視角，但其精神不正與《疑神》相呼應？

進而，讀者對《疑神》的理解也將更生動，豐潤；《疑神》的時空特殊性也更得到彰顯。

最後，關於《疑神》美學討論，雖見詩的技術、題材選取、分節設計等層面，卻點到為止，未見細膩開展。譬如《疑神》如何表現詩的技術？《疑神》的敘述結構如何經營？有何美學意義與價值？凡此《疑神》的美學編碼，下節討論。

綜上，本文的首要任務，在彰顯《疑神》的主體與美學。

四、大虛構時代：《疑神》的美學編碼

（一）斷簡：《疑神》的結構

以圓點為分節，《疑神》每節猶如一則斷想，最短一句，最長達數頁，全書總計 436 則。《疑神》若干節為一集，最短 15 則，最長 32 則，總為 20 集。各集出版僅順序標號一二三等，未見目次；讀者儘管隨翻隨讀，前後文關係似不必然。誠如前述《疑神》第一集發表副標「仿王文興手記體」，蓋隨手記錄，無謂章法。而《疑神》第一集發表主標「疑神集」，第二集發表時為「疑神後集」，寫作時間又相距年餘，可推創作伊始，或未攢篇為巨幅之企圖。然意有未盡，憤悱間留有氣韻索求安頓，「疑神集」遂無前有後，見三望四，迤邐為《疑神》長編。[21]

---

[21]　楊牧編選唐詩的情況亦然：長夏無事，取《全唐詩》瀏覽，數年於茲，隨讀隨記，積稿漸多。楊牧，《唐詩選集》（臺北：洪範書店有限公司，1993），頁 13-15。而附帶一提《疑神》創作時間與《唐詩編選》也疊合，《疑神》裏部分用典，如韋莊〈金天神〉、曹鄴曹唐曹松等處，即緣此。

　　這帶出兩個問題：一、《疑神》的結構是甚麼？二、《疑神》的結構有何美學意義？底下摘錄《疑神》連環三則，展開此節的討論：[22]

　　•

　　一八二一年二月間濟慈（John Keats）以病死羅馬，時雪萊與瑪麗多住比薩。雪萊與濟慈出身背景迥異，無甚交情，而且彼此也並不特別賞識對方。但濟慈以二十五歲青年猝逝，卻使雪萊大慟，尤其因為他聽說濟慈之所以沉痾不起，乃為批評家攻擊其詩作所以致之，因作長詩「亞多奈士」（Adonais）悼之。

　　•

　　批評家能把一個詩人罵病罵死？
　　不可能。

　　•

　　我曾作詩，合稱寓言若干首，其中有題「黃雀」者頭兩行如後：

　　有人從黍稷田裏歸來
　　告訴我一件驚人的事——

　　講古代的事。所謂「事」本身沒甚麼值得覆述，要之，神祕，怪異，危險而已，落在一般比較不為人知曉的浪漫主

22　楊牧，《疑神》，頁 201-202。

義範疇內。惟發端筆路暗含機關，其實來自雪萊一首詩。
一八一八年一月瑪麗・烏俄斯東克拉夫特・戈登・雪萊出
版「弗蘭肯許戴恩」，不久興詩人出發去義大利。這一年
雪萊始寫詩劇「普羅米修斯被釋」……

三則合觀，敘述主線似為雪萊（Percy Shelley, 1792-1822）。首
則卻從濟慈起筆，帶出雪萊為濟慈作詩悼亡一事。隨即牽連瑪麗
（Mary Shelley, 1797-1851），這位雪萊之妻，其小說《弗蘭肯
西戴恩》副標為「現代的普羅米修斯」，其父為無政府主義先驅
戈登（Wiliam Godwin, 1756-1836），其母為女性主義先驅
（Mary Wollstonecraft, 1759-1797）。再圓點分節，敘述者跳出
1821 年，彷彿 1992 年即時轉播，插科打諢，解構首則濟慈為惡
評致死之傳聞。再分節，內心獨白轉為現身援引，以〈寓言・黃
雀〉詩二句斷續，故弄玄虛後謎底揭曉：該詩典故源於雪萊詩劇
《普羅米修斯被釋》。時間又前溯至 1818 年。

　　這是《疑神》典型編碼過程，繁瑣，連動，結構上充滿機關
與縫隙，「螳螂捕蟬，黃雀在後」。這影響《疑神》的結構儼若
懷德海（Whitehead, 1861-1947）的「機體」，意義不斷活動、
生成。譬如前述第二則，表層意義是楊牧「否定」詩人會為批評
家罵病罵死，破斥兩者具因果關係；深層意義卻是一種浮動狀
態。試想，雪萊為荒誕不經的傳聞作文章，豈不顢頇？楊牧多次
表達對雪萊的傾慕，豈不矛盾？《疑神》何不批判雪萊無知？又
為何要寫進這個「破綻」？

　　考慮《疑神》整體，將對這種結構掌握得更清楚。以「普羅
米修斯」為例，全書共四處安插這個符號，第一次講雅典娜旁

及：第二次講雪萊帶出普羅米修斯盜火始末，並以雪萊詩「普羅米修斯被釋」，對舉雅典詩人愛斯吉洛思（Aischylos, 525BC-?）作「普羅米修斯被執」；第三次以瑪麗《弗蘭肯西戴恩》副標呼應之；第四次再提普羅米修斯被釋，卻轉錄雪萊一首變體十四行「窩基曼迪亞士」（Ozymardias），關於荒漠巍巍殘骸石雕，確證一位功蹟豐偉的王者曾降臨。[23]

先是結構鬆散的表象下，符號似有發展。「普羅米修斯」因為盜火而受罰，故有雅典詩人吟詠被執一事。直至浪漫主義興起，才見雪萊無懼觸犯眾神，逕自釋放普羅米修斯。至於獲釋走進「現代」，普羅米修斯化身弗蘭肯西戴恩，再次挑戰眾神創造的權柄，也合情合理。不過，前述詮釋，或閱讀趣味爾，《疑神》在此最緊要的想像與寄託，無寧是假雪萊詩「窩基曼迪亞士」之意象，收束前述符號的展延與不確定性，一個隱喻於焉成形。

這個隱喻，疊合普羅米修斯、愛斯吉洛思、雪萊、瑪麗、弗蘭肯西戴恩及窩基曼迪亞士等形象，用來影射人類文明的鷹揚與輝煌，也暗示死滅的無可避免。於是，當荒漠疊疊漫向遠方，雪萊詩中雕塑座上的字跡，猶歌頌事功何其雄偉，讀者隨《疑神》目光，看見的無非是普羅米修斯等，人類神話與歷史中的英雄們，如何創造一時代之光芒，又隨即為光芒所吞噬。

這種隱喻結構，即《疑神》透過這許多「斷簡」營造的美感形式。[24]

---

[23]　「普羅米修斯」這個詞彙，散見《疑神》第八、十一、十二、十三集。

[24]　楊牧自稱《疑神》雖以短的段落組成，卻非鬆散的，而是一種有機的形式，每一章皆自有呼應、錯落有致。張娟芬：〈楊牧疑神疑權〉。實則

（二）新編：《疑神》的解構

「互文性」（intertextuality）則是描繪《疑神》結構的適當概念。[25]

前例說明，《疑神》每個斷簡間如何有機互動，促成隱喻。掌握這點，《疑神》的閱讀，確實對讀者是種挑戰。讀者須對前後文有相當掌握，且敏銳於各小文本、大文本間隱喻活動的可能，更咀嚼得出《疑神》的審美趣味，妙喻幽默。

譬如《疑神》有三處提到曹唐，一是晚唐懿宗時，曹唐倒楣遇女鬼為鬼詩之傳說；二是從《全唐詩》、《四庫全書總目》論曹唐乏善可陳，唯作鬼詩一事堪茶餘飯後笑話爾，但有西方漢學家專著研究，楊牧亦諧擬漢學家進行論證；三是論高棅《唐詩品彙》體例之偏頗，列旁流為九品，指方外異人如曹唐者。[26]其

不僅各集自身見此有機形式，各集間亦然。故陳芳明稱閱讀《疑神》，須視為一個整體。陳芳明，《深山夜讀》，頁 173。

[25] 「互文性」強調作者主體的消褪，或「互為主體」；文本方面則意義的不確定性／開放性，與「能指的遊戲」；至於讀者則對文本意義生產具參與權，與自由活動的合法性。參汪民安主編，《文化研究關鍵詞》（臺北：麥田出版，城邦文化事業股份有限公司，2013），頁 221-224。互文性也是利用文本交織，產生新的文本，無論引用或採片段零碎的方式，對其他文本加以修正、扭曲與再現，都是具顛覆性的「文本政治」。廖炳惠編著，《關鍵詞 200：文學與批評研究的通用辭彙編》（臺北：麥田出版，城邦文化事業股份有限公司，2003），頁 143。本文對互文性的討論，側重文本結構立論。另，黃麗明則從讀者論互文性的效果，認為楊牧藉此將讀者導向一種神悟（epiphany），近於現代主義者所重視的啟明（illumination）。黃麗明著，詹閔旭、施俊州譯，《搜尋的日光：楊牧的跨文化詩學》，頁 90。

[26] 「曹唐」這個詞彙，散見《疑神》第四、十八、十九集。

中，《疑神》假曹唐論及西方漢學界一段，談到 1985 年美國加州大學出版曹唐的研究專著《時間海洋裏的幻象：曹唐道家詩歌論》，作者即所謂的漢學家。[27]而這裏的互文性，便在通過前後文呼應使漢學家書名的引用，促成一深具反諷的隱喻，進而瓦解、顛覆漢學家的權威形象。

　　讀者參照前後文後儘管展開聯想：如果曹唐只與鬼打過交道，則研究曹唐的專家如何自處？如果曹唐是九流的「方外異人」，則西方漢學界是否方外？其自成體系會否如《唐詩品彙》有些瘋狂？倘若考慮前後文的篇幅寬些，《疑神》提到曹唐的第一處，為何接續韋莊〈秦婦吟〉的討論：「難得看到一位有羞恥心的神」？是否有意透過語意的延宕，造成轉喻與反諷的效果？倘若考慮得再寬些，《疑神》為何在第十八集討論漢學界重視的敦煌古籍時，藉解讀〈秦婦吟〉「殿上金鑪生暗塵」一句，謂「而所謂金鑪何嘗只生暗塵而已，說不定還積水住著些青蛙了」？《疑神》之譏諷，或可謂在它的系統裏也左右逢源？是以，「時間海洋裏的幻象」一語即現成的諷諭，指涉學術權威的虛妄與自我消遣，無怪《疑神》接著詫異，彼書名為何不是「井底的幻象」。

　　凡此，皆見《疑神》透過互文性扭曲其意，「新編」才營造出的美學效果。而這種隱喻結構，也是《疑神》賴以質疑、顛覆權威的主要手法。

---

[27]　楊牧，《疑神》，頁 266-267。

五、你決心懷疑：《疑神》的知識辯證

（一）權威：《疑神》裏的超越者

以「權威」理解《疑神》，則「超越者」道貌岸然的形象躍然紙面，絲毫不抽象，一種煞有介事論證的真理，證據總要可親可觸地羅列讀者眼前。《疑神》裏超越者的形象，主要是宗教的、政治的與學術的。前節已見學術權威，此節先論宗教方面，並挑揀個案分析。政治者下節討論。

宗教的超越者，《疑神》呈顯兩層次，形而上者如神、佛、道、天與真理，形而下者神職人員、僧侶之屬，蓋因中介聖俗而有超越意涵。宗教神話、典籍教義、教會信徒、儀軌及建築器物等，《疑神》也有反映，然圍繞在具體典故軼事，以發揮主體的觀察、省思、批判與追求，不輕易進行概念論爭。而綜覽全書，不難察覺《疑神》關注的多是神職人員。這與楊牧人文關懷有關，下試申論之。

首先，《疑神》在基督宗教的討論最為豐富。形上者有：上帝、聖母瑪麗亞、耶穌及魔鬼等。神職人員形象：明義國小（1946-1952）的同學父親（長老教會牧師）；花蓮中學（1952-1957）時認識的法國神父與美國傳教士，大學時期（1959-1963）耶穌會法國神父、西班牙神父，東海大學校牧，東海同學父親（花蓮牧師）；赴美後所見華人教會主持婚禮的牧師，美國陸軍軍牧普洛布士特，及論證童貞受孕無稽的麥爾神父（John Meier, 1942- ）等。《疑神》也關注典籍裏的神職人員，譬如莎翁劇作替羅密歐求愛的修士羅倫斯，又如神學家亞伯臘德

（Abelard, 1079-1142）與哀綠依絲（Heloise, 1100-1164）。而前述事例，以耶穌會神父、亞伯臘德與哀綠依絲二者，最能表現《疑神》的人文關懷。

　　《疑神》裏楊牧東海大學結識的耶穌會神父，即雷煥章（Jean Lefeuvre, 1922-2010）。[28]這個形象《葉珊散文集》便登場，《奇萊後書》（2009）猶獨立一篇追憶，足可雷神父在楊牧心底分量。[29]而《疑神》有五處提到雷神父，先是大學時神父告誡「多多想念耶穌」；二是楊牧客座臺大（1975-1976）偶遇但錯過；三是楊牧讚賞雷神父博學慎思，甚至置身事外欣賞起雷神父，與彼時東海中文系哲學教授、校牧室間的三角矛盾；四是略及雷神父與小教堂；五是從耶穌會傳道技巧，追述雷神父與楊牧談論起波特萊爾，存在主義。[30]合觀五處描寫，皆正面肯定，難道雷神父不構成宗教的權威？怎麼不為楊牧質疑、挑戰、解構？

　　至於亞伯臘德與哀綠依絲的故事，見《疑神》第三集，前文銜接喇嘛轉世，帶出宗教究竟教人孤寂苦行、斷絕情慾，抑或圓

---

[28] 雷煥章神父，1940 年法國入耶穌會，後中國宣教。1952 年上海授司鐸職，1955 年來臺，居臺大附近伯達書院。1956 派駐臺中，成立磊思學生活動中心，適東海大學創校，於該學教授法文，又於校門對面購地興建小教堂，名「善牧天主堂」。曾獲法國文化部頒發文藝騎士勳章，亦甲骨文、金文專家。雷煥章事跡可參梅謙立、黃雄銘，《巴黎・北京・臺北　迷人的老魔鬼》（臺北：光啟文化事業，2002）；羅文森，《懷念大學歲月：與我的良師益友》（臺北：至潔有限公司，2014）。

[29] 楊牧，〈教堂外的風景〉，《葉珊散文集》洪範版，頁 129-133。楊牧，〈神父〉，《奇萊後書》（臺北：洪範書店有限公司，2009），頁135-152。

[30] 「雷神父」這個詞彙，散見《疑神》第一、二、四、七、二十集。

融完滿的疑問。緊接二則為：[31]

    ●

從前的新文藝小說動輒以靈與肉相反對，輪流支配了一個
人有限的生命。現在不太流行靈與肉之說，倒時常看到
「性靈」二字，令人莞爾。

    ●

十二世紀法蘭西有神學家名亞伯臘德者，以學識淵博風姿
雋逸知名全歐，後因與少女弟子哀綠依絲相戀，私自結婚
生子，違犯了清規，各自被遣禁於修道院中，終生不得相
見。一說亞伯臘德晚年致函友人，痛惜舊情渺茫；事為哀
綠依絲所悉，乃修書亞伯臘德表達綣繾之思……

通過亞伯臘德與哀綠依絲的故事，《疑神》質疑的宗教權威相對
明朗。所謂清規，成為宗教權威迫害人性自然的遁辭。同理，普
羅米修斯不也觸犯眾神「清規」？濟慈不也觸犯文學批評家「清
規」（文學作為彼此信仰）？楊牧在此表露的思維，頗近彌爾
（John Mill, 1806-1873）論個性為幸福的因素。彌爾說：「凡摧
殘個性的就是專制，不管用甚麼名義去稱它，也不管它是否自稱
是執行上帝的旨意，還是人的命令。」[32]故《疑神》追問：皈依
宗教能摒棄情慾？為甚麼奉事神就須禁慾？這單數的不可分析的
神，也禁慾嗎？

31　楊牧，《疑神》，頁 36-37。
32　約翰・彌爾（John Stuart Mill），郭志嵩譯，《論自由》（臺北：臉譜
　　出版，城邦文化事業股份有限公司，2004），頁 98。

　　事實上，楊牧曾以亞伯臘德事追問雷神父，神父不正面回答。後來楊牧認為這個愛情悲劇，對修道士而言不過風塵澒洞微不足道小故事罷了，何況其後黑僧侶聖多彌尼各教派出現，弗蘭系對萬物摯愛與奉獻，「想必是更深而浩瀚的愛」。[33]但論楊牧所以不譏諷雷神父這位宗教權威，如挖苦曹唐專家，最根本原因，或雷神父不曾像壓迫亞伯臘德的修道士，以宗教之名規訓他人。

　　權威構成的專制獨裁，即隱含《疑神》所謂「認知之橫暴」（epistemological tyranny）。[34]

（二）浮士德精神：《疑神》對超越的回應

　　「浮士德精神」（Faustian Spirit）即向極限禁忌挑戰，強調知識與經驗並重，關心個體幸福與集體福祉，敢於質疑上帝，亦無懼撒旦與地獄。[35]《疑神》是否表現浮士德精神？從前述討論，《疑神》讚賞普羅米修斯、挑戰西方漢學的文化霸權、質疑神是否禁欲等態度，確實可見浮士德精神之發揚。至於《疑神》對權威的回應，通過前文也已然可見二者：一是某方面權威但真

33　縱語氣中略遺憾，楊牧接著剖白：「在那威權，陰暗的時代，血腥而愚昧的世界，總有些秉持超越的心靈就選擇了救世的主，為那虛無縹緲，至少是抽象少根據的啟示，承諾，便無猶豫地把自己的現實和理想付出……若是我，我會追隨他們的感召去接受那救世主嗎？稍縱即逝的榮光……」。顯然對彼等超越心靈的虔信，有肯定與嚮往。楊牧，《奇萊俊書》，頁 143-144。

34　楊牧，《疑神》，頁 280。

35　吳雅鳳導讀，《浪漫主義》（臺北：行政院文化建設委員會，2010），頁 28、78-81。

材實料，不表現認知橫暴者，如雷神父，《疑神》多能欣賞。二
是某方面權威但或不禁檢驗，或表現認知橫暴者，《疑神》多藉
隱喻結構以譏嘲、反諷、抗議或顛覆之。

　　有趣的是，因為《疑神》選擇藉隱喻結構質疑權威，使「權
威」所指清楚，也顯得曖昧。譬如《疑神》裏美軍軍牧普洛布士
特的形像，一位因軍中福利社購買勳章以受崇拜，被控詐欺卻不
必坐牢的軍官；考據彰化秀水陝西村的臺灣教育廳督學的形像，
一位斷言陝西村來自中國陝西的陝西人[36]；儘管實有其人，會否
也是一個隱喻？本文以為《疑神》是期待這般詮釋的。畢竟，既
然楊牧自許安那其，則一位無政府主義者怎能不對政治權威敏
感？怎能不對臺灣政治普遍的造神運動有所反應？再看《疑神》
接續教育廳督學的敘述：[37]

・

　　烏面將軍本來不知何許人，或鬼，或神，在督學的結構主

---

[36] 該督學斷定陝西村村民為中國陝西後裔，其考證中最科學的證據在，督
學觀察到陝西村村民下顎骨較寬，與他一樣，保存陝西人體質特徵，
《疑神》回應：「可惜沒有人告訴他，下顎骨最寬的不是他，是河
馬」。楊牧：《疑神》，頁 69。經查此人為徐秉琰。1976 年徐秉琰視
察彰化陝西村，見陝西國小對面「烏面將軍廟」，認為此為紀念鄭成功
部將陝西人馬信開墾彰化，遂大加宣傳，並引發臺灣外省族羣中陝西人
的尋根熱潮。而中國《人民日報》1979 年 5 月 1 日亦轉載此消息，稱
「反映了在臺灣的大陸籍人士思鄉心切」。又查今日彰化縣秀水鄉官
網，仍置此說為主。2008 年徐秉琰猶作〈水有源，樹有根 陝西村民數
點不忘宗〉，發表於《陝西文獻》。

[37] 楊牧，《疑神》，頁 70-71。

　　義裏，變成鄭成功的部將馬信，因為馬信傳說是督學同
鄉，陝西人。
　　現在專家斷定馬信從來沒有到達過彰化。
　　正如鄭成功從來沒到達過臺北的劍潭一樣。

　　　●

　　神因附會而生。

這裏所標舉陝西村與劍潭二事，皆臺灣戒嚴時期國民黨政府藉以
塑造國族與文化認同的「結構主義」。依本文對《疑神》隱喻結
構分析，則與此二事並置所論之「神」，不僅指涉宗教權威，應
涵臺灣政治權威如蔣氏政權。然終究有些曖昧，《疑神》所挑戰
的政治權威究竟為何，到底不如宗教權威明朗。

　　儘管《疑神》藉安那其無政府主義的討論，直言民主代議制
的缺憾，感嘆直接選舉的可悲，倡言梭羅「公民不服從」主張，
在政治上《疑神》始終抱持相對素樸的人文關懷，企慕一個獨立
的人類形象：「自由，高尚的，不可驅使奴役，洞悉謊言伎倆，
而且勇於無情地反擊任何欺凌侮辱。這樣的人智慧，果敢，有
力，每個單獨都像古典神話裏的神祇，傳說的王胄，平等，獨
立，堅持。」[38]

六、結語

　　楊牧說：「我堅持這世界仍然是有秩序的，誰來安排這個秩

38　楊牧，《疑神》，頁 166。

序呢？是我們自己的心靈，這種追求真和美的心靈在安排這個世界。」[39]楊牧以詩為信仰，追求更合理社會，追求更莊嚴的人格。確然如此，如果臺灣文學中的浪漫主義，僅是反抗精神而不知反抗者何？僅抒情語調與華美詞藻，而不昂揚上下求索的浮士德精神，則徒論美學便喪失楊牧可佩之處。尤其後現代主義風潮掀起，戲耍與諧擬這種精神勝利的無奈表現，詩，如何保有它的溫度與高度？楊牧不斷書寫，言說銘記生命軌跡，其詩人與知識分子姿態教人凜然於胸。

　　為邀請讀者從不同角度貼近楊牧的關懷，本文以《疑神》為討論對象，嘗試通過創作緣起、文獻探討、形式與內容四個層面，讓《疑神》主體與美學獲得較細緻的展演。初步的結果，包含概略廓清創作動機、目的與背景，順序地爬梳過相關文獻並嘗試對話，從《疑神》編排趨近它的隱喻結構，並以「互文性」補充美學內涵，以迄整理《疑神》超越者的形象，突顯人文關懷，說明《疑神》回應超越時的浮士德精神。然諸多雜緒未能周延，誠惶或恐。

　　閱讀《疑神》實是相當愉快經驗，思辯與隱喻的靈動，亦「到達啟示錄」。[40]本文對於《疑神》第三集喇嘛轉世事雖不及

---

[39]　楊牧，《花季》，《楊牧詩集Ⅰ》（臺北：洪範書店有限公司，1978），頁607。

[40]　「到達啟示錄」，借楊牧《疑神》用語。《疑神》第五集第11則談到松山機場外觀賞飛機起落的民眾，緊接第12則：「我想像你若能盡一日看二十架次飛機在頭頂三丈處轟然著陸，必有靈感通體。顧況詩：『豈知灌頂有醍醐，能使清涼頭不熱。』此之謂『到達啟示錄』（Apocalypse of Arrival）。」Arrival一語雙關，亦可謂楊式幽默。楊牧，《疑神》，頁68-69。

處理，然此事極趣味。舉個旁證，撰寫本文時，以為一切都是隱喻，遽而讀到網路資料如下：2014 年，達賴喇嘛聲稱死後將不轉世，轉世制度將結束。2015 年中國政協委員某回應達賴不轉世，稱：「轉世的決定權在中央。」彷彿一切又不只是隱喻。

引用書目

■　專書（含專書論文）

1. 楊牧，《疑神》，臺北：洪範書店有限公司，1993。
2. ——，《葉珊散文集》，臺北：大林書店，1970。
3. ——，《葉珊散文集》，臺北：洪範書店有限公司，1977。
4. ——，《奇萊後書》，臺北：洪範書店有限公司，2009。
5. 陳芳明，《深山夜讀》，臺北：聯經文化事業出版有限公司，2001。
6. ——，《美與殉美》，臺北：聯經文化事業出版有限公司，2015。
7. 賴芳伶，《新詩典範的追求——以陳黎、路寒袖、楊牧為中心》，臺北：大安出版社，2002。
8. 石計生，《藝術與社會：閱讀班雅明的美學啟迪》，臺北：左岸文化事業有限公司，2003。
9. 鍾怡雯，《無盡的追尋：當代散文的詮釋與批評》，臺北：聯合文學出版社有限公司，2004。
10. 郝譽翔，《大虛構時代》，臺北：聯合文學出版社有限公司，2008。
11. 黃麗明著，詹閔旭、施俊州譯，《搜尋的日光：楊牧的跨文化詩學》，臺北：洪範書店有限公司，2015。
12. 臧蒂雯，〈楊牧《疑神》側寫〉，收於陳永源總編輯，《第二屆府城文學獎得獎作品專輯》，臺南：臺南市政府文化局，1996，頁 211-222。

■　期刊論文

1. 何寄澎，〈「詩人」散文的典範——論楊牧散文之特殊格調與地位〉，《臺大中文學報》第 10 期（1998.5），頁 115-134。
2. 黃智溶記錄整理，〈百年追尋——「懷疑、探索」座談會紀實〉，《幼獅文藝——懷疑、探索專輯》總號 489（1994.9），頁 24-33。

■　學位論文

1. 何雅雯，《創作實踐與主體追尋的融攝：楊牧詩文研究》，臺北：臺灣大學中國文學系碩士論文，2001。頁 174-183。

2. 張依蘋，《隱喻的流變──楊牧散文研究（1961-2001）》，臺北：臺灣大學中國文學系碩士論文，2001。

3. 李秀容，《楊牧詩的介入與疏離》，臺南：臺南大學國語文學系碩士論文，2009。

■ 重要參考書目英譯（Selected Bibliography）

1. Yang Mu. *The Sceptic: Notes on Poetical Discrepancies.*Taipei: Hung-fan Bookstore, Ltd, 1993.

2. ──. *First Essays.* Taipei: Hung-fan Bookstore, Ltd, 1977.

3. ──. *The Latter Book of Mt. Ch'i-Lai.* Taipei: Hung-fan Bookstore, Ltd, 2009.

4. Lai, Fang-Ling. *Modern Taiwanese poetry.* Taipei: Taan, 2002.

5. Wong, Lisa Lai-Ming. *Rays of the searching Sun: The Transcultural Poetics of Yang Mu.* Trans. Min-xu Zhan and Marcus Shi. Trans and proofreading. Chen-chen Tseng. Taipei: Hung-fan Bookstore, Ltd, 2015.

6. Chen, Fang Ming. *Reading in the Mountain at Night.* Taipei: Linking Publishing, Ltd, 2001.

7. Hao, Yu-Hsiang. *Fictions of a Big Era.*Taipei: Unitas Publishing Co., Ltd, 2008.

8. Choong, Yee Voon. *Endless Searching: Critical Readings of the Taiwan's Contemporary Prose.* Taipei: Unitas Publishing Co., Ltd, 2004.

9. Shih, Chi-Sheng. *Art and Society: Inspired by Reading W. Benjamin.* Taipei: Rive Gauche Publishing House, 2003.

10. Ho, Chi-Pen. "A Paradigm of Prose Poetry: the Individual tone of Yang Mu". *Bulletin of the Department of Chinese Literature N.T.U.*, 10, 1998, pp. 115-134.

詩史之際：楊牧的「歷史意識」
與「歷史詩學」

新加坡南洋理工大學中文系助理教授
張松建

摘　要

　　本文旨在深入研討楊牧的「歷史意識」與「歷史詩學」。從 1968 到 2011 年，楊牧寫了二十二首左右的「歷史題材」現代詩，其中包括：〈續韓愈七言古詩山石〉、〈武宿夜組曲〉、〈延陵季子掛劍〉、〈秋祭杜甫〉、〈鄭玄寤夢〉、〈吳鳳成仁〉、〈熱蘭遮城〉、〈甯靖王歎息羈樓〉、〈歲末觀但丁〉。本文首先論證楊牧的「歷史意識」源於其跨國離散和知識冒險導致的個人觀念的再解放，認為這種歷史意識的哲學基礎是詹明信所謂的「存在歷史主義」，它與現代西方歷史哲學有所呼應和共鳴。本文進而研討楊牧的「歷史詩學」如何採納幾種闡釋模式以傳達「歷史意識」與「文化認同」，認為他的歷史想像之重點不在發思古之幽情，而在投射抒情自我於當下處境中的戲劇性體驗。本文也指出，楊牧的歷史詩學見證了後殖民全球化背景下，本土意識的蓬勃與文化認同的轉向。

關鍵詞：楊牧　歷史意識　歷史詩學　存在歷史主義　文化認同

Historical Sense and Cultural Identity: A Re-examination of Yang Mu's Poems Including History

Songjian Zhang[*]

Abstract

It is a noteworthy fact that Yang Mu has produced some "poems including history" since 1968, which contributed to the growth of modern Taiwanese poetry, more or less. This paper argues that history as the "dramatic experience" rather than as the "vision" is profoundly represented in Yang's historical imagination and that Yang's historical sense results from his transnational experience and intellectual adventure in the past decades. Furthermore, Yang's ideas of history coincidently correspond with the "existential historicism" articulated by Frederic Jameson in his essay "Marxism and Historicism". Through textual analysis, contextualization and theoretical engagement, the paper aims to examine the strategies and modes that Yang Mu specifically employs to inscribe his historical sense and cultural identity, and ultimately, to investigate the potential and limits of "poetics of history" in general.

Keywords: Yang Mu, historical sense, existential historicism, poetics of history, cultural identity

[*]   Assistant Professor, Division of Chinese, Nanyang Technological University, Singapore.

引　言

　　自 1956 年至今，楊牧為現代漢詩奮鬥了六十年，奠定「一代宗師」的地位，殆無異議。陳芳明指出：「楊牧孜孜不倦致力一個詩學的創造，進可干涉社會，退可發抒情感，兩者合而觀之，一位重要詩人的綺麗美好與果敢氣度，儼然俯臨臺灣這海島。」（陳芳明 2012: IV）良有以也。值得注意，在 1968 年，楊牧寫下抒情短詩〈續韓愈七言古詩「山石」〉，標誌著他在浪漫唯美的詩風之外，開始「歷史詩」（poems including history）的創新實驗，直到 2011 年的〈歲末觀但丁〉問世，共計二十二首左右。此外，他還發表大量散文、翻譯和評論，縱論他對「歷史意識」的批評思考。

　　關於「歷史意識」與「歷史詩學」的定義，此處稍作介紹。首先，歷史意識指個人對傳統之典章文物的從心而發的關切、敬意與溫情。其次，是在理性和學理的層面展開深入綿密的研討，獲得看待文藝、政治的思維方式或價值判斷。如所周知，歷史意識在中國古典學術中堪稱大宗，以至於復古主義幽靈盤桓不去，而且帶上了政治利用和道德反省的實用主義動機，正如黑格爾所說：「這裡必須特別注意那種道德的反省——人們常從歷史中希望求得道德的教訓，因為歷史學家治史常常要給人以道德的教訓。」（黑格爾 1999: 6）。「文學」與「歷史」的關係是什麼？如何借助「文學」以再現「歷史」？文學如何從歷史編撰中實現自我理解？這些問題與文學、歷史本身一樣古老。亞里斯多德指出，詩和歷史的區別在於：詩描述可能發生的事，歷史記述已發生的事；詩傾向於反映事物的普遍性，歷史記載具體事件；

詩意在模仿完整行動，歷史敘述一個時期內發生的所有事情；因此「詩是一種比歷史更富哲學性、更嚴肅的藝術。」（亞里斯多德 1996: 81）義大利思想家維柯指出，人類最初的歷史必然是詩性的歷史，詩人必然是各個民族最初的歷史學家，因此他提出「詩性智慧」的說法（維柯 1989: 454-457）。庫爾提烏斯（Ernst Robert Curtius, 1886-1956）發現，歐洲文學的「歷史意識」出現於十九世紀初期——

> 為了理解我們的文明，我們歐洲人需要我們的歷史意識。黑格爾之前的所有哲學家（維柯是唯一的例外）都把歷史視為在整體上疏離於思想的某種東西，如果不是實際上與理性相反的話。黑格爾的哥白尼式功績是，從這種與精神疏離和相反的元素中，承認了一種精神自身的形式。對於黑格爾來說，歷史就是疏離了它自身的精神、並且採取了偶然事件的形式。唯有以這種方式，精神才能展示它自身形式的完整範圍。（Curtius 1973: 400）

根據盧卡奇的歷史小說研究，從法國大革命和拿破崙戰爭中，數百萬歐洲人第一次直接體驗到歷史，「歷史意識」於焉而生。司各特小說被認為是這種歷史意識的初次的經典的體現，這種歷史小說的寫作原則被義大利的曼佐尼、法國的巴爾紮克、俄國的普希金與托爾斯泰等踵事增華（Lukacs 1974）。歐洲文學的歷史意識自此蓬勃。即便在華茲華斯的抒情詩中，人們亦可發現歷史意識的蹤跡。伯克、濟慈、波德萊爾如何以抒情詩表現法國大革命這一齣壯美恐怖的歷史劇？愛爾蘭詩人葉慈如何與歷史對話、

與傳統互動？龐德、艾略特的現代主義詩學，如何銘刻歷史意識的流變？這些問題無不喚起西方學者的興趣（Simpson 1987; Liu 1989; Friedman 1996; Keane 1987; Whitaker 1989）。楊牧是高才碩學的大詩人，學貫中西，博稽群籍，對於西方文學耳熟能詳，尤其鍾愛濟慈、葉慈、艾略特等的文學作品，他的文學興趣和歷史意識，也與這些西方作家有關。

　　本文啟用的「歷史詩學」概念，不同於義大利的維柯（G. B. Vico, 1668-1744）、俄國的維謝洛夫斯基（A. N. Veselovsky, 1838-1906）與巴赫金（M. Bakhtin, 1895-1975）、美國的懷特（H. White, 1928- ）的論述。[1]我採納的是美國學者朗根巴赫（James Longenbach）的《現代主義歷史詩學》的定義。朗根巴赫根據他對龐德、艾略特的研究，把「歷史詩學」定義為：想像、闡釋、重寫歷史人物與事件的策略模式（Longenbach 1987）。在此「歷史詩學」的定義下，楊牧或直接歌詠歷史人物、歷史事件，以此作為整個詩篇的寫作重心；或僅以歷史人

---

[1]　維柯認為，每種文明每個時期都有審美完善的可能，每個民族每個時期的藝術品須被理解為變動的個別狀態的產物，根據自己的歷史發展而非絕對的美醜法則做判斷。這種「審美歷史主義」即「歷史詩學」。維謝洛夫斯基說，研究詩的歷史流變可闡明詩的本質，他的「歷史詩學」運用歷史比較觀察文學體裁的演變。這種方法被巴赫金繼承。巴赫金從「體裁詩學」轉到「歷史詩學」，《陀思妥耶夫斯基詩學問題》、《拉伯雷的創作和中世紀與文藝復興時期的民間文化》被公認為歷史詩學的傑作。懷特認為，歷史編修是以對文獻和歷史遺存的研究為基礎，但它不同於科學話語，它運用詩性修辭性的敘述技巧，對歷史事實展開假想性建構，他把自己的研究描述為歷史詩學。參看 Erich Auerbach（2014：36-45）；維謝洛夫斯基（2003）；巴赫金（1988, 1998）；懷特（2004）。

物、歷史事件作為一個契機或線索，由此帶出自我主體，以期抒情言志。但是無論採取哪一種寫作類型和詮釋角度，楊牧強調歷史與當代的有機聯繫，相信過去之中有未來，實乃一以貫之的立場。以下篇幅，運用大量翔實的資料，結合文學文本的解讀以及西方歷史哲學的論辯，冀能把楊牧有關「歷史意識」和「歷史詩學」的論述，推進到更具宏觀色彩的論述。

一、「歷史意識」的興起及其性質

楊牧的「歷史意識」是如何興起的？它的中西知識源流是什麼？以下文字，首先探討楊牧在跨國經驗和知識冒險當中如何塑造歷史意識，進而考察這種歷史意識的哲學基礎，希望透過這種詩學淵源的考索，彰顯楊牧詩的思想性與歷史性。

（一）古代文史世界：早年的知識準備

楊牧在東海大學修讀西洋文學系，孺慕中國古代文史，與徐復觀等過從甚密。在伯克利加州大學，他追隨陳世驤攻讀比較文學，選取古典文學作為興趣志業——

> 通過各種文學理論的實驗和證明，陳先生使我認識另一面的文學趣味：文學並不是經籍，因為它要求我們蓄意地還原，把雕版的方塊字還原到永恆生命，到民間，到獨特的個人，然後，指向普遍的真理。也只有在這縝密還原的功夫以後，我們才能斷定文學也有某種普遍的真理。柏克萊的四年餘，我無時不在追求這種藝術的境界，設法出入古

代英國和中國的文學，在陳先生的鼓勵和監督下，互相印
證兩種文化背景和美學標準下的產物，追求先民在啟齒發
言剎那間，必然流露的共通性。（楊牧 1974: 225-226）

楊牧以《詩經》研究作為博士論文題目，鑽研先秦文學、漢魏六
朝詩文、唐詩，出版《陸機文賦校釋》，對明清詩歌與王國維的
學術發表綿密紮實的論文。他與青年人談詩，相信古典的價值在
於啟示的力量，超越感官而臻於精神，提供其他生活經驗或學術
訓練所不可能流露的真理，豐富詩人的幻想世界（楊牧 2004B:
67-78）。楊牧發現，文學傳統乃歷代文類作者之最精粹作品之
歷史纍積，而新詩的創新突破正是繼承傳統而來；新詩在風格形
式上回歸傳統的要求「絕非復古的呼聲，而是掌握古典性格和轉
化古典詩型的要求」，這不是為了恢復傳統文學的面貌，卻是新
詩傳統取向的趨勢中立竿見影的實踐（楊牧 2001B: 3-10）。此
外，他研習古英文古希臘文、中世紀文學，正是為尋獲歷史意
識：「我明白我學的是陳舊的文學，盎格魯－撒克遜的粗糙，但
假使能夠從這種浸淫裡捕捉一點拙樸的美，為自己的詩尋出一條
新路，擺脫流行的意象和一般的腔調，又何嘗不是很有意思的
呢？」（楊牧 1983: 613）。

（二）「歷史的歐洲」：德國學者庫爾提烏斯的啓悟

庫爾提烏斯是近世德國羅曼語學者。楊牧在伯克利期間學習
德語文學，服膺於庫氏的巨著《歐洲文學與拉丁中世紀》
（*European Literature and the Latin Middle Ages*, 1948），將第一
章譯成中文。庫氏認為，歐洲不應被肢解為「地理的碎片」而應

是「歷史的歐洲」。歐洲文學從荷馬到歌德橫亙二十六個世紀，是個「可感知的整體」，研究歐洲文學必須結合歷史觀念和語文學方法。庫氏指出，人類從十九世紀以來對於自然的瞭解超過此前所有時代的總和，在這些新知當中，比較不為人熟知的是「歷史知識」的增長，它雖不會改變人類生活的外貌，卻改變了所有參與思辨的人的思維方式，導向人類意識的擴充和澄清，假以時日，足以解決人生許多實際的問題。為證實這點，他舉出三位學者的論著：德國神學家特洛爾奇（Ernst Troeltsch, 1865-1923）的《歷史主義及其問題》，英國歷史學家湯因比（Arnold J. Toynbee, 1889-1975）的《歷史研究》，法國哲學家柏格森（Henri Bergson, 1859-1941）的《創造進化論》。

　　特洛爾奇探討現代歷史意識的演變及其問題，認為歷史主義足以為「歐洲精神」的精髓下定義；西方人繼承了西方思想文化的整體，必須促使它通過歷史主義的錘煉，以完整一致的新姿態崛起，最有效的方式是像早期的但丁《神曲》或後來的歌德《浮士德》那樣，創造偉大的藝術象徵。湯因比認為，歷史推進過程中最重要的單元是文化，文化單元有二十一種，歷史研究應該注意文化起源的問題；詩的形式乃是歷史主義的終極思維，因為我們現在的知識狀態是僅僅六千年時間演化下來的產物，這份知識可以使用比較研究的方法加以掌握，而一旦我們想像原來歷史可能比人們認知的時間長十倍，甚至一百倍，科學方法即告失敗，而唯有使用「想像虛構的文學」，亦即詩的形式才有可能加以表現。柏格森以「生命力」概念詮釋宇宙運行，認為大自然必須借現實萬物以表達生命，而生命之步步提升則殊途異趣，動物僅僅憑藉本能生存，而人類則有意識、智慧和想像力；創造想像的敘

事文學之功能成了人類生命的必要工作，不僅只為愉悅生物官能而已，更為神祇和神話的創造，最後完全脫離了宗教世界的局限而成為獨立的運作。這種創造力是一切偉大文學的根，無窮無盡的源泉，見於歷萬劫而不亡的詩。這些詩是繁複的歐洲文學裡最遠的地平線，也是歐洲文學的實質本體（楊牧 2001D: 309-334）。

（三）「傳統與個人才能」：英國詩人艾略特的影響

楊牧的〈歷史意識〉（1985）針對文學青年醉心於傳統而缺乏批評精神，舉出艾略特（T. S. Eliot, 1888-1965）的〈傳統與個人才能〉（1917）作為補偏救弊的諍言。艾略特認為，「傳統」之於作家意義重大，它並不是消極僵化之物而是一個有廣闊意義的東西。人們不能抱著復古主義態度，盲目或膽怯地遵循它。傳統並非繼承就能獲得，人們只有通過艱苦勞動才能獲得。人們需要一種理性開放的態度：瞭解傳統，尊重傳統，但是並不因循傳統，而是對其批判吸收，追求創新精神。艾略特指出，文化或文學傳統之動能在於它包含一種「歷史意識」（historical sense），對於任何一個超過二十五歲仍想繼續寫詩的人來說，這種歷史意識絕不可少，因為它迫使一個人寫作時不僅對他自己一代瞭若指掌，而且感覺到從荷馬開始的全部歐洲文學，以及在這個大範圍中他自己國族的全部文學，構成一個同時存在的整體。這種歷史意識使得作家明瞭文學傳統中哪些應該被淘汰，哪些可以保留發揚。這種「歷史意識」使他強烈意識到他自己的歷史地位和他的當代價值（艾略特 1994: 2-3）。

雖然艾略特〈傳統與個人才能〉處理的核心議題是文化或文

學傳統而非特定的歷史意識問題，但是楊牧對於此文非常傾心，譯成中文置於他的〈歷史意識〉一文的開端。1980 年代初期，楊牧從西雅圖隔海遙望臺灣詩壇，對於喧囂一時的以「橫向移植」取代「縱向繼承」的詩觀頗不以為然，他思考的是重大問題：如何振作新文學、讓它在時間川流中定位、肩負繼往開來的使命？如何才能使得我們的詩既是中國的、也是現代的，不但是一種藝術也是一種觸媒？怎樣才能同時把握到文學昇華和落實的境界？當他研讀艾略特的這篇文章，不期然獲得了心靈的啟蒙、自由與解放（楊牧 2004A: 64-65）。準此，楊牧熱情呼籲臺灣詩人，要讓三千年的中國文學和四百年的臺灣經驗構成一個並行共存的秩序，成為自己創作的源頭活水，胸懷可貴的歷史意識，跨越時空，讓古人和今人同在，延續一個永不消逝的過去，生生不息，永無止境。

（四）「歷史作為戲劇性體驗」：愛爾蘭詩人葉慈的衝擊

　　葉慈（W. B. Yeats, 1865-1939）是愛爾蘭詩人、劇作家、民族復興運動的先驅，嚮往中世紀文化和東方神秘主義。葉慈（尤其是他的晚年詩作）的強項是他植根於深厚的傳統當中，他至少在詩學、哲學、宗教方面與浪漫派傳統保持深切有效的互動，他在連續性與斷裂、傳統與革新間維持富有成效的張力，重新啟動過去的生命然而同時又能避免尼采所嘲笑的那種陳舊落伍的木乃伊化（Keane 1987; Smith 1990）。楊牧在愛荷華大學讀書期間，就已關注葉慈的詩作甚於其他浪漫詩人，他編譯過《葉慈詩選》，發表過〈葉慈的愛爾蘭與愛爾蘭的葉慈〉、〈英詩漢譯及葉慈〉等散文，一再向這位愛爾蘭詩人致敬。

　　對於葉慈而言，歷史無非就是一個神秘的對話者，有時是對詩人自我的一個明亮的反射，有時是抗衡那個自我的一種陰影的力量。這種幻想性的、悖論性的對話，既是顯著個人的也是高度傳統的，這是潛伏於葉慈的複雜而持續的成長的一個中心事實（Whitaker 1989: 4）。葉慈提出，存在兩種類型的詩：「幻象的詩」以及「自畫像的詩」或「戲劇性表達」。因此，他從兩個不同視角去理解歷史：其一是「體系視角」（systematic perspective），它建構複雜的歷史模式（pattern）、體系和全景圖（panorama），忽略自己在充滿變化和偶然性的世界中的介入，在沒有時間性的幻象中找尋自我欺騙的避風港。在此意義上，歷史就是所謂「幻象」（history as vision）。克爾凱郭爾認為，這種歷史理解屬於黑格爾哲學遺產的一部分，他攻擊它是一種思想錯覺，從生命的倫理訴求向後倒退。其二是所謂「存在視角」（existential perspective），它把歷史視為一齣戲劇，詩人對於這幕歷史劇中的焦點（focus）和時刻（moment）很有興趣，他凝神觀照，移情投入，從中獲得戲劇性體驗（dramatic experience）。其實，後一個視角就是詹明信概括的「存在歷史主義」，本文第三節會進一步分析。葉慈的《幻象》（A Vision, 1925/1937）顯示他能夠從兩種角度去把握歷史，有時把歷史再現為模式、體系和幻象；有時把歷史描述為個體的戲劇性體驗。本文第二節將會論證，楊牧的歷史理解屬於「存在歷史主義」（existential historicism）的範疇，他沒有興趣去把歷史刻畫為幻象、系統和全景圖。葉慈是「面具」理論（mask）的發明者，認為面具是詩人的「社會性自我」、「另一個自我」、「反自我」，詩人運用面具塑造人物角色（personae），增添戲劇性效

果——

> 假使我們不能想像自己有別於真實的自己，並設法扮演那
> 第二個自我，我們就不能將紀律加諸己身，只能從旁人那
> 兒接受一種紀律。主動扮演之美德不同於消極接受一種流
> 行的法典，前者具有戲劇感，意識清醒而帶有戲劇效果，
> 是一假面之穿戴。（吳潛誠 2013: 260）

楊牧性格內向靦覥，他筆下的歷史人物其實是他的戴著人格面具
的另一自我。借助於歷史詩的角色扮演，楊牧喚起悠遠的歷史記
憶、克服認同危機，深化一己之想像力和生命體驗，使其詩風突
破了單薄的抒情主義，達到艾略特所謂的「非個人化」詩學的境
界。

（五）楊牧與「存在歷史主義」

楊牧提供一種反實證主義的觀念去理解歷史，展示才華與學
養，卓然自成一格。然則他的「歷史意識」是甚麼樣的性質？在
此，有必要考察這種歷史意識的「哲學基礎」，從二十世紀西方
思想脈絡中，觀察楊牧如何與現代歷史哲學展開對話。二十世紀
歷史學家拋棄實證主義的、目的論的、線性的歷史觀，不再把歷
史視為對當前的負面影響，歷史不是作為發生在「過去」（the
past）的一連串事件而存在，它是「當前」（the present）的活生
生的組成部分，有轉化的動能：「歷史不是線性的或循環的事件
模式，而是一個重寫本——在其中，當前實際上由整個過去的殘
跡所構成的。」（Longenbach 1987: 168）

　　狄爾泰（Wilhelm Dilthey, 1833-1911）認為，對人、對生命的研究需要內在的同情與體驗，歷史作為人類活動的集合，同樣需要用「同情」和「體驗」去探索其內在的意義：「為了理解過去，歷史學家必須把他自己的生命吹拂進入過去中，通過他的移情與本能，復活過去某一特定時刻的生活經驗。」（里克曼 1989: 16）本雅明（Walter Benjamin, 1892-1940）的筆下，「歷史的天使」企圖把破碎的世界修補完整，但是，「進步」的風暴把天使刮向他背對著的未來；本雅明反對實證主義的歷史書寫，強調在當下境遇中再現歷史記憶：「歷史地描繪過去並不意味著按它本來的樣子（蘭克）去認識它，而是意味著捕捉一種記憶，意味著當記憶在危險的關頭閃現出來時將其把握」（本雅明 2008: 267）。伽達默爾（Hans George Gadamer, 1900-2002）論述歷史意識扮演的積極角色——

　　　　任何時代都必須以自己的方式理解流傳下來的文本，因為文本附屬於整個傳統，正是在傳統中文本具有一種物質的利益並理解自身。一件文本向解釋者訴說的真實含義並不只依賴於為作者及其原來公眾所特有的偶然因素。因為文本總是也由解釋者的歷史情景共同規定，因而也就是為整個歷史的客觀進程所規定。（伽達默爾 1994: 16）

他認為，當前的視域處於不斷的形成中，絕不可能離開過去，理解活動總是一個過去和當下的視域相融合的過程，歷史只是根據我們的未來才對我們存在。

　　柏格森（Henri Bergson, 1859-1941）指出，充溢宇宙的是

「生命衝力」（élan vital），人的生命是意識之「綿延」（durée）。要把握宇宙和生命實在的奧秘，只能透過「直覺」。直覺是同情的內省，主體把自我的生命深入到對象的內在生命之中，移情體驗，主客合一。（柏格森 2004, 2005）

克羅齊（Benedetto Croce, 1866-1952）揭示「一切真實的歷史都是當代史」的看法。歷史不是關於死亡的歷史而是關於生活的歷史。過去、現在和未來處於一種有機的關聯（克羅齊 1997: 68）。面對已變成文本的歷史，後之來者如何去理解和闡釋？克羅齊指出，移情、想像、體驗乃是重要手段：「你想理解一個利久裡安人或一個西西里的新石器時代人的真正歷史嗎？首先你就應該看能不能設法使你自己在心理上變成一個利久裡安人或一個西西里的新石器時代人。」（克羅齊 1997: 104-105）

科林伍德（R. G. Collingwood, 1889-1943）指出，我們只能以我們今天的心靈去思想過去，一切過去的歷史都必須聯繫當前才能加以理解。對歷史學家來說，他要發現的對象不是單純的事件而是其中所表現的思想，「一切歷史都是思想史」；而要發現那些思想，歷史學必須運用先驗的想像力。歷史想像不是裝飾性的而是結構性的，「每一個新的一代都必須以其自己的方式重寫歷史。」（科林伍德 1997: 345）

我認為，上述觀點就是詹明信（Fredric Jameson, 1934- ）所謂的「存在歷史主義」（existential historicism）（詹明信 1997: 161）。存在歷史主義研究歷史瞬間或獨特遙遠文化的文本，對其施以全神貫注的注意。面對無窮無盡的文化種類，為避免經驗主義的事實羅列，存在歷史主義制定統一的原則，認為歷史經驗是現在的個人主體同過去的文化客體相遇時產生的（Longenbach

1987: 16），過去與我們有迫切具體的聯繫，歷史學家的工作就是把當前的生命吹入過去之中。

楊牧固然看重歷史的意義、價值和目的，但他的歷史意識不是傳統類型。在楊牧歷史詩的背後潛伏一種深刻的洞察力：過去不可能與現在相互隔絕，以虛構性文學書寫的歷史記憶，為人類的生活世界賦予秩序和意義。為了理解歷史人物和歷史事件的意義，詩人不能置身事外，而是需要把自己的生命吹進過去，施展共鳴和同情，從時間川流中復活死滅的歷史，為當下的個人生活提供新方向。不僅此也。楊牧暗示歷史的模式與體系不可信賴，他避免建構宏大的歷史全景圖，轉而聚焦於歷史性的時刻和瞬間，企圖把歷史轉化為個人的戲劇性體驗，主體介入，移情感應。楊牧的重構歷史、古典新詮的詩作，是從自己在當代的跨國經驗和生活處境出發，其表達的思想意識之所以不僅是個人的而且也是現代的，正因為植根於他的歷史情境。所以，楊牧的歷史理解屬於「存在歷史主義」，大可與西方歷史哲學展開對話。當然，楊牧的歷史意識與當下的政治現實有關，若干指標性事件對其文化認同以及歷史書寫產生過深刻有力的影響。例如 1979 年的「美麗島事件」，1980 年的「林宅血案」，1996 年的臺海「導彈危機」。

二、「歷史詩學」：策略與模式

楊牧認為，他的古典題材的現代詩的寫法不同於一般的抒情詩寫作，因為它以客觀縝密的觀察為經，以主觀掌握的神態聲色為緯，兩者互動，演繹繁簡不一的故事（賴芳伶 2013: 187）。

楊牧詩中的歷史書寫與古典資源乃是構成其風格的重要成因，歷來頗受肯定，但也有若干面向尚待詮釋。陳黎、張芬齡發現，楊牧自詩經、漢賦、六朝駢文、神話傳說找尋素材和思考方向，「但楊牧並無意複述故事情節，無論是借用其標題，或渲染想像，融入歷史情境（葉維廉稱這樣的手法為透過『面具發聲』），或引述其中的字句，營造氣氛，或融入典故，凸顯主題，他皆試著以現代寓言捕捉其神韻，甚至賦予它們新的意義，開創新的對話空間。」（陳黎、張芬齡 2013: 239）這是精準的觀察。至於楊牧啟用哪些闡釋模式，陳、張未有進一步透露。

後來，陳義芝對楊詩與中國古典的關係有精緻分析，洞察自我內省的氣質：「楊牧的古典浸潤，形成其思想結構、心靈體系、人生境界，不僅再造詩的形式美，更揭示現代人生自省的意義。楊牧採用『古典』，分明是一獨立的經驗存在，經他加入想像，使人物史實或文本角色成為自我內省的心象。」（陳義芝 2012: 333）劉益州整合胡塞爾的現象學和柏格森的生命哲學，研討是類古典題材的詩篇，認為楊牧以歷史時間表述存在本質，有「以我觀史」、「以我擬史」等三種意義（劉益州 2013: 139-168）。劉著顯然提升了楊牧研究的理論思辨水準，不過語言表達的晦澀亦有時可見。奚密指出，楊牧固然啟用了古典題材，但是他的詮釋角度和書寫方法是現代的──

> 如果葉珊早期作品的古典印記來自它對中國詩詞語言和意象的熔鑄，那麼 1960 年代中到 1970 年代中的十年裡，楊牧作品最突出的特色就是它對古典題材的處理與古典資源的運用。前者表現在詩人對中國傳統的反思與重現──或

　　借用楊澤的話，「表演」和「改編」上，而後者則展示為
　　詩人轉化古典，賦予其現代意義的原創性。（奚密　2012:
　　28）

「古典題材」未必實有其人，例如〈林沖夜奔〉、〈妙玉坐
禪〉，人物純屬虛構，沒有涉及史實，亦無歷史意識。大體而
言，這些歷史詩大多使用人格面具，又以第一人稱抒情模式者居
多，訴諸「戲劇性獨白」，容或以對話和獨白結構全篇（劉正忠
2011: 289-328）。又涉及三個人物（創作主體，人物角色，歷史
原型）的互動，以及雙重的話語裂隙和張力（創作主體與人物角
色，人物角色與歷史原型），不但關係到「詩與真」的古老話
題，也透露出文學再現歷史時的兩難。

　　在既有的研究裡，大多把楊牧的這類歷史書寫放到「傳統與
現代」（或「古典與現代」）的框架中去討論，本文則適度把討
論重心轉移到「歷史與詩」的課題，冀能比現有的研究更具闡釋
力度。我認為，楊牧啟用的歷史闡釋的策略模式，約略分為兩
種，本文會分析楊牧大量的現代詩文本，進而挖掘不同模式的內
在精神向度，然後針對兩種模式的相互關係和寫作用意，展開更
為深入的說明。

（一）「人我二分」模式

　　隱身的「創作主體」或抒情自我（楊牧），對筆下的作為
「客體」的歷史人物，採取居高臨下的旁觀姿態，主體與客體間
橫亙著「第四堵牆」，人我二分，迥乎不同。這種詮釋角度標識
了藝術與生活、歷史與當代的界限。在此模式下，「人物角色」

與「歷史原型」相比，差別不大。或者換言之，楊牧在生活世界中邂逅某個機緣，遂有感而發，在抒發思古幽情之餘，亦含蓄表達當下境遇中的感懷。綜觀這些詩，人物角色或處於隱形（例如阮元），或粉墨登場（例如杜甫），雖有寫意和工筆之別，但都處於「失聲」狀態，抒情自我由此寄託心念，發揚意志。先看〈經學〉——

> 明駝守著大門庭／山鷹掩翅靜立／校勘十三經，比類韓魯齊／一殿一堂都是悄寂無聲／炬火燒於鐵馬咽啞處／／蘭芷蒲葦一律驅逐／寡歡的湘夫人也請止步／唯焚書以前的／題目鑴在四壁牆上／其他的偽異文章戰戰兢兢瀕臨／／一口古井，吟哦給自己聽／吟罷似晨星，化作／苔蘚水沫／／周南召南十五國風／小雅大雅周魯商頌／（楊牧1983: 533-534）

阮元（1764-1849），江蘇儀徵人，既是有「九省疆臣」之稱的政治人物，又是乾嘉漢學的著名學者，編纂《皇清經解》、《十三經註疏》。阮元歿後，後人在揚州建造阮家祠堂。此詩寫於1972 年，起因於楊牧在西雅圖做的一個夢，他夢遊阮學士祠堂。詩人以想像的筆觸，描繪祠堂肅穆莊嚴的氛圍，點出阮元博稽群籍、為往聖寄絕學的學術成就，以《楚辭》中湘夫人的浪漫形象對照，突出阮公的端莊行止。當時楊牧在華盛頓大學研究中國古典文學，日有所思，夜有所夢，遂以短詩向這位儒家人物致敬，也暗示他當時的心靈狀態。在詩中，阮元沒有出場，創作主體無法深入其內心，他的敬仰之情投射在「明駝」、「山鷹」、

「鐵馬」、「火炬」、「古井」、「苔蘚水沫」等客觀對應物上。

到了〈秋祭杜甫〉這裡，楊牧對於歷史人物從遠觀到近視，杜甫不再像阮元那樣是靜態缺席的形象，而是展示激烈的離散經驗——

> 我並不警覺，惟樹林外／隱隱滿地是江湖，嗚呼杜公／當劍南邛南罷兵窺伺／公至夔州，居有頃／遷赤甲，瀼西，東屯／還瀼西，歸夔。這是如何如何／飄蕩的生涯。一千二百年以前……／公孫大孃弟子舞劍器／放船出峽，下荊楚／嗚呼杜公，竟以寓卒／／今我廢然望江湖，惟樹林外稍知秋已深，雨雲聚散／想公之車跡船痕，一千二百年／以前的江陵，公安，嶽州，漢陽／秋歸不果，避亂耒陽／尋靈均之舊鄉，嗚呼杜公／詩人合當老死於斯，暴卒於斯／我如今仍以牛肉白酒置西向的／視窗，並朗誦一首新詩／嗚呼杜公，哀哉尚饗（楊牧 1983: 558-559）

〈秋祭杜甫〉文體模仿「祭文」，為距今「一千二百年以前」的詩聖招魂。整首詩以敘事為主，開篇由現實生發聯想，回溯歷史，而以「竟以寓卒」結束第一節；接著再由現實出發，重敘杜甫的飄蕩生涯，「如今」一詞又把讀者從歷史拉回到現實。「牛肉白酒」典故的挪借不但透露了楊牧看重「小說家語」之「同情的文學趣味」[2]，而且置換在祭詩中造成諧趣的效果，在將「詩

---

[2]　楊牧採用杜甫死於白酒牛肉的小說家語，正是為了說明杜甫的人間性，參看《瓶中稿》後記。

聖」人性化的同時，隱約透露著身為留美學人生活相對優裕的詩
人，寄予流離亂世的「民族詩人」一絲人道的悲憫。如果考慮到
這首詩作於 1974 年，其中容或還隱含著對身陷大陸遭受「文
革」迫害的文人一點不忍的同情。值得注意者，創作主體在詩中
表現為主導抒情敘事之「我」，杜甫淪為沈默的「他」，他的身
世故事不是自動呈現，而是透過「我」的敘述而展示，他是被凝
視、被打量、被裁剪、被塑造的「客體」，或者說正是由於被敘
述，所以才存在。那麼，杜甫被敘述者所凸顯的是哪個方面？這
首詩排列十三個地名，如此不憚繁瑣，用意何在？個人以為，原
因只能從楊牧的個人際遇去揣測。楊牧在 1964 年赴美留學，先
去愛荷華大學，在「國際作家工作坊」度過兩年，取得碩士學
位，接著到柏克萊加州大學攻讀博士學位。1970 年暑假，離開
柏克萊，居於東北部的新英格蘭，在麻塞諸塞大學有短暫的教書
生涯，「其後數年，頗有波動，曾三度返臺，一度遊歐」（楊牧
1983: 617）。1972 年，移居美國西北部，任教於西雅圖華盛頓
大學。估計這種漂泊離散（Diaspora）的經歷讓楊牧刻骨銘心，
在 1974 年研讀杜詩時，不免把個人在當下境遇中的心情投射到
杜甫身上，截取老杜晚年的生活橫斷面，反復敘說「飄蕩的生
涯」。杜甫人生中的快樂片段，例如壯遊的青年時代，四川草堂
的快樂時光，在楊牧有選擇性的敘述下，都被省略了。在全知視
角的模式下，歷史人物喪失了自我表現的能動力量，任人敘述和
闡釋。這種「人我二分」模式無法超越「看」與「被看」的預設
結構，在再現歷史時面臨兩難，限制了詩人自由發揮的空間。

　　2011 年歲暮，楊牧翻閱法國畫家朵芮（Gustave Doré, 1832-
1883）的插圖本《神曲》，情動於衷，寫下〈歲末觀但丁〉。詩

分三節，採用「我」（創作主體或抒情自我）、「你」（但丁）、「我們」三種人稱。詩中的「但丁」是楊牧所仿效的精神導師，但僅是一個次要角色，它是投射楊牧之美學理念的「客觀對應物」，激發抒情自我之靈感的「對話者」。第一節寫信念、毅力、挫折、呼救。「我」經歷過但丁那種精神困境，懷抱心物契合的美學，追求聲音和物象交織，堅忍不拔，邁向藝術的新高度，自信個人的理解力超越常人；雖然，他稍識但丁的神學和形上理論，但在遇到試探和考驗之後，信心微乎其微，不禁抬頭呼救但丁的大名，以求安慰和指點。第二節聚焦於詩人的寫詩經驗。藝術的奧義遊離不定，當創作陷入困境，文本成為「自閉的宇宙」，詩人只能寂寞徘徊，期待但丁伸出援手。兩節文字鋪陳創作甘苦，浮現出《神曲》中的「黑森林」、「猛獸」、「維吉爾」、「地獄」等意象，但是但丁不是直接表現的對象。但丁在暮年寫作《神曲》，正值義大利四分五裂，戰亂頻仍，禮法不存，世事紛紜。詩中從朦朧的星辰寫到寥落的北斗星，暗示了時間在無形中的推移，突出但丁在長夜中的悲天憫人、憂世傷生的情操。不過，但丁對國族文學的貢獻，仍是楊牧的關懷所在——

> 在更空洞，寂寥的僧舍角落／經典翻開到無窒礙的一頁：早期／最繁複的句子通過新制，流麗的／標點栩栩若生，生動的符號扣緊／一齣不合時宜的悲喜劇，死去的神和／倖免的溺海者在譯文裡重組嶄新的／格律，或者讓珮轟羅琵隨農神之歌起舞／我隨著你畏懼的眼放縱尋覓，是非／紛若處看到詩人雜遝的煉獄（楊牧 2013: 117-119）

但丁在空洞寂寥的修道院研讀經典，《神曲》翻譯歷史故事和神話傳說，讓義大利語煥發光彩。篇末出現了煉獄和天堂的場景，暗示著一個平行類比：罪人經過煉獄的審判而得到贖罪，靈魂上升到天堂；詩人（包括但丁和楊牧在內）的藝術創作，要經過多少挫折橫逆，始有巔峰在望的機會。這首詩的創作主體轉向內在，訴諸內心獨白，具抒情內省的氣質，雖採「主客二」模式，但是「我」與「你」（但丁）的位置不固定，呈現你中有我、我中有你的局面，雙方靈犀相通。

組詩〈禁忌的遊戲〉、〈西班牙 一九三六〉和〈歲末觀但丁〉屬於同類，表達愛的哲學、時間、永恆等主題，相信藝術具有超越政治暴力的強大動能。楊牧雖含蓄提及西班牙詩人洛爾卡的受難，但這不是寫作主旨，而是作為指示主題的線索，所謂「借他人酒杯，澆自家塊壘」，歷史人物和歷史事件的面影愈加模糊，以突出作者在當下境遇中的感懷，諷喻影射，如是而已。

（二）「主客合一」模式

在此詮釋模式下，創作主體施展奇思異想，跨越時空，化身為筆下的人物角色，移情體驗其內心。這番主體介入的結果是，演員和觀眾合一，直接發聲，「歷史」被描繪成一種戲劇性體驗。根據書寫方式的不同，這種模式又可細分為三類。

第一類是創作主體旨在還原歷史情景，詩中的「人物角色」與「歷史原型」差別不大，通過人格面具的發聲，彰顯特定時期的歷史，例如，〈馬羅飲酒〉、〈孤寂 一九一零〉。

更為精緻的詩篇是〈鄭玄寤夢〉。鄭玄（127-200）乃東漢經學大師，不慕榮利，遍校群經。《後漢書‧鄭玄傳》載：「五

年春，夢孔子告之曰：『起，起，今年歲在辰，來年歲在巳。』
既寤，以讖合之，知當命終，有頃寢疾。」建安五年即西元 200
年，是庚辰年（龍年）；次年為辛巳年（蛇年）。舊說歲在龍
蛇，對聖賢不利。鄭玄夢醒，認為自己大限將至。不久即患病，
數月後辭世。〈鄭玄寤夢〉通篇以「我北海鄭康成」的口吻自訴
心聲。第一節，寫鄭玄從夢中醒來，推窗外看，庭中奇樹開花，
石礫在新月下閃光，牆外萬頃夜色，遠處是袁紹和曹操在官渡對
峙。在第二節，鄭玄的回憶聯想紛至遝來：少時不甘為聽訟收租
的嗇夫，追求千秋萬歲的事業；問學於馬融而深得賞識，臨別時
馬氏感慨欷歔。楊牧直探鄭玄內心，移情體驗，把一代宗師寫得
凜凜然有生氣焉。雖然鄭玄自認來日無多，但是，那種以道自任
的人文精神，那種不虛此生的榮譽感，令人動容——

> 我／北海鄭康成垂垂老矣／今夜是溫暖的春夜。應劭那傢
> 夥說的是——／「春官位木正，」這時節／不免是萬物向
> 榮的時節了／庭中一棵開花的奇樹站在威風中／芙蓉在池
> 塘裡沉睡等待天明／中國在我的經業中輾轉反側。「起
> 起」／孔子以杖叩我脛，說道：／「今年歲在辰，來年歲
> 在巳」／歲至龍蛇賢人嗟。以讖合之／知我當死（楊牧
> 2001: 228-230）

這首詩把大量典故轉化為「活文本」（living text），例如，文
王斷訟，伊川擊壤，孟子說滕文公，王莽改制，問學馬融，辭謝
何進和袁隗，奚落應劭，既符合鄭玄之學問博雅的身分，也是楊
牧之熔鑄經史的學術專長。鄭玄的獨白顯示一個古人的理想性

格，沒有大幅度的改編。這種主體介入的策略，深入人物內心，還原淹沒在時間川流中的真相，有元氣淋漓的人物和生動可感的細節。楊牧當時在華盛頓大學，醉心於中國古典世界，精通漢魏六朝文史，以現代詩為鄭玄造像，投射他對文化中國的歷史想像。

　　第二類是在「人物角色」與「歷史原型」間製造錯位，重構歷史，古典新詮，用意在於表達現代意識。〈延陵季子掛劍〉截取季子在徐君（「你」）墓前掛劍的時刻，這一個最有暗示性的瞬間，也是故事高潮的焦點所在，然後回溯人物生平，將其放入壓縮的時空中。創作主體和人物角色合一，以「我」的回憶、想像和聯想支撐全篇。第一節，寫季子北遊歸來，盤桓徐君墓前，感慨故人已矣。第二節追憶當年，二人一見如故，立下南歸贈劍的承諾，無奈因故遲歸，遂陰陽兩隔。第三、四節寫道——

> 誰知我封了劍（人們傳說／你就這樣念著念著／就這樣死了）只有簫的七孔／猶黑暗地訴說我中原以後的幻滅／在早年，弓馬刀劍本是／比辯論修辭更重要的課程／自從夫子在陳在蔡／子路暴死，子夏入魏／我們都悽惶地奔走於公侯的院宅／所以我封了劍，束了髮，誦詩三百／儼然一能言善道的儒者了……／／呵呵儒者，儒者斷腕於你漸深的墓林，此後非儒非俠／這寶劍的青光或將輝煌你我於／寂寞的秋夜／你死於懷人，我病為漁樵／那疲倦的划槳人就是／曾經傲慢過，敦厚過的我（楊牧 1983: 367-368）

季札（前 576－前 484），姬姓，又稱季子，西周時期吳王壽夢

第四子，封於延陵，著名政治家、外交家、文藝評論家。季札不慕榮利，屢拒父兄傳位於己，是為「季札讓國」的典故。他出使諸侯各國，不辱君命，又排難釋紛，名動一時。過從魯國，點評盛大的周樂，顯示卓越的美學品味。季札與孔子齊名，有「南季北孔」的美譽。楊牧集中刻畫季子掛劍時的內心感受；不過他添加了一些情節：封劍束髮，皈依孔門；頌詩三百，奔走於朝；在北地胭脂的誘惑下，遲遲不歸；最終理想幻滅，非儒非俠，感覺孤獨疲倦、憤怒哀傷，成為不問世事的隱士。準此，季子的故事褪去了英雄主義、浪漫主義的色彩，呈現一個遊離於正史之外的失敗的儒家人物。作者說：「此詩表達的是我留美求學經驗內心之掙扎，率以寓意發之，意思不算隱晦。」（楊牧 2005A: 73）準確地說，1969 年的美國在越戰中泥足深陷，反戰運動蓬勃，楊牧自感知識分子無力介入社會，理想幻滅，嚮往古之儒者歸隱山水。是故，他重溯國史，再造季札，以古喻今，抒情言志。個中詩句——「中原以後的幻滅」，「弓馬刀劍」比辯論修辭重要，「誦詩三百」無濟於事，對「能言善道的儒者」的揶揄——所渲染的反智主義，已呼之欲出了。曾經傲慢敦厚的季札，英氣勃發的形象，如今蕩然無存。他除了真誠的哀傷悔恨，還有無盡的幻滅和疲倦。奚密發現：「儘管〈延陵季子掛劍〉取材於歷史，但它不涉及歷史本身，也不像古典詩中的詠史詩那樣評說歷史，以古喻今。詩人參考了季子作為一個歷史人物的種種相關資料，從中選出在其生命中似乎沒有直接關聯的兩件事（贈劍和評詩），賦予其有機聯繫和象徵意義。他不受原始材料的限制，並有意偏離傳統，提出新解，傳統被反諷地用來暴露己身的不足，召喚傳統的目的是為了顛覆傳統」（Yeh 1991: 138），旨哉

斯言！

　　改編和重釋歷史人物，融入現代意識和個人看法，這種寫法在楊牧歷史詩中所在多有。〈續韓愈七言古詩「山石」〉作於1968 年，詩人此時就讀於柏克萊，據《奇萊後書》的自述，「設想韓愈貶官的心境」，「揣摩一個儒者的風度和口氣」，「更保證詩的抒情或言志功能」，「採取一獨白的體式」。韓愈〈山石〉鋪陳清新俊爽的景物，表達對官場的厭倦和隱逸生活的樂趣，是「外向」寫實主義。但楊牧的續集迴乎不同，他寒窗苦讀，心懷落寞，於是重塑韓愈，貌似為其發皇心曲，其實表達自己對愛情的嚮往和對詩人本位的堅守。此詩描寫的時刻是「我與寺僧談佛畫」，楊牧顛倒時序，讓「我」首先設想天明時的城中景象：梔子花間的蜂群，帷幔中的婦人，在書房中議論時事的儒生；然後自述對詩的迷戀，回想仕途生變，經歷杯弓蛇影，大赦後的歡喜。第二節是抒情主體在熄燈前的回憶——

> 我與寺僧談佛畫，熄燈前／忽然憶及楊柳樹和／激激的流水也曾枕在耳際教我／浪漫如早歲的詩人一心學劍求仙／金釵羅裳和睡鞋就是愛情？／我的學業是沼澤的腐臭和／宮廷的怔忡／我愛團扇／飛螢／／但律詩寄內如無事件如鄜州／我只許渡江面對松欏十圍／坐在酒樓上／等待流浪的彈箏人／並假裝不勝宿醉／我不該攜帶三都兩京賦／卻愛極了司馬相如（楊牧 1983: 364-365）

「我」不再是崢嶸崇高的儒家人物「韓愈」，而是一個在世俗功名、文學志業、愛情慾望之間，困惑猶豫的現代人，一個醉心於

團扇流螢、詩酒風雅的「司馬相如」的形象。這流露濃重的懷疑、虛無、逃避的情緒，以及耽美、浪漫、逸樂的詩人形象，與韓愈相去甚遠，只能說是創作主體的自我投射了。

其實，除了上述兩種闡釋策略，還有第三類模式：在真實史實中完全虛構人物角色，近似「小說化」筆法，交織偽史和信史，編織故事情節，以冷靜客觀的敘述姿態見長。目前為止，這方面的孤證是〈熱蘭遮城〉。本文第三章對此有論析，此不贅述。進而言之，在「主客合一」的範疇下，楊牧區分和運用的三種類型，仍有不小的差異性。第一類旨在還原歷史情景，詩中的「人物角色」與「歷史原型」差別不大，這是寫作「歷史詩」的初步階段。由於所有的歷史寫作都要涉及類似的人物事件，所以這種寫作模式看不出楊牧的創造性。而且，如果處理不當，或用力過猛，歷史人物完全喪失了現代意識，這種詩篇回歸到純粹的復古、擬古、懷古的傳統寫作模式，因此意義不大。但是，在第二類型下（「古典新詮」），歷史人物不但與抒情自我完全重合，直接發聲，而且自傳統論述中脫穎而出，直接表達新穎的現代思想和犀利的主體意識，更能考驗作家的想像力和創造性，實際上也拓展了歷史詩學的寫作範圍。至於像〈熱蘭遮城〉這種第三類型的詩篇，由於真假交織，虛實莫辨，近似於繁複綿密的「戲劇詩」和「歷史小說」，更是打破了歷史詩學的一貫窠臼，煥發出驚人的創造能力，毫無疑問是楊牧詩集中的上乘之作。

准此，本文採取脈絡化、文本細讀、概念化的方法，充分探索了楊牧之「歷史詩學」所採用的兩大策略。我認為，楊牧之採取這些不同路徑，並非僅僅隨機代表了不同的創作手法，而是具有內在意義與必要性。在「人我二分」的策略下，歷史人物是舞

臺上的主角，他的言語行動完全呈現在觀眾面前，一覽無餘。但是，這種手法就像小說敘事學中的「第三人稱」敘述觀點，作者置身事外，人物宛如被隨意操縱的傀儡，而人物的內心波瀾如何，觀眾和讀者無從得知。因此，為了展示歷史人物之複雜錯綜的內心，為了表達更為深刻圓熟的歷史意識，楊牧有必要離開「人我二分」的模式，另尋新的進路和可能性。此即「主客合一」的策略。在「主客合一」的闡釋角度下，原先固有的界限消失了，「抒情自我」就是「歷史人物」，兩者合二為一，不分彼此。這種手法近似於小說敘事學中的「第一人稱」敘事觀點，在「作者」已死的誘惑下，歷史人物的內心世界向讀者敞開，而讀者的興趣也被完全激發和調動起來，透過「角色扮演」而充分參與了文本意義的再創造過程。顯然，與「人我二分」的闡釋模式相比較，「主客合一」的寫作策略不但有強大的敘事能量，而且暗合現代闡釋學、接受美學、讀者-反應批評的文化精神，更有利於楊牧充分表達他的歷史思考，因此，意義之大，不在話下。

（三）移情的歷史與「瞬間美學」

楊牧的歷史詩滲透較多敘事性，不是史詩或敘事詩，無法展示歷史縱剖面，只能尋找歷史性時刻。這種手法或許源於里爾克（R. M. Rilke, 1875-1926）。研究者發現，里爾克能夠「趨向人物或事件的深心，而在平凡中看出不平凡」的卓越的想像力，而且「能夠在一大串不連貫或表面上不相連貫的時間中選擇出最豐滿、最緊張、最富於暗示性的片刻，同時在他端詳一件靜物或一個動物時，他的眼睛也因訓練的關係會不假思索地撇開外表上的虛飾而看到內心的隱秘。」（吳興華 1943: 74）楊牧對此並不陌

生，《禁忌的遊戲》後記談到里爾克創作《獻給奧爾甫斯的十四行詩》，把勃朗甯夫人的十四行詩的形式發揚光大。其實此手法非里爾克的發明。萊辛（G. E. Lessing, 1729-1781）的《拉奧孔》論及繪畫藝術，已發現這種技巧：「繪畫在它的同時並列的構圖裡，只能運用動作中的某一頃刻，所以就要選擇最富於孕育性的那一頃刻，使得前前後後都可以從這一頃刻中得到最清楚的理解。」（萊辛 1997: 83）[3] 據葉維廉論述，在現代主義抒情詩中，「瞬間美學」有一以貫之的傳統，只有把握抒情瞬間，才能表現主體的心境、體驗和幻想（須文蔚、葉維廉 2014: 477-488）。楊牧歷史詩錨定的「最豐滿、最緊張、最有暗示性的瞬間」不難找到。譬如，原住民殺人後在佳冬樹下立碑（〈吳鳳：頌詩代序〉），馬羅在酩酊中憧憬愛情（〈馬羅飲酒〉），托爾斯泰在火車站孤獨陷入沉思（〈孤寂〉），鄭玄從惡夢中驚醒（〈鄭玄寤夢〉），季札在徐君墓前掛劍（〈延陵季子掛劍〉），韓愈與寺僧談佛畫（〈續韓愈七言古詩「山石」〉），武王伐紂軍中士兵的遐想（〈武宿夜組曲〉），荷蘭殖民軍官蹂躪臺灣女子（〈熱蘭遮城〉），朱術桂殉國前的內心掙紮（〈甯靖王歎息轚樓〉），沈光文在敵軍壓境時的思考（〈施琅發銅山〉），王妃自縊前的獨白（〈她預知大難〉），吳鳳赴難前的緊張心理（〈吳鳳成仁〉）。這些詩壓縮時空，捕捉暗示性時刻和有意味的瞬間，傾力於移情體驗，推己及人，發皇心曲。楊牧無意於建構宏大的歷史體系、模式和全景圖——就像荷馬、維吉

---

[3]　錢鍾書認為，黑格爾的《美學》、中國古代文論有類似思想。參看錢鍾書（1995：33-61）。

爾、但丁、彌爾頓、葉慈那樣——，是所謂「歷史作為幻象」
（history as vision）。相反，他從時間川流中截取一個時刻，投
射自我在當下的戲劇體驗（history as dramatic experience）。通
過這種饒富趣味和批評思考的歷史闡釋，現在與過去建立了有機
的聯繫，歷史不再是僵死的事物而是生生不息的源頭活水。

三、歷史詩學的文化認同：
「中國性」與「臺灣性」的交織

　　楊牧歷史詩的寫作，映照出他的文化認同從「中國性」向
「臺灣性」的悄然轉移。楊牧的文學世界，「臺灣經驗」不絕如
縷，「臺灣意識」有一個漫長的演變過程。1960 年代，他初到
美國，由於自己的「臺灣身分」而失落迷惘，這體現在〈山窗
下〉等作品中（楊牧 1977: 195-198）。他在 1979 年寫〈三百年
家國〉討論 1661-1925 年臺灣詩源流。1983 年，他完成〈現代
詩的臺灣源流〉。這年，他寫下〈新詩的傳統取向〉，認為在臺
灣和以臺灣文壇為依歸的海外地區，新詩不但繼承五四以來「中
國」文學的正面精神，而且植根於「臺灣意識」，故能迂迴突
破，勇健發展：「臺灣三十年來的現代詩之所以迥異於中國這同
一時期的產物，也因為大部分有心的詩人都願意承認這地緣文化
的現實，體會臺灣的命運，臺灣的過去，現在，和未來，必須在
詩的創作中得到完整的表現。」（楊牧 2001B: 9）1985 年，楊
牧從艾略特的〈傳統與個人才能〉中汲取靈感，特意標舉「歷史
意識」，然則，如何獲得歷史意識？他鄭重指出，除了借鑒中國
文學傳統之外，尤須強調可貴的「臺灣經驗」——

> 一個自覺的現代詩人下筆的時候，必須領悟到詩經以降整
> 個中國文學的存在；而在今天我們這個地緣環境裡，和順
> 著這地緣環境所激蕩出來的文化格調裡，我們也領悟到臺
> 灣四百年的血淚和笑靨──這正如同盎格魯撒克遜的特殊
> 格調，對艾略特的啟示乃是無所不在的。要讓三千年的中
> 國文學籠罩你虔敬創作的精神，也要讓四百年的臺灣經驗
> 刺激你的關注，體會到這些都是同時存在的，是構成一個
> 並行共生的秩序。（楊牧 2004A: 64）

寫於 1996 年的散文〈葉慈的愛爾蘭與愛爾蘭的葉慈〉提到斯威
夫特（Jonathan Swift, 1667-1745）的諷刺文章中出現一位「福爾
摩沙人」從「臺灣國」引進種種不良風氣，他大發感慨（楊牧
2001C: 68）。楊牧的〈詩和愛與政治〉（1999）重提此事，再
次把愛爾蘭與「臺灣」聯繫在一起，且在篇末呼籲：「詩是固守
人性真情的方式，在我們的文學世界，同樣在葉慈的文學世界，
從我們這裡看過去，當二十世紀即將邁入二十一世紀的時候，從
臺灣……」（楊牧 2005B: 171）。2004 年，他寫下〈臺灣詩源
流再探〉，認為四百年的臺灣源流孕育出獨異於其他文化領域的
新詩，有不可磨滅的現代感和超越國族的世界主義，「勇於將傳
統中國當做它重要的文化索引」，楊牧最後動情地寫道：「我們
使用漢文字，精確地，創作臺灣文學」（楊牧 2005C: 175-180）
至此，楊牧的文化認同中的「中國性」與「臺灣性」的交織，以
及從前者到後者的挪移，已昭然若揭了。當然，取材於臺灣歷史
與臺灣文化認同之間，仍有差距。例如，詩劇《吳鳳》就很難迅
速地牽入「臺灣意識」。

　　楊牧的歷史詩，除了歌詠中西歷史人物，還書寫臺灣歷史人物，包括〈吳鳳：頌詩代序〉、〈吳鳳成仁〉、〈熱蘭遮城〉、〈她預知大難〉、〈施琅發銅山〉、〈甯靖王歎息羈樓〉，在這些詩篇中，由於吳鳳、甯靖王、五妃、沈光文等人物並非徹頭徹尾的臺灣人士，而是在中國大陸出生和長大，然後才移居臺灣，所以，在他們身上往往有「中國性」與「臺灣性」的交融與補充。

　　在日據時期與國民政府時期，吳鳳（1699-1769）因為在臺灣教科書中被描述為「革除原住民之出草陋習而捨生取義」的崇高形象而廣為人知。〈吳鳳：頌詩代序〉寫於 1976 年 4 月的花蓮，旨在描繪「早期臺灣移民中最可歌頌的英雄事蹟」，反映楊牧之追求「美麗壯嚴的人格，或和諧平安的世界」的理想——

　　　　我們這樣靜默地守望著／想與你說話，告訴你／瘟疫已經平息，是你是血／洗淨這閃光的大地———／金針花，檳榔果，衣飾鈴鐺／杵臼聲聲是新米。你會歡喜的／啊吳鳳，你會歡喜知道我們／在佳冬樹下深埋一塊磐石／我們把兩手張開如半月／表示期待愛的團圓／／我們把兩手張開／我們期待／我們愛（楊牧 1995B: 128）

「我們」指代原住民，「你」是吳鳳，楊牧有意從原住民的角度頌贊吳鳳之殺身成仁、捨生取義，認為這種精神可超越阿里山、臺灣、中國，值得為全中國全人類頂禮膜拜，完全可以和耶穌的偉大人格相提並論（楊牧 1995C: 505-506）。顯然，楊牧塑造的吳鳳形象凸顯了英雄主義、浪漫主義的色彩，關於禮樂教化的描

繪，回歸了中國官方版本的歷史敘事和漢族中心主義。自認為蠻夷、自甘於弱勢的原住民，完全屈從於主流文化價值體系。然而弔詭的是，在詩中，吳鳳的原鄉身世完全消失了，代之以「檳榔果」、「佳冬樹」、「阿里山」等臺灣地景。

　　更準確地說，在楊牧的歷史詩學中，「中國性」與「臺灣性」之間其實是一種交錯並置、互為主體性（inter-subjectivity）的關係。〈吳鳳成仁〉寫於 1978 年，楊牧表達的不再是殺身成仁、捨生取義的道德人格，相反，他故事新編、重構歷史。在詩的開篇，創作主體化身為吳鳳，以第一人稱角度敘事抒情，道出吳鳳的複雜心事。他自認是脆弱、孤獨、老邁的凡人，最渴望安靜的休息。夢回遙遠的故鄉，見到漢家城樓，失望地發現自己原先著迷的讀書人的理想，僅是「知識的幻影」而已。回想明清鼎革，痛感聖賢書教人蹉跎猶疑，儒家的放言天下成為空言。後來，他追隨國姓爺的足跡，渡海來臺，入山教化番民，自比朱舜水、王船山，聊以自慰，即使道不行，尚可以垂老的性命「詮釋泛愛親仁的道理」。然而，在慷慨赴死之際，他還是充滿矛盾糾結的心情——

> 假如他們能記憶著我／讓阿里山／永離血腥和殺戮／一死
> 不輕於張煌言從容就義／則吳鳳的性命並不足珍惜／雖然
> 我還是恐懼，啊／昊天的神明，大地精靈／性命不足惜，
> 雖然我還是／如此恐懼，何況一死之後／他們也可能就把
> 吳鳳忘記（楊牧 1995D: 240）

楊牧有意以反浪漫、逆崇高的方式，低調敘述吳鳳對知識的懷

疑、對儒家理想的幻滅、對政治暴力的無奈，再現晚年吳鳳的孤
獨脆弱、惶恐焦慮的內心。這種移情體驗、主客合一的寫作方
法，把這位英雄人物給予生活化、人性化的處理，挑戰了原來那
個單面刻板的形象，也反諷了中國的正統歷史敘事，或者說，正
是通過對於「中國性」的解構和戲仿，楊牧讓「臺灣性」悄然浮
出歷史地表。

〈熱蘭遮城〉以延平郡王鄭成功於 1662 年擊敗荷蘭殖民
者、收復臺南安平城（荷治時期呼之曰「熱蘭遮城」，
Zeelandia）為本事，運用性別隱喻，觸摸三百年前臺灣的歷史創
傷，在把殖民主義文本化之餘，傳達了曖昧的思想立場。熱蘭遮
城作為殖民相遇的接觸區（contact zone），其中的人物如何登
場？第一節營造小說化場景——

> 對方已經進入燠熱的蟬聲／自石級下仰視，危危闊葉樹／
> 張開便是風的床褥——／巨炮生鏽。而我不知如何於／硝
> 煙疾走的歷史中冷靜踩躪／她那一襲藍花的新衣服／／有
> 一份燦然極令我欣喜／若歐洲的長劍鬥膽挑破／顛倒的胸
> 襟。我們拾級而上／鼓在軍中響，而當我／解開她那一排
> 十二隻紐扣時／我發覺迎人的仍是熟悉／涼爽的乳房印證
> 一顆痣／敵船在海面整隊／我們流汗避雨（楊牧 1995:
> 92-93）

創作主體化身為一名荷蘭軍官（「我」），在明鄭軍隊（「對
方」）攻打熱蘭遮城之際，他走上城牆的石級，放眼遠眺，心緒
迷亂。在歷史戲劇的危急時刻，楊牧沒有直接描繪戰爭的宏大場

面，而是展開虛構性的、私密化的小敘事。無名臺灣女子
（「你」）遭受荷蘭軍官性侵的場景，是臺灣在 1624 年淪為荷
蘭殖民地的隱喻。第二節出現荷蘭軍官對女子的肉體之美的陶
醉，暗示殖民者為熱蘭遮城的豐饒而沉迷。楊牧或許從英國詩人
多恩的詩〈上床〉（「go to bed」）中獲取了靈感，不過他反仿
了多恩的手法和主題，訴諸地景的肉身化、國族的性別化以及政
治的情色化，反思殖民地臺灣的一頁歷史。以女性身體隱喻國族
政治，本是文學中常見的修辭。此詩的獨特在於，作為來自前殖
民地的人民，楊牧沒有從女性受害者角度去見證暴力、控訴不
義，而是從「殖民者」角度出發，重溯國史，移情體驗，手法顯
得繁複精緻。在男性／帝國主體的凝視下，無名女子始終沈默無
語，暗示殖民地臺灣被客體化、他者化、邊緣化了，她苦難深
重，無以自我表述。不可思議的是，殖民暴力被作者加以文本化
之後，又變得唯美化、情色化和神秘化了──

> 默默數著慢慢解開／那一襲新衣的十二隻紐扣／在熱蘭遮
> 城，姐妹共穿／夏天易落的衣裳：風從海峽來／並且撩撥
> 著掀開的蝴蝶領／我想發現的是一組香料群島啊，誰知／
> 迎面升起的仍然只是嗜血的有著／一種薄荷氣味的乳房。
> 伊拉／福爾摩沙，我來了仰臥在／你涼快的風的床褥上。
> 伊拉／我自遠方來殖民／但我已屈服。伊拉／福爾摩沙。
> 伊拉／福爾摩沙（楊牧 1995: 95-96）

臺灣女子變成了慈悲寬仁的「地母」，她以柔克剛，逆來順受，
儼然有化解仇恨和暴力的能量。軍官為其魅力所征服，心神迷

離，喃喃獨語，發出諸如「不知如何蹂躪蘭花新衣」、「有一份
粲然令我欣喜」、「但我已屈服」之類的讚歎，對於即將喪失的
殖民地流露帝國鄉愁。至此，楊牧採取超越善惡的人性原則，重
構歷史，不僅消解民族主義，也把殖民者給予人性化甚至美化
了，抹殺了應有的對於平等政治與尊嚴政治的訴求，結果，創傷
記憶變得空洞化、虛無化了。陳黎讚揚此詩「將暴力與溫柔、戰
爭與愛、悲涼與美感融合為一體，用柔性的姿態、平靜的語調表
達出對殖民者的抗議，以及被殖民者的尊嚴。在他筆下，荷蘭軍
官是富有人性的，福爾摩沙是有個性的，避開了善與惡的二分
法，使得全劇更有戲劇張力。」（陳、張　2013: 247）誠然不
錯。然而需要追問，面對殖民者與殖民地人民之間的不平等的權
力關係，正直的知識分子應該如何敘述歷史？後殖民思想家法農
（Frantz Fanon, 1925-1961）有如下自白：「每當一個人使精神
的尊嚴獲勝時，每當一個人對其同類的奴役說不時，我感到自己
與他的行為休戚相關。」（法農　2005: 179）不僅如此。〈熱蘭
遮城〉不但昭告了楊牧歷史詩中的「中國性」的退場與「臺灣
性」的在場，而且顯示了文學在表現歷史時的兩難：試圖還原本
質主義意義上的歷史乃是不可能的；而過分的重構歷史，又面臨
著走向虛無主義和空洞化的危險。此即「歷史詩學」的局限性和
盲視。

　　楊牧的〈她預知大難〉、〈施琅發銅山〉、〈甯靖王歎息羈
樓〉，吟詠明鄭時期的臺灣歷史人物，歸在詩劇〈五妃記〉殘稿
的名下（張惠菁 2002: 207-208）。三首詩取材於 1683 年鄭克塽
率眾投降施琅的史實，採用主客合一的詮釋模式，重構特定歷史
時刻人物的內心波瀾。〈她預知大難〉寫五妃之一的「秀姐」自

殺前的獨白——

> 啊夏天，華麗的劇場／舒暢，明朗。所有的生物／都在安排好了的位置搭配妥當／成長，讓我們也在精心設計的／佈景前專心扮演指定的角色／去奉承，乞憐，去嫉妒，迷戀／在血和淚中演好一齣戲（楊牧 2001: 265-266）

楊牧有意挑戰男權主義歷史敘事，讓一名女性浮出歷史地表，勇敢發聲，彰顯生命主體的意志自由。秀姐在危機關頭的自殺，亦非為了成全中國傳統文化中的名節。她的帶有嘲諷和無奈意味的言語，說明其早已預知大難，而在男人的權力遊戲中，女性的悲劇命運早已註定，因此無須張惶，唯有專心演好自己的角色，如此而已。

〈施琅發銅山〉寫南明遺老、流寓臺灣的沈光文（1612-1688）在清軍壓境之際的內心活動。沈氏發覺，這個狂風暴雨的日子終於來臨，他回首明清鼎革之際，國姓爺血戰熱蘭遮，驅逐荷蘭殖民者，保留大明衣冠二十二年；昔日登基的滿清小皇帝，如今果斷鷹揚；相比之下，東寧朝廷王氣黯然，在猜忌萎靡中苟延殘喘，大做其白日夢——

> 殊不知施琅早掛靖海將軍印／為報殺父之仇，歲月悠久／白髮蕭蕭，他不曾一刻或忘／這人是東海蒼龍，意氣足以興風／作浪，懷柔百神於波濤之間／國姓爺後無人能當。「施琅」／他曾經慨歎惋惜：「施琅與我／情同手足，棄我去乃是為父仇／不共戴天；縱使大過在他／疚恨終屬於

　　我。」可惜這一脈／僅存的海上王氣就此幽晦暗淡／而那
　　狂風暴雨的日子難道／就已經到了嗎？雖然／未必然（楊
　　牧 2001: 269-270）

　　沈光文號稱「海東文獻初祖」、「臺灣古典文學之祖」，此時已
在臺灣居留了三十年。經過楊牧的改造，沈氏的遺民的釉彩開始
剝落了：他不再尊奉「漢賊不兩立」的正統論，反而對當今的大
清皇帝和前來進犯的施琅頗有好評；對鄭克塽的東寧小朝廷非議
甚多，對其即將傾覆的命運除了指責惋惜，沒有流露太多的留戀
和辯護，相反，他有一種宿命論者的無奈和鎮定，一份置身事
外、坐岸觀火的冷漠。當然，這種態度也與沈光文的身世遭逢有
關。鄭成功逝後，沈氏有譏諷鄭經，因而受鄭經迫害、出家避
難。

　　〈甯靖王歎息羈樓〉同樣是故事新編、古典新詮。朱術桂
（1617-1683）為明太祖九世孫，南明時期任軍中監軍，隆武帝
封之為甯靖王。後隨明鄭大軍抵臺，鄭成功以王禮待之。1683
年，施琅率軍攻陷臺灣，鄭克塽降清，朱不願苟活，乃與五妃自
縊殉國。臺南今存「五妃廟」，高雄建有「甯靖王墓」。史載朱
術桂「儀容雄偉，美髯弘聲，善書翰，喜佩劍，沈潛寡言，勇而
無驕，將帥士兵咸尊之」，死前書於壁曰：「自王午流賊陷荊
州，攜家南下。甲申避亂閩海，總為幾莖頭髮，苟全微軀，遠潛
海外四十餘年，今六十有六矣。時逢大難，得全髮冠裳而死。不
負高皇，不負父母，生事畢矣，無愧無怍。」他的忠烈形象在官
方史書中成為國族神話。這首詩開篇寫朱術桂狼狽獨語，汗水濕
透了顏面；回首當年避亂東南，在戰鼓聲中頹唐撲倒；渡海來

臺，在孤寂歲月裡維持「一具虛假表面的形象」。大敵當前，嚴霜的海天浮著鬼氣，甯靖王心事重重——

> 歎息吧／假使歎息，或者嗚咽，或者嚎啕／能教你封閉的胸懷就此迸裂／讓時間纍積的羞辱和憤怒／從你精神的背面逸出，或者傾瀉／我們都將大聲歎息，如層疊的／烏雲在悶熱的空氣裡圍聚，鼓盪／始終擠不出一滴雨水；雷霆／徒然在空中搬演狡黠險惡的／臉譜，忠良奸詐賢愚不肖／嘲弄我的金玦，玉笏。歎息吧／嗚咽，嚎啕，讓宇宙的怨憤／膨脹，爆炸，將穹窿搖撼／將狂風暴雨震動我逃生的／東南半壁，將千山萬水懍悚／鞭打龜裂的大地，為祖宗／創造末代的沮洳（楊牧 2001: 273-274）

原來那個鎮定從容、大義凜然的甯靖王，現在被趕下了神壇。偏安孤島二十餘年，他視野狹隘，無所事事，忠奸賢愚之輩對其沒有敬仰之情，都在嘲弄他大權旁落和名存實亡。兵臨城下，他形單影隻，無力挽狂瀾於既倒，唯一能做的就是歎息、嗚咽或嚎啕。死亡為他提供了自我發洩的契機，他瘋狂釋放積壓已久的羞辱和憤怒，詛咒宇宙與世界一同毀滅，好讓他體驗一下抒情的快感。經過楊牧的改造，明室的偉岸形象已蕩然無存，他幡然悔悟，發現自己的孤獨渺小和脆弱無助，宛如莎翁筆下的「李爾王」。

　　1996 年夏，楊牧在花蓮鄉間整理〈五妃記〉殘稿，最終得詩三首，自謂本非個人遊戲筆墨之作，「實屬平生一特殊階段有心之創造」（楊牧 2001A: 505）。三首詩中的人物來自臺灣歷

史，但都遊離於官方史籍的正統形象，挑戰中國中心主義的詮釋角度。是故，楊牧的歷史詩學見證其文化認同中的中國性與臺灣性的交融和衝突。這種轉向正是後殖民全球化背景下本土化蓬勃的結果，例如政治方面，1970 年代臺灣退出聯合國、「美麗島事件」。1987 年解嚴後，「中華民國臺灣化」的改變，「修憲」，「凍省」，「公民投票」，「廢除國民大會」。文化方面，「本土意識崛起」，「臺語文學蓬勃」，「臺灣文學史」的研究熱潮，「臺灣歷史教科書」的重新編纂，等等。當然話又說回來，歷史書寫與本地現實之間，有一個影射結構；異國與本地現實之間亦然。前文論及楊牧將愛爾蘭語臺灣進行類比，其他還有楊牧對車臣、阿富汗的書寫，其實亦具一定程度之歷史意識，但限於篇幅，茲不贅述。

結　語

　　楊牧已經為現代詩奮鬥了六十年之久，他被奚密譽為現代漢詩的「Game-Changer」。楊牧根據自己的跨國經驗和知識冒險，出入詩史之際，塑造歷史意識，詮釋和重寫歷史人物，顯示多重的策略模式與心靈目光。楊牧的歷史理解或可與現代西方哲學展開對話，促成他的文學風格與時俱變，介入全球化後殖民時代的歷史變革。一言以蔽之，楊牧的歷史詩學——從個人感懷出發，抵達公共領域；以抒情敘事為內容，卻有批評反省的向度；固然落筆於過去，但是旨歸在未來——，在美學理念和在文化政治上，為現代漢詩提供了進路與可能性，值得進一步檢討。

引用書目

亞里斯多德著，陳中梅譯註。1996。《詩學》。北京：商務印書館。

漢娜‧阿倫特編、張旭東 王斑譯。2008。《啟迪：本雅明文選》。北京：三聯。

巴赫金著、白春仁 顧亞玲譯。1988。《陀思妥耶夫斯基詩學問題》。北京：三聯。

巴赫金著、李兆林 夏忠憲等譯。1998。〈拉伯雷的創作與中世紀和文藝復興時期的民間文化〉。錢中文主編。《巴赫金全集》第 6 卷。石家莊：河北教育。

柏格森著、姜志輝譯。2004。《創造進化論》。北京：商務。

柏格森著、吳士棟譯。2005。《時間與自由意志》。北京：商務。

陳芳明主編。2012。《練習曲的演奏與變奏：詩人楊牧》。臺北：聯經。

陳芳明。2012。〈抒情的奧秘──「楊牧七十大壽學術研討會」前言〉。《練習曲的演奏與變奏：詩人楊牧》。

陳黎 張芬齡。2013。〈楊牧詩藝備忘錄〉。須文蔚編選。《楊牧》。235-258。

陳義芝。2012。〈住在一千個世界上──楊牧與中國古典〉。陳芳明主編。《練習曲的演奏與變奏：詩人楊牧》。297-336。

克羅齊著、傅任敢譯。1997。《歷史學的理論和實際》。北京：商務。

科林伍德著、何兆武譯。1997。《歷史的觀念》。北京：商務。

艾略特。1994。〈傳統與個人才能〉。李賦寧譯註。《艾略特文學論文集》，南昌：百花洲文藝。1-11。

法農著、萬冰譯。2005。《黑皮膚，白面具》。南京：譯林。

伽達默爾著、夏鎮平 宋建平譯。1994。《哲學解釋學》。上海：上海譯文。

黑格爾著、王造時譯。1999。《歷史哲學》。上海：上海書店。

詹明信著、張京媛譯。1997。〈馬克思主義與歷史主義〉。張旭東編。《晚期資本主義的文化邏輯：詹明信批評理論文選》。北京：三

聯。145-193。

賴芳伶。2013。〈孤傲深隱與曖昧激情：試論《紅樓夢》和楊牧的妙玉坐禪〉。須文蔚編選。《楊牧》。169-200。

劉益州。2013。《意識的表述：楊牧詩作中的生命時間意識》。臺北：新銳文創。

劉正忠。2011。〈楊牧的戲劇獨白體〉。《臺大中文學報》35 期。臺北。289-328。

錢鍾書。1995。〈讀《拉奧孔》〉。收入《七綴集（修訂本）》。上海：上海古籍。33-61。

里克曼著、殷曉蓉 吳曉明譯。1989。《狄爾泰》。北京：中國社會科學。

維柯著、朱光潛譯。1997。《新科學》上下冊。北京：商務。

維謝洛夫斯基著、劉寧譯。2002。《歷史詩學》。南昌：百花文藝。

吳潛誠。2013。〈假面之魅惑：楊牧翻譯《葉慈詩選》〉。須文蔚編選，《楊牧》。259-264。

吳興華。1943。〈黎爾克的詩〉。《中德學志》。5.1/2。北平。71-84。

懷特著、陳新譯。2004。《元史學：十九世紀歐洲的歷史想像》。南京：譯林。

奚密。2012。〈楊牧——臺灣現代詩的 Game-Changer〉。《練習曲的演奏與變奏：詩人楊牧》。1-42。

謝旺霖。2009。〈論楊牧的「浪漫」與「臺灣性」〉。清華大學臺文所碩士論文。

須文蔚編選。2013。《楊牧》。臺南：臺灣文學館。

須文蔚 葉維廉。2014。〈追索現代主義的抒情、瞬間美學與詩：葉維廉訪談錄〉。《東華漢學》。19 期。477-488。

楊牧。1974。《傳統的與現代的》。臺北：洪範。

楊牧。1977。〈山窗下〉。《葉珊散文集》。臺北：洪範。195-198。

楊牧。1979。〈現代的中國詩〉。《文學知識》。臺北：洪範。2-10。

楊牧。1983。《楊牧詩集Ⅰ：1956-1974》。臺北：洪範。

楊牧。1984。《文學的源流》。臺北：洪範。

楊牧。1995。《楊牧詩集Ⅱ：1974-1985》。臺北：洪範。

楊牧。1995A。〈紀念愛因斯坦〉。《楊牧詩集Ⅱ：1974-1985》。221-223。

楊牧。1995B。〈吳鳳：頌詩代序〉。《楊牧詩集Ⅱ：1974-1985》。123-128。

楊牧。1995C。〈北斗行〉後記。《楊牧詩集Ⅱ：1974-1985》。501-507。

楊牧。1995D。〈吳鳳成仁〉。《楊牧詩集Ⅱ：1974-1985》。236-240。

楊牧。1995E。〈詩的自由與限制〉。《楊牧詩集Ⅱ：1974-1985》。508-518。

楊牧。2001。《隱喻與實現》。臺北：洪範。

楊牧。2001A。〈古者出師〉。《隱喻與實現》。231-244。

楊牧。2001B。〈新詩的傳統取向〉。《隱喻與實現》。頁 3-10。

楊牧。2001C。〈葉慈的愛爾蘭與愛爾蘭的葉慈〉。《隱喻與實現》。65-75。

楊牧。2001D。〈庫爾提烏斯論歐洲與歐洲文學〉。《隱喻與實現》。309-334。

楊牧。2004A。〈歷史意識〉。《一首詩的完成》。臺北：洪範。55-65。

楊牧。2004B。〈古典〉。《一首詩的完成》。頁 67-78。

楊牧。2005A。〈一首詩之完成〉。《人文蹤跡》。臺北：洪範。73-87。

楊牧。2005B。〈詩和愛與政治〉。《人文蹤跡》。165-172。

楊牧。2005C。〈臺灣詩源流再探〉。《人文蹤跡》。175-180。

楊牧。2010。《楊牧詩集Ⅲ：1986-2006》。臺北：洪範。

楊牧。2010A。《時光命題》後記。《楊牧詩集Ⅲ：1986-2006》。臺北：洪範。502-506。

楊牧。2013。《長短歌行》。臺北：洪範。

張惠菁。2002。《楊牧》。臺北：聯合文學。

Auerbach, Erich. 2014. "Vico and Aesthetic Historicism". James I. Porter ed., *Time, History, and Literature: Selected Essays of Erich Auerbach*. Princeton: Princeton UP. 36-45.

Curtius, Ernst Robert. 1973. *Essays on European Literature*, trans. Michael Kowal. Princeton: Princeton UP.

Friedman, Geraldine. 1996. *The Insistence of History: Revolution in Burke, Wordsworth, Keats, and Baudelaire*. Stanford: Stanford UP.

Hall, Stuart, David Held and Tony McGrew eds., 1992. *Modernity and Its Futures*. Cambridge: Polity.

Keane, Patrick J. 1987. *Yeats's Interaction with Tradition*. Columbia: U of Missouri P.

Longenbach, James. 1987. *Modernist Poetics of History: Pound, Eliot, and the Sense of the Past*. Princeton: Princeton UP.

Lukacs, Georg. 1974. *The Historical Novel*, trans. Hannah and Stanley Mitchell. London: Merlin.

Porter, James I. ed. 2014. Time, *History, and Literature: Selected Essays of Erich Auerbach*. Princeton: Princeton UP.

Smith, Stan. 1990. *W. B. Yeats: A Critical Introduction*. London: Macmillan.

Whitaker, Thomas R. 1989. *Swan and Shadow: Yeat's Dialogue with History*. Washington: The Catholic U of America P.

Wong, Lisa L. M. 2006. "Taiwan, China, and Yang Mu's Alternative to National Narratives". *Comparative Literature and Culture*. vol. 8 issue 1.

Yeh, Michelle. 1991. *Modern Chinese Poetry: Theory and Practice since 1917*. New Haven: Yale UP.

靜佇、永在與浮升——楊牧詩歌中聲音與意象的三種關係[*]

上海戲劇學院戲文系講師
翟月琴

摘　要

　　詩人楊牧自 1956 年創作伊始，就一直堅持對於聲音（語音、語調、辭章結構和語法變化產生的音樂性）的追求，這也使他的詩歌獨樹一幟，影響深遠。研究其聲音特質，不僅需要借助於語言技巧，更在於探究聲音與語義之間的互動關係。而意象所蘊含的語義功能，正提供了一條可借鑒的考察路徑。從楊牧長達半個多世紀的創作中，能夠提煉出聲音與意象之間存在的三種美學關係，即（一）靜佇：沉默的時間、（二）永在：歸去的回環和（三）浮升：抽象的螺旋。通過研究楊牧的詩歌，也為分析聲音與意象理論關係提供了重要的個案典範。

關鍵詞：楊牧　聲音　意象　靜佇　永在　浮升

[*]　感謝三位匿名審稿人深入細緻的建議，使本文的改進獲益良多。

Standing Still, Eternal Being, and Ascendance: Three Relationships Between Sound and Imagery in Yang Mu's Poetry

Zhai, Yueqin[*]

Abstract

Ever since the very beginning of his poetry writing in 1956, Yang Mu has been consistent in his pursuit of sonic beauty through verse (including the musicality of pronunciation, tones, textual structure and grammatical innovation), which imbues his poems with rich meanings and limitless interpretative possibilities. In researching the sonic qualities of poetry, focusing solely on linguistic features is insufficient to discern the ways sound functions in a poem. What is more important is to study the interaction between sound and meaning, for which analyses of imagery prove helpful. From Yang's poetry, which spans half a century, three aesthetic relations between sound and meaning can be deduced: standing still and silent time; eternal being and circularity; ascendance and abstract spirality. It is argued here that Yang's poems can be used as typical examples for analyzing the theoretical relations between sound and imagery.

Keywords: Yang Mu, Sound, Imagery, Standing still, Eternal Being, Ascendance

（收稿日期：2013.5.29；修正稿日期：2013.11.29；通過刊登日期：2014.5.27）

---

[*]　Department of Dramatic Literature Shanghai Theatre Academy

詩既用語言，就不能不保留語言的特性，就不能離開意義
而去專講聲音。

——朱光潛（1897-1986）《詩論》

有形式的生命所召喚而來的所有這些家族，環境和事件，
翻過來對形式生命本身產生了影響，確切的說，是對歷史
的生命產生了影響。

——福西永（Henri Focillon, 1881-1943）《形式的生命》

節奏運動是先於詩句的。不能根據詩行來理解節奏，相反
應該根據節奏運動來理解詩句。

——茨維坦·托多羅夫（Tzvetan Todorov）《節奏與句法》

一、引言

　　楊牧，本名王靖獻，臺灣花蓮縣人。自 1956 年創作起，長
達半個多世紀以來，他憑藉優秀的詩作，被譽為臺灣、香港乃至
整個華語地區最具影響力的詩人之一。[1]其中，楊牧對漢語詩歌
聲音（語音、語調、辭章結構和語法等所產生的音樂性）不遺餘

---

[1]　楊牧十五歲開始，以筆名葉珊投稿《現代詩》、《藍星詩刊》和《創世
　　紀》等刊物，1972 年將筆名更改為楊牧。他出版的詩集包括《水之
　　湄》、《花季》、《登船》、《傳說》、《瓶中稿》、《北斗行》、
　　《禁忌的遊戲》、《海岸七疊》、《有人》、《完整的寓言》、《時光
　　命題》、《涉世》、《介殼蟲》等，還先後獲得吳三連文藝獎、國家文
　　藝獎、花蹤世界華文文學獎、紐曼華語文學獎等重要詩歌獎項。

力的追求，使得他在整個現代詩歌史中佔有重要的地位。這種執著為楊牧的詩歌增添了無窮的潛力，「形式問題，一向是我創作經驗裡最感困擾，而又最捨不得不認真思考的問題。所謂形式問題，最簡單的一點，就是我對格律的執著，和短期執著以後，所竭力要求的突破。」[2]同時，也得到評論界的普遍認可，比如奚密認為在楊牧的詩歌中，「音樂把時間化為一齣表達情緒起伏和感情力度的戲劇：或快或慢，鋪陳或濃縮，飄逸或沉重，喜悅或悲傷」，[3]又如張依蘋認為楊牧善於「在特定思維之中運籌的文字、詞語、象徵、節奏、韻律等的力之開展迴圈有關的那一切。」[4]但總體而言，對於楊牧詩歌聲音的評論，大抵在聲音與意義二元對立的框架中來談，一種是將聲音從意義中割裂出來，進行語言技術層面的分析，比如蔡明諺在〈論葉珊的詩〉中重點討論楊牧早期詩作中對跨行、二字組、感歎詞和數字入詩等詩歌形式的創造和應用；[5]另一種則是過於注重意義，而忽略了聲音的獨立價值，比如陳義芝在〈住在一千個世界上——楊牧詩與中國古典〉中，以〈武宿夜組曲〉等詩為例，詳析詩人借古典人物史實或文本角色做自我內省的形象。[6]儘管這些為楊牧詩歌研究

---

[2] 楊牧，《楊牧詩集 II：1974-1985》（臺北：洪範書店，1995），〈《禁忌的遊戲》後記：詩的自由與限制〉，頁 510。

[3] 奚密，《臺灣現代詩論》（香港：天地圖書，2009），頁 174。

[4] 張依蘋，〈一首詩如何完成——楊牧文學的三一律〉，收入陳芳明主編，《練習曲的演奏與變奏：詩人楊牧》（臺北：聯經出版，2012），頁 219。

[5] 蔡明諺，〈論葉珊的詩〉，收入陳芳明主編，《練習曲的演奏與變奏：詩人楊牧》，頁 163-188。

[6] 陳義芝，〈住在一千個世界上——楊牧詩與中國古典〉，收入陳芳明主

提供了一定的基礎，然而，聲音從來就不是一個孤立的存在，而是與意義如影隨形，密切相關，如巴赫金（M. M. Bakhtin, 1895-1975）所說：「對詩歌來說，音與意義整個地結合」。[7]

　　但是，目前聲音與意義的研究尚屬空缺，韋勒克（René Wellek, 1903-1995）、沃倫（Austin Warren, 1899-1986）早在《文學理論》中就特別指出「『聲音與意義』這樣的總的語言學的問題，還有在文學作品中它的應用於結構之類的問題。特別是後一個問題，我們研究的還不夠。」[8]直到新世紀，學者劉方喜仍提到：「對有關圍繞聲韻問題的分析基本上還只處在『形式』層，沒有提升到形式的『功能』層，即聲韻形式在詩歌意義表達中究竟起到什麼樣的作用——這樣的問題還沒有進入到他們的理論視野。」[9]因此，本文對於楊牧詩歌的研究力圖破除聲音與意義的二元對立關係，而是從二者的結合體中著手研究。事實上，提及聲音與意義的關係，除了在微觀上考量具體詞語的意義外，在宏觀層面上則主要著力於研究聲音與主題、意象兩個方面的關係。就這點而言，針對楊牧詩歌中出現的大量的意象和意象群，關注聲音與意象的關係，無疑為研究楊牧詩歌中的音樂性，提供了更為有效的路徑。所謂的聲音與意象，日本學者松浦友久在

　　編，《練習曲的演奏與變奏：詩人楊牧》，頁 297-335。

7　巴赫金著，李輝凡、張捷等譯，《文藝學中的形式主義方法》（石家莊：河北教育出版社，1998），《周邊集》，頁 241。

8　雷・韋勒克、奧・沃倫著，劉象愚、邢培明等譯，《文學理論》（北京：三聯書店，1984），頁 172。

9　劉方喜，《「漢語文化共享體」與中國新詩論爭》（濟南：山東教育出版社，2009），頁 324。

《中國詩歌原理》中提到：「『韻律』與『意象』相融合的『語言表現本身的音樂性』，亦可稱作詩歌的『語言音樂性』」。[10]那麼，詩人楊牧何以透過文本實現聲音與意象的互動？進言之，聲音與意象的融合何以體現出語言音樂性？概言之，一方面，正如楊牧所提到的聲音與主題的關係一樣，「一篇作品裡節奏和聲韻的協調，合乎邏輯地流動升降，適度的音量和快慢，而這些都端賴作品主題趨指來控制。」[11]聲音與意象的互動，也具有協調控制的作用。另一方面，意象憑藉著聯想機制，投射出聲音形式，從而凝結成一種空間結構，「意象不是圖像的再現，而是將不同觀念、感情統一成為一個複雜的綜合體，在某一個瞬間，以空間的形態出現。」[12]

鑒於楊牧對時間和空間的雙重敏感，結合考察其詩歌中典型的意象，從中能夠概括出詩人開啟的三種音樂性自覺，第一，靜佇：沉默的時間。詩人楊牧以「蝴蝶」、「花」、「雲」、「雨」、「水」等意象隱喻記憶的停駐與變幻，同時又以「星」為中心的意象群，包括「星子」、「星河」、「星圖」、「流星」、「隕星」、「啟明星」、「黃昏星」、「北斗星」等等，突出時間的逝去與靜止。楊牧所追求的沉默之永恆精神，由意象造成的畫面感疏散或者凝聚聲音，以促節短句加強時間的流動

---

[10] 松浦友久著，孫昌武等譯，《中國詩歌原理》（瀋陽：遼寧教育出版社，1990），頁268。

[11] 楊牧，《一首詩的完成》（臺北：洪範書店，1989），頁145。

[12] Joseph Frank, "Spatial Form in Modern Literature," in William J. Handy and Max Westbrook (eds.), *Twentieth Century Criticism: The Major Statements* (New York: The Free Press, 1974), p. 85.

感，又讓語詞逐漸消失，迎合意象本身的畫面恆久性。詩人張弛有序地將對花蓮的記憶延伸為一種時間意識，產生出靜佇的美學特徵。第二，永在：歸去的回環。詩人借助於意象（「霧」、「花」、「蛇」）的朦朧虛幻性、生命的短暫或者性情的缺失感，打開寫作思路。然而，如何去彌補缺失才是詩人不斷在追問中想要抵達的境界。筆者發現，楊牧的詩歌中存在著大量的回環結構，也就是在首句和尾句中使用同樣的句子，在重複中保護韻律的完整性，從而實現從虛無通向實在，從短暫通向恆久，從空缺通向完滿的永在之追求。第三，浮升：抽象的螺旋。此處，筆者將研究重點集中於楊牧詩歌中的動物意象研究，包括「兔」、「蜻蜓」、「蝌蚪」、「蟬」、「雉」、「鷹」、「狼」、「介殼蟲」等等。詩人通過觀察動物的性情，在感性與理性的交融中發現了一種螺旋上升的快感，可以通向抽象的空間結構。以此為基礎，詩人在停頓、分行、斷句等方面也多有變化，以推進聲音與意象同步上升，完成思辨的藝術探求。綜上，筆者希望借助具體的文本分析，既開啟楊牧詩歌的另一種解讀方式，亦能夠為聲音與意象關係的研究提供可借鑒的實例和有效的方法。

二、靜佇：沉默的時間

　　1940 年，楊牧出生於臺灣花蓮，其童年時光在花蓮度過，這片土地賦予了他對自然無限的期許和想像。「抬頭看得見高山。山之高，讓我感覺奇萊山、玉山和秀姑巒山，其高度，中國東半部沒有一座山可以比得上。那時我覺得很好玩，因為夏天很熱，真的抬頭可以看到山上的積雪，住在山下，感覺很近，會感

到 imposing（壯觀的）的威嚴。另外一邊，街道遠處是太平洋，向左或者向右看去，會看到驚人的風景，感受到自然環境的威力。當然有些幻想，對於舊中國、廣大的中國和人情等，都會有很深的感受。所以很多都是幻想，又鼓勵自己用文字記下來。在西方文藝理論中，叫做 imagination（想像），文學創作以想像力為發展的動力。」[13]從最初的創作中能夠看出，詩人試圖憑藉文字的想像保留花蓮的外在自然景象，正如《奇萊後書》中所敘述的，在一個陰寒的冬天，「飄過一陣小雨猶瀰漫著青煙的山中，太陽又從谷外以不變的角度射到，那微弱的光穿裂層次分明的地勢，正足以撕裂千尺以下無限羞澀的水流與磐石，以及環諸太虛無限遙遠，靠近的幻象，累積多少歲月的慾念和酖美。我傾身向前，久久，久久俯視那水與石，動盪，飄搖，掩飾，透明。」[14]於如此景象，對詩人而言，「這是我第一次對長存心臆的自然形象發聲，突破。」[15]而 1964 年東海大學外文系畢業後，他赴美國愛荷華大學英文系攻讀藝術碩士學位，隨後又在柏克萊加州大學比較文學系攻讀博士學位。花蓮，在漂泊中漸漸發生遷移，但卻蘊藏了詩人最珍視的童年記憶。提及花蓮，包括陳錦標、陳義芝、陳克華、陳黎等在內的臺灣詩人都有涉及，他們較多集中於自然景觀、日常生活和歷史遭遇等層面的詩歌創作，以呈現懷舊的花蓮記憶。[16]當然，在《奇萊前書》和《奇萊後

---

[13] 瞿月琴、楊牧，〈「文字是我們的信仰」：訪談詩人楊牧〉，《揚子江評論》，38.1（南京：2013），頁 26。

[14] 楊牧，《奇萊後書》（臺北：洪範書店，2009），頁 374。

[15] 同前引，頁 375。

[16] 奚密，《臺灣現代詩論》，頁 187-204。其中以四位陳姓詩人的花蓮書

書》中，詩人同樣用大量的筆墨描述了花蓮的風土人情和自然景觀。但與之不同的是，花蓮所象徵的記憶，生發出的不僅是詩人楊牧對於自然的敏感，更是一種結構——延緩意象產生的靜止畫面以抑制促節短句的速度——標示出對於時間命題的深入思考，可以說，這種思考幾乎滲透於他的大部分詩作。

　　在詩人楊牧早期的創作中，就能夠發現他對於時間的敏感。他最早就曾化用鄭愁予的詩句，如「但我去了，那是錯誤，雲散得太快，／復沒有江河長流」，[17]「我不是過客，／那的達是美麗的墜落」，[18]書寫瞬間與永恆的體悟。隨著時間的停止與流動，詩歌中聲音的物質形式也跟隨著時間發生變化，與之相對的是，意象在聲音中成為被凝注著的時間。二者相互抑制、相互促進的關係，使得楊牧詩歌的節奏不再單一，而在複雜性中更值得玩味。詩人以「蝴蝶」、「花」、「雲」、「雨」、「水」等意象隱喻記憶的停駐與變幻，比如「在鈴聲中追趕著一隻斑斕的蝴蝶／我憂鬱地躺下，化為岸上的一堆新墳」，[19]「你的眼睛也將灰白／像那籬外悲哀的晚雲／而假如是雲／也將離開那陽光的海岸」，[20]「梧桐葉落光的時候，秋來的時候／一片彩雲散開的時

寫為題，即「陳錦標：濤聲的花蓮、垂柳的花蓮」、「陳義芝：童年的花蓮、永恆的花蓮」、「陳克華：風塵的花蓮、夢魘的花蓮」和「陳黎：瑣碎的花蓮、瑰麗的花蓮」，深入探討了鄉土花蓮與詩歌想像之間的關係。

17　楊牧，《楊牧詩集 I：1956-1974》（臺北：洪範書店，1978），〈大的針葉林〉，頁 12。

18　同前引，〈在旋轉旋轉之中〉，頁 108。

19　同前引，〈逝水〉，頁 197。

20　同前引，〈淡水海岸〉，頁 149。

候／蘆花靜靜地搖著」，[21] 其中詩人使用動詞「為」（「化為」）、「開」（「散開」）作補語表示動作變化的過程，使用動態助詞「著」（「追趕著」、「搖著」）表示動作的持續，使用副詞「將」把動作指向將來，都突出了意象存在的時間性；同時，詩人還以「星」為中心的意象群，包括「星子」、「星河」、「星圖」、「流星」、「隕星」、「啟明星」、「黃昏星」、「北斗星」等等，較為醒目地提煉出時間的逝去與靜止，比如「背著手回憶那甜蜜的五月雨／雨中樓廊，雨中撐傘的右手／每個手指上都亮著／亮著昨日以前的黃昏星／而我走上這英格蘭式的河岸」，[22] 詩句重複表示空間性的「雨中」和表示時間性的「亮著」，與閃爍的「黃昏星」在畫面感上契合相應；再如「月亮見證我滂沱的心境／風雨忽然停止／蘆花默默俯了首／溪水翻過亂石／向界外橫流／一顆星曳尾朝姑蘇飛墜。劫數⋯⋯／靜，靜，眼前是無垠的曠野／緊似一陣急似一陣對我馳來的／是一撥又一撥血腥污穢的馬隊／踢翻十年惺惺寂寞」，[23] 詩句以省略號形象地勾畫出星「曳尾」的姿態，同時又拖長了墜落的時間，「靜」的重複和間隔都烘染出空間的無涯，而「一陣」和「一撥」更是通過時間的重複將短暫幻化出無限。

　　這其中，楊牧一如既往地嚮往剎那的永恆，試圖讓畫面安靜地佇立在文字之中。因此，儘管他的詩歌在整體上是以加速度前進的，促節短句與時間的速轉契合統一，但詩句中卻不乏靜止的

21　同前引，〈夢寐梧桐〉，頁218。

22　同前引，〈山火流水〉，頁132。

23　楊牧，《楊牧詩集 II：1974-1985》，〈妙玉坐禪 五 劫數〉，頁496-497。

圖像，使得畫面附著在語詞上，為整首詩歌的主題表達在靜止的畫面感中獲得了減速的可能。他寫道，「而一切靜止／你像一扇釘著獅頭銅環的紅門／堅持你輝煌的沉寂」，[24]「諾拉，諾拉，水波和微風的名子／如此精美，如此冰涼／我看它掛在九月的松枝上／忍受著時間無比的壓力／諾拉，諾拉，永恆的，無懼／超越碑石和銅像的名字。」[25]詩句短促精練，而又以「紅門」、「碑石」和「銅像」這種帶有歷史質地的靜物作為意象，因為在詩人看來，永恆的期許終將是沉默的，沉默可以抵消時間的壓力，沉默便意味著靜止、停息。於是，片刻的凝固使得物被賦予了物自身的意蘊。與急速的短句相比較，詩人又常常減少字數，讓語詞逐漸疏散。以零速度的方式，拉開詩行的空間，挽留住時間，如「我曾單騎如曩昔／蕭索在水涯。酒後／在蒲公英懇求許願的／風聲中／放馬／馳騁」，[26]「我無言坐下，沉思瞬息之變／乃見虛無錯落的樹影下／壯麗的，婉約的，立著／一匹雪白的狼」，[27]「雨止，風緊，稀薄的陽光／向東南方傾斜，我聽到／輕巧的聲音在屋角穿梭／想像那無非是往昔錯過的用心／在一定的冷漠之後／化為季節雲煙，回歸／驚醒」，[28]「再抬頭，屋頂上飄浮著／濃烈的水蒸氣／淡淡的烟」。[29]如《修辭通鑒》所

24　楊牧，《楊牧詩集 I：1956-1974》，〈尾聲〉，頁 118。

25　同前引，〈秋霜〉，頁 210。

26　楊牧，《楊牧詩集 II：1974-1985》，〈九辯 5 意識森森〉，頁 250。

27　同前引，〈狼〉，頁 397。

28　楊牧，《楊牧詩集 III：1986-2006》（臺北：洪範書店，2010），〈風鈴〉，頁 86。

29　楊牧，《楊牧詩集 II：1974-1985》，〈子午協奏曲〉，頁 316。

示：「停頓是顯現節奏單位的明顯標誌。語言總是通過借助停頓來劃分節奏單位，體現節奏感，增強音樂美的。」[30]二字、三字單獨成行或者句內用逗號隔開，在停延處稀疏的文字能夠獨立出自足的節奏，從而減緩長句的速度，儘量趨於沉默，以無聲的方式保留畫面。正如他在〈論詩詩〉中提到的，在永恆的瞬間把握住音步與意象，「應該還是你體會心得的／詩學原理，生物榮枯如何／藉適宜的音步和意象表達？／當然，蜉蝣寄生浩瀚，相對的／你設想撲捉永恆於一瞬。」[31]語詞停歇意味著空白，詩人抽離出疾馳的速度，而最終歸於平靜，將時間的流動抑制於靜佇的畫面，於沉默裡獲得恆久的意義。

　　創作於 1962 年的〈星問〉，儘管採用了大量的意象，但仍是楊牧筆下較為淺近直白的一首作品。這其中，「『星』，我曾指出，是現代漢詩裡的一個雙重象徵，它既代表不為世俗理解的詩人，也是詩人所追求的永恆的詩。因此，它是孤獨與崇高，疏離與希望的結合。」[32]楊牧秉承浪漫主義的抒情傳統，不僅使用「星」意象，還旁涉「花」、「雨」、「雲」等自然意象，透過意識的流動，詮釋出沉默裡時間的永恆。他寫道：

> 我沉默塵土，簪花的大地
> 一齣無謂的悲劇就此完成了
> 完成了，星子在西天輝煌地合唱

[30] 成偉鈞、唐仲揚、向宏業主編，《修辭通鑒》（北京：中國青年出版社，1991），頁 31。

[31] 楊牧，《楊牧詩集 II：1974-1985》，〈論詩詩〉，頁 215。

[32] 奚密，《臺灣現代詩論》，頁 160。

雨水飄打過我的墓誌銘
春天悄悄地逝去

我張開兩臂擁抱你，星子們
我是黑夜——無邊的空虛

精神如何飛昇？
永恒如雲朵出岫，默坐著
對著悲哀微笑，我高聲追問
是誰，是誰輕叩著這沉淪的大地？
晚風來時，小徑無人
樹葉窸窸的低語
陽光的愛
如今已幡然變為一夜夢魘了

你是誰呢？輝煌的歌者
子夜入眠，合著大森林的遺忘
你驚擾著自己，咬嚙著自己
而自己是誰呢？大江在天外奔流

去夏匆匆，小船的積苔仍厚
時間把白髮，皺紋和蹊蹺
覆在你燦爛的顏面上
帷幕揭開，你在蘋果林前
撫弄著美麗的裙裾

> 而我呢？五月的星子啊
> 我沉沒簪花的大地……
> 我在雨中渡河[33]

詩人將抒情主體置身其中，「簪花」、「星子」、「雨水」作為意象密集出現，在天與地的縱向空間中，意象連續排列，構成了一組急速流轉的畫面。這畫面在「我沉默塵土」中，「我的墓誌銘」上浮出。另外，詩句「春天悄悄地逝去」並未放在第一節的首句，反而擱置在末句，正與最後一節「去夏匆匆，小船的積苔仍厚」相對稱，形成時間上的比照。朱光潛認為，「韻的最大功用在把渙散的聲音團聚起來，成為一種完整的曲調。」[34]詩人使用疊詞既是雙聲又是疊韻，例如「悄悄」、「匆匆」，為詩句增添了韻律感，惟妙惟肖地表示時間的痕跡，在琅琅上口的韻律感之外還保留了畫面的想像空間。同時，開篇處又透過「沉默塵土」壓低語調以緩和情緒，使得詩篇的速度也被控制在沉默的框架中，凸顯出主體「我」的願景，「而我呢？五月的星子啊／我沉沒簪花的大地……／我在雨中渡河」。詩歌的中間三節，詩人任由詩句自由的躍動，從主體「我」轉向對他者的追問，在反覆的問句中，「是誰，是誰輕叩著這沉淪的大地？」，「你是誰呢？輝煌的歌者」，「而自己是誰呢？大江在天外奔流」，直到最後「而我呢？五月的星子啊」，在人稱代詞「我」、「自己」和疑問代詞「誰」之間急促轉換，讓詩人在流動與變遷中，始終

33　楊牧，《楊牧詩集 I：1956-1974》，〈星問〉，頁 191。
34　朱光潛，《詩論》（上海：上海古籍出版社，2005），頁 148。

守護著恆定的「星子」，它懸空、駐足、停留，抵消著「時間把白髮，皺紋和蹣跚／覆在你燦爛的顏面上」。畫面定格在「五月的星子」、「簪花的大地」、「雨中渡河」中，詩人在結尾處採用語氣詞「啊」和省略號「……」，拖長尾音，正延緩了這種畫面的流動，如自然物站立在流水中，為讀者提供了可感的縫隙，賦予整首詩歌以靜佇的美學特徵。

　　同樣，創作於 1970 年的〈十二星象練習曲〉，是楊牧較為重要的組詩系列之一。在柏克萊讀書期間，正值越南戰爭如火如荼之際，柏克萊加州大學作為六〇年代反戰運動的領導者，也積極抗議美國政府介入越戰。楊牧借助一名參戰男子的訴說口吻，以時間的線索將十二天干的時辰連綴而成，又以空間的線索轉換挪移十二星象，推動詩節中戰爭與死亡、性愛交織的節奏，「我的變化是，啊露意莎，不可思議的／衣上刺滿原野的斑紋／吞噬女嬰如夜色／我屠殺，嘔吐，哭泣，睡眠／Versatile」，[35]同時又保留恆久不變的星象（對女子露意莎的思念），作為精神的皈依，「露意莎——請注視后土／崇拜它，如我崇拜你健康的肩胛」，[36]「東南東偏西，露意莎／你是我定位的／蠍蟲座裏／流血最多／最宛轉／最苦的一顆二等星」，[37]整組詩歌在掙扎與苦痛中顯得張弛有序，而又不失重心，這裡以〈午〉為例：

　　　露意莎，風的馬匹

---

[35]　楊牧，《楊牧詩集 I：1956-1974》，〈十二星象練習曲 卯〉，頁436。

[36]　同前引，〈十二星象練習曲 子〉，頁434。

[37]　同前引，〈十二星象練習曲 辰〉，頁437。

在岸上馳走

食糧曾經是糜爛的貝類

我是沒有名姓的水獸

長年仰臥。正午的天秤宮在

西半球那一面，如果我在海外……

在床上，棉花搖曳於四野

天秤宮垂直在失卻尊嚴的浮屍河

以我的鼠蹊支持扭曲的

風景。新星升起正南

我的髮鬚能不能比

一枚貝殼沉重呢，露意莎？

我喜愛你屈膝跪向正南的氣味

如葵花因時序遞轉

嚮往著奇怪的弧度啊露意莎[38]

〈午〉在十二首詩歌中，頗具張力。將欲念與死亡並置，對露意莎反覆的呼喚，表露出主人公「我」敘述的強烈願望和急切心境。短句的停頓顯得極為緊促，詩人將「我」欲要訴說的心情投射於詩行，抑制不住語詞的迸出，讓它們交融在加速度的表述中。但畫面的出現，恰恰成為詩人阻止詩行加速乃至脫軌的重要方式。「西半球那一面，如果我在海外……／在床上，棉花搖曳於四野／天秤宮垂直在失卻尊嚴的浮屍河」，詩句中「在海外」

38　同前引，〈十二星象練習曲 午〉，頁 438-439。

和「在床上」並列出現，儘管是不同空間的並置，但為了延緩地理空間的陡轉，詩人加入省略號和分行，這就為意象「棉花」的「搖曳」和「天鈂宮」的「垂直」留出了空白。以標點符號將意象群分割，也打開了畫面想像的可能，延長閱讀時間。同樣，「我喜愛你屈膝跪向正南的氣味／如葵花因時序遞轉／嚮往著奇怪的弧度啊露意莎」，「我喜愛」或者「嚮往著」表現了情緒的迸發，顯得激烈而熱切，詩句同樣以加速度的方式鋪展開抒情的心境。但「我喜愛你」與「啊露意莎」本是完整的抒情句，詩人卻拆解了句子本身，加入了修飾語和比喻句，將「我」和「你」同在的兩種畫面揉入了句子中，為意象「葵花」贏得了隱喻空間，從而以凝固的畫面集聚著沉默的力量。值得一提的是，整組詩歌以「發現我凱旋暴亡／僵冷在你赤裸的屍體」[39]結尾，畫面依然定格於停止的呼吸，生命與死亡，冰冷與熱烈，比對參照，使得「赤裸的屍體」顯得沉靜而淒美。

三、永在：歸去的回環

　　回環結構，即在詩歌中反覆出現同樣的句子、語詞或者句型，構成局部或者整體封閉式的環繞形態。「詩歌組織的實質在於週期性的重現」，[40]「重複為我們所讀到的東西建立結構。圖景、詞語、概念、形象的重複可以造成時間和空間上的節奏，這種節奏構成了鞏固我們的認知的那些瞬間的基礎：我們通過一次

---

[39]　同前引，〈十二星象練習曲　亥〉，頁 442。

[40]　瓦・葉・哈裡澤夫（Valentin Evgenevich Khalizev）著，周啟超等譯，《文學學導論》（北京：北京大學出版社，2006），頁 326。

次重複之跳動（並且把他們當作感覺的搏動）來認識文本的意義。」[41]複現既提供語義條件，又造成語音節奏的反覆，而「節奏是在一定時間間隔裡的某種形式的反覆。」[42]楊牧詩歌複現出的回環結構主要出現在詩篇的首尾處，阿恩海姆（Rudolf Arnheim, 1904-2007）認為，「視覺對圓形形狀的優先把握，依照的是同一個原則，即簡化原則。一個以中心為對稱的圓形，絕不突出任何一個方向，可說是一種最簡單的視覺式樣。我們知道，當刺激物比較模糊時，視覺總是自動地把它看成是一個圓形。此外，圓形的完滿性特別引人注意。」[43]這裡提到簡單的圓形構造所蘊含的完滿性，對稱的視覺效果借助於韻律的重複，隔離出詩人封閉的心理空間。這種簡單的表達模式，一旦與語義結合，「第一，回到詩的開始有意地拒絕了終結感，至少在理論上，它從頭啟動了該詩的流程。第二，環形結構將一首詩扭曲成一個字面意義上的『圓圈』，因為詩（除了二十世紀有意識模擬對空間藝術的實驗詩之外）如同音樂，本質上是一種時間性或直線性的藝術。詩作為一個線性進程，被迴旋到開頭的結構大幅度地修改。」[44]同樣的句式往返出現於詩篇，起到一種平衡的作

---

[41] Krystyna Mazur, *Poetry and Repetition: Walt Whitman, Wallace Stevens, John Ashbery* (New York/London: Routledge, 2005), p. xi. 譯文參看李章斌，〈有名無實的「音步」與並非格律的韻律──新詩韻律理論的重審與再出發〉，《清華學報》，42.2（新竹：2012），頁 323-324。

[42] 陳本益，《漢語詩歌的節奏》（臺北：文津出版社，1994），頁 4。

[43] 魯道夫・阿恩海姆著，騰守堯、朱疆源譯，《藝術與視知覺》（成都：四川人民出版社，1998），頁 223。

[44] 奚密著，宋炳輝、奚密譯，〈論現代漢詩的環形結構〉，《當代作家評論》，147.3（瀋陽：2008），頁 137。

用，這是對詩人內心缺失感的一種補充形式，在虛無與缺失中獲
得永在之精神追求。

　　說我流浪的往事，哎！
　　我從霧中歸來……
　　沒有晚雲悻悻然的離去，沒有叮嚀；
　　說星星湧現的日子，
　　霧更深，更重。

　　記取噴泉剎那的撒落，而且泛起笑意，
　　不會有萎謝的戀情，不會有愁。
　　說我殘缺的星移，哎！
　　我從霧中歸來……[45]

1956 年，楊牧創作了詩篇〈歸來〉。詩歌重複「我從霧中歸
來……」，一方面，突出了「霧」的隱喻功能，迷濛、環繞的意
境烘染而出；另一方面，加劇了「歸來」的回環空間感。在詩歌
中，同樣出現了其他意象，從不同側面鉤織歸來的願望。這其
中，「晚雲」與「霧」形成來與去的對比、「星星」與「霧」相
互加深印象、「噴泉」的「撒落」又與「星移」的「殘缺」映襯
「霧」中的主人公形象。[46]可以看出，詩人楊牧在早期的創作中

---

[45]　楊牧，《楊牧詩集 I：1956-1974》，〈歸來〉，頁 3。

[46]　楊牧善於在朦朧的意象中，突出主人公的影像，正如他創作於 1978 年
　　的詩歌〈九辯 2 迂迴行過〉中提到的，「春天，我迂迴行過／鷓鴣低
　　呼的森林／搜尋預言裏／多湖泊的草原，多魚／多微風，多繁殖的夢／

就存在著明顯的歸來情結，而同在 1956 年創作的〈秋的離去〉
中，也體現出離去的空間意識：

> 笑意自眉尖，揚起，隱去，
> 自十一月故里蘆葦的清幽，
> 自薄暮鷺鷥緩緩的踱躞。
> 哎！就從一扇我們對飲的窗前，
> 　　談笑的舟影下，
> 秋已離去。
>
> 秋已離去，哦！是如此深邃，
> 一如紫色的耳語失踪；
> 秋已離去，是的，留不住的，
> 小黃花的夢幻涼涼的。[47]

詩人所難忘的「笑意」，「揚起」又「隱去」，構成詩歌的意
旨。詩篇中以三次對「秋已離去」的反覆，造成回環效果。「蘆
葦」、「鷺鷥」、「小黃花」鑲嵌在詩句中，與「秋的離去」形
成張弛關係，正如「緩緩的踱躞」與「紫色的耳語失踪」之間的

多神話。我在搜尋……我知道我已經留下她／夢是鷗鴣的言語／風是湖
泊的姿態／魚是神話的起源／臨水的荷芰搖曳／青青的倒影」，與
「霧」意象相仿，這其中，主人公同樣也以夢、影的方式，迂迴搜尋。
楊牧，《楊牧詩集 II：1974-1985》，〈九辯 2 迂迴行過〉，頁 243-
244。
[47] 楊牧，《楊牧詩集 I：1956-1974》，〈秋的離去〉，頁 4。

比照。詩人楊牧保留的畫面，在離去的重複中，煙消雲散。其中，頗具聲音效果的是兩個嘆詞的使用，「哎」表示惋惜，放在句首，語音短促簡潔，呼應了「秋已離去」的匆忙；而「哦」表示挽留，放在句中，語音被拉長，顯得低淺深沉，拖延了難捨的心境。

　　歸來與離去的回環空間結構，潛藏著關於有與無的深度探索，又由此生發出楊牧對於生與死的理解，「帶向最後一條河流的涉渡，歌漫向／審判的祭壇，伶人向西方逸去／當小麥收成，他們歸來，對著炬火祈禱／你躡足通過甬道，煉獄的黑巾，啊死亡！」[48]一方面，如死亡般恐怖的深淵，是不斷複現的黑暗意識，「深淵上下一片黑暗，空虛，他貫注超越的／創造力，一種精確的表達方式」，[49]而「虛無的陳述在我們傾聽之際音貝／拔高，現在它喧嘩齊下注入黑暗」，[50]另一方面，他又是反對虛無的，認為真正的空虛和虛無是不存在的，在空洞的黑暗世界中恰恰能夠獲得永生的力量。1970 年，對於詩人而言是特殊的一年。在那一年，他離開柏克萊，前往麻薩諸塞州教書，之後數年，楊牧的生活頗為動盪。他三次返臺，一次遊歐，其他大部分時間又待在西雅圖。在漂泊的生命歷程中，詩人寄文字為永恆的信念，似「瓶中稿」，「航海的人有一種傳達消息的方式，據說是把要緊的話寫在紙上，密封在乾燥的瓶子裡，擲之大洋，任其飄流，冀茫茫天地之間有人拾取，碎其瓶，得其字，有所反

---

[48]　同前引，〈給死亡〉，頁 318。

[49]　楊牧，《楊牧詩集 III：1986-2006》，〈蠹蝕——預言九九之變奏〉，頁 335。

[50]　同前引，〈沙婆礑〉，頁 462。

應。」[51]將文字漂流出去，有人拾取並作出反應，成為詩人對文字所期許的信念。對於「花」、「草」、「樹」意象的處理，在楊牧筆下，常常與文字一樣，也被賦予生命的靈性，讓它們在生命與死亡的掙扎與幻滅中永生。1970 年，詩人的作品〈猝不及防的花〉，將死亡的氣息鋪展開來：

> 一朵猝不及防的花
> 如歌地淒苦地
> 生長在黑暗的滂沱：
> 而歲月的葬禮也終於結束了
> 以蝙蝠的翼，輪迴一般
> 遮蓋了秋林最後一場火災
>
> 弔亡的行列
> 自霜
> 和汽笛中消滅
> 一顆垂亡的星
> 在南天臨海處嘶叫
>
> 而終於也有些骨灰
> 這一捧送給寺院給他給佛給井給菩提
> 眼淚永生等等抽象的，給黃昏的鼓

---

[51]　楊牧，《楊牧詩集 I：1956-1974》，〈瓶中稿自序〉，頁 616。

其餘的猶疑用來榮養一朵猝不及防的花[52]

「花」在傳統詩歌中象徵著美豔而短暫的生命，詩歌中同樣出現了「蝙蝠」和「星」意象，以映襯「猝不及防的花」，它們或消散、退卻，徒留骨灰。而楊牧以「一朵猝不及防的花」開篇，又以「其餘的猶疑用來榮養一朵猝不及防的花」結尾，意象停駐於「花」中。重複這悽楚的畫面，通過回環的結構，伴以「汽車笛」、「嘶叫」聲和「黃昏的鼓」，為「花」的生命獻上宗教的輓歌，它綻放、又湮滅，淒美的欲要「榮養」。詩人通過修飾性的定語，延長聲音的表達效果，「這一捧送給寺院給他給佛給井給菩提／眼淚永生等等抽象的，給黃昏的鼓」，以悲憫的情懷透過死亡理解生命，從而為死去的「花」贏得永生的意義。

　　事實上，楊牧關注虛，也是渴望從虛返回到實。在這個過程中追問無、發現無，最終回歸到永在，讓永在的力量占據整個時空。關於此，詩人寫道，「月亮如何以自己迴圈的軌跡，全蝕／暗示人間一些離合的定律。而我們／在逆旅告別前夕還為彼此的方向／爭辯，為了加深昨夜激越黑暗中」，「別枝，合翅，純一的形象從有到無」。[53]與「月亮」的盈虧相似，「蛇」意象因為它自身性情的缺失，也被賦予了存在感。「蛇，是我經常提到的。蛇在文學、思想史中總是充滿不同的解釋。我們從小就覺得它又可愛，又可怕。臺灣甚至有很多毒蛇，但西雅圖這邊沒有碰到過毒蛇。《聖經》裡面也有蛇的故事，我們學西洋文學都知道

52　楊牧，《楊牧詩集 I：1956-1974》，〈猝不及防的花〉，頁 539-540。
53　楊牧，《楊牧詩集 III：1986-2006》，〈隕蘀〉，頁 364。

蛇本身具有象徵意義。」[54]可見，在楊牧看來，「蛇」的變化性、毒性以及其在文化歷史中的內蘊，都成為吸引他不斷提及的核心要素。1988 年，在詩人創作的〈蛇的練習三種〉中，集中突出了他所要表達的「蛇」意象，從詩歌外形的圖像效果來看，三組詩歌迂迴曲折，恰如遊動的「蛇」。詩人反覆強調蛇孤寂、冰涼和蛻皮的脾性，然而，因為「蛇」本身並沒有熱度，生命的缺失，以追問的方式發現「蛇」內裡的缺失，「心境裡看見自己曾經怎樣／穿過晨煙和白鳥相呼的聲音／看見一片神魔飄逐的濕地／虛與實交錯拍擊」：[55]

> 她可能有一顆心（芒草搖搖頭
> 不置可否），若有，無非也是冷的
> 我追蹤她逸去的方向猜測
> 崖下，藤花，泉水
> 正午的陽光偶爾照滿卵石成堆
> 她便磊落盤坐，憂憤而灰心
>
> 在無人知曉的地方她默默自責
> 這樣坐著，冰涼的軀體層層重疊
> 兀自不能激起死去的熱情，反而
> 覺悟頭下第若干節處，當知性與感性
> 衝突，似乎產生某種痙攣的現象——

54　瞿月琴、楊牧，〈「文字是我們的信仰」：訪談詩人楊牧〉，頁 31。
55　楊牧，《楊牧詩集 III：1986-2006》，〈濕地〉，頁 478。

天外適時飄到的春雨溫暖如前生未乾的淚

她必然有一顆心，必然曾經

有過，緊緊裹在斑斕的彩衣內跳動過

等待輪迴劫數，於可預知的世代

消融在苦膽左邊，彷彿不存在了

便盤坐卵石上憂憤自責。為什麼？

芒草搖搖頭不置可否[56]

詩歌圍繞「蛇」意象展開，以「芒草」意象的回環，探討「蛇」與熱情的距離，一方面在肯定中拉近，另一方面又在否定中推遠，反覆掙扎著探看「蛇」的知性與感性。詩人將「她可能有一顆心」、「芒草搖搖頭不置可否」分別在開篇和結尾處被拆解成兩種表達方式，[57]環繞構成詩歌的結構，從而深化了詩人對「蛇」處境的困惑，也表達了「蛇」自身的矛盾。「她便磊落盤坐，憂憤而灰心」、「這樣坐著，冰涼的軀體層層重疊」，「便盤坐卵石上憂憤自責。為什麼？」一方面，從女性的心理體驗出發，多次使用人稱代詞「她」，感性與熱情本該是女人的天性，

56　同前引，〈蛇的練習曲三種　蛇二〉，頁 63。

57　這種通過拆解句式和語詞的方式，在詩人楊牧的作品中，也極為普遍。比如他的詩歌〈霧與另我〉，第一節的首句「霧在樹林裏更衣，背對我」，在第二節的首句又變換為「那時，霧正在樹林裏更衣」。同前引，〈霧與另我〉，頁 432。再比如〈以撒斥堠〉中，「有機思考敲打無妄的鍵盤／如散彈槍答答答答響徹街底，叮／噹，天黑以前謄清。『小城』……」，詩人常借用語言結構的變化性，打開音樂的空間。同前引，〈以撒斥堠〉，頁 448。

但在楊牧筆下，反而是化身「蛇」的「她」所缺失的，這種悖論所帶來的痛苦可謂呼之欲出：[58]另一方面，三句中，又分別提到「盤坐」或者「坐著」，強化了蛇幽閉孤居，暗自憂憤的心理缺失。詩人通過環形結構，以嫻熟的筆觸，將蛇黯然的神態以及苦楚的內心描摹了出來，「或許是心動也未可知，苔蘚／從石階背面領先憂鬱／而繁殖，蛇莓盤行穿過廢井／軲轆的地基，聚生在曩昔濕熱擁抱的／杜梨樹蔭裡」，[59]以此對抗著「冰涼的軀體」、「死去的熱情」，並在其中發現「一顆心」，一顆永在的心。

四、浮升：抽象的螺旋

儘管楊牧的作品裡，總是不乏樹葉（〈不知名的落葉喬木〉）、花瓣的隕落（〈零落〉），這似乎意味著生命的下沉才是其創作的常態。但顯然，詩人在〈禁忌的遊戲〉中也曾提到，「允許我又在思索時間的問題了。『音樂』／你的左手按在五線譜上說：『本來也只是／時間的藝術。還有空間的藝術呢／還有時間和空間結合的？還有……』／還有時間和空間，和精神結合的／飛揚上升的快樂。有時／我不能不面對一條／因新雨而充沛的河水／在楓林和晚烟之後／在寧靜之前」，[60]詩人開始思考詩歌中的空間藝術，它是一種「飛揚上升的快樂」。1986 年以後，楊牧步入後期創作階段。他不再局限於對自然界的觀照，而

58　感謝審稿人提醒筆者對人稱代詞「她」的分析。

59　楊牧，《楊牧詩集 III：1986-2006》，〈心動〉，頁 398。

60　楊牧，《楊牧詩集 II：1974-1985》，〈禁忌的遊戲 2〉，頁 156。

試圖獲取更為迂遠的文字追求；他深入到思維內部的構造，而從語詞的豐富性中想像詩歌的複雜抽象性。後期的作品，無論是在聲音，還是在意象上，都越來越趨向於一種複雜的抽象，他試圖「打破韻律限制，試驗將那些可用的因素搬一個方向，少用質詞，進一步要放棄對偶。以便造成錯落呼應的節奏；我們必須為自由詩體創造新的可靠的音樂。」[61]楊牧詩歌中的意象之複雜，將感性與抽象，自然與存在交融在了一起。思維的密度，造成了詩質的密度，二者螺旋性的互動，成為詩人沉默中不斷結構性、抽象化的語詞結晶。正如他所提到的，「我的詩嘗試將人世間一切抽象的和具象的加以抽象化」，並且認為，「惟我們自己經營，認可的抽象結構是無窮盡的給出體；在這結構裡，所有的訊息不受限制，運作相生，綿綿互互。此之謂抽象超越。」[62]這是一種從時間轉向空間的思考，自時間的快慢緩急中足見空間感。在此基礎上，空間結構是思維運動的抽象形式，通常情況下，詩人在創造和重複空間結構的過程中獲得了一種思維模式，換言之，「聲音是交流的媒介，可以隨意地創造和重複，而情感卻不能。這樣一種情況就決定了音調結構可以勝任符號的職能。」[63]

　　除卻「蛇」意象之外，詩人還涉及到大量的動物意象，其中包括「兔」、「蜻蜓」、「蝌蚪」、「蟬」、「雉」、「鷹」、「狼」、「介殼蟲」等等。詩人觀察它們的性情，賦予它們感知

---

[61]　楊牧，《一首詩的完成》，頁 155。

[62]　楊牧，《楊牧詩集 III：1986-2006》，〈《完整的寓言》後記〉，頁 495。

[63]　蘇珊・朗格（Susanne Katherina Langer）著，劉大基、付志強譯，《情感與形式》（北京：中國社會科學出版社，1986），頁 37。

和理性的雙重體驗，最後將複雜的意緒和情感提升為一種抽象結構，「抽象的表現，既能運用於繪畫，也能運用於詩。因為，事物本身便有一種抽象的特質。只是我們的觀念會認為：以抽象的語言表現抽象的感覺，其效果將遜於抽象的旋律之於音樂，抽象的線條之於繪畫。事實上，抽象也具有形象的性質，只是這種形象我們不能給它以確切的名稱。表現這種抽象的形象，是由外形的抽象性到內形的具象性；復由內在的具象還原於外在的抽象。從無物之中去發現其存在，然後將其發現物化於無。」[64]顯然，透過語言文字產生的音樂感能夠組合為抽象結構，而意象本身就是詩人思維的凝結，聲音與意象的融合充分體現出詩人思維的流動。楊牧創造出螺旋式的浮升體驗，正如詩篇〈介殼蟲〉中，詩人緩緩挪步，又停駐洞悉著「小灰蛾」與頭頂的鐘聲，顯現出生命的掙扎與渴望：「小灰蛾還在土壤上下強持／忍耐前生最後一階段，蛻變前／殘存的流言：街衢盡頭／突兀三兩座病黃的山——／我駐足，聽到鐘聲成排越過／頭頂飛去又被一一震回」，[65]又將視線凝聚於圓形狀貌環繞著以貼近與物件之間的距離：「我把腳步放慢，聽餘韻穿過／三角旗搖動的顏彩。他們左右／奔跑，前方是將熄未熄的日照／一個忽然止步，彎腰看地上／其他男孩都跟著，相繼蹲下／圍成一圈，屏息」，[66]一方面「穿過」、「搖動」屬於橫向運動，另一方面「彎腰」、「蹲下」又屬於縱向運動，詩篇在「圍成圓圈」處停頓，清晰地呈現出螺旋的空間結構。同時，「屏息」一詞的出現，則是調整呼吸，渴望

64　覃子豪，《覃子豪詩選》（香港：文藝風出版社，1987），頁 122。
65　楊牧，《介殼蟲》（臺北：洪範書店，2006），〈介殼蟲〉，頁 77。
66　同前引，頁 78-79。

從左往右、再從向下往向上推進思維過程。可以說，在〈介殼蟲〉中，螺旋狀的浮升結構根植於詩人楊牧的思維空間中，以至於分行或者停歇處都精準地對焦補充式結構的趨向動詞（「蹲下」、「震回」）或者方位名詞（「左右」），以展現思維結構的生成。在 2004 年創作的〈蜻蜓〉中，這一抽象結構表現得尤為典型：

> 那是前生一再錯過的信號，確定
> 且看她在無聲的靜脈管裡流轉
> 惟有情的守望者解識
> 於秋夜扶桑，網狀的纖維：
> 如英雄冒險的行跡，歸來的路線
> 在同一層次的神經系統裡重疊
> 分屬古代與現在。綿密的
> 矩矱空間讓我們以時間計量
> 緊貼著記憶，通過明暗的刻度
> 發現你屏息在水上閃閃發光
>
> 亢奮的血色鬢髶是腥臊，豐腴
> 而透明，滿天星斗凝聚俄頃的
> 冷焰將她照亮，掃描：
> 點綴雁蹼和蠶足的假象，且逆風
> 抵制一閃即逝的鵝黃鸚鵡綠
> 在我視線反射的對角
> 遙遠的夢魂一晌棲遲

陡削不可聱降，失而
復得，我的眼睛透過瞬息
變化的光譜看見她肖屬正紅

還有比你更深不可測的
是那淺淺纖細且薄的翼，何均勻
一至於此已接近虛無
想像那翩飛之姿怎樣屢次以本能
將它對準風向調整，左右
平舉：在靉靆雲影間導致一己
空有感性的條狀軀猶不勝其力
忘情互動，將單一
於盤旋反覆之際繁殖成功為多數
並且，全自動滑翔高過新犁的耕地

比蜉蝣更親，比子孑更短暫，屈伸
自如且溫柔無比，複眼有
水光浮動，斜視我前足緊抓
她張開的翅，口器咬嚙後頸寒戰
不已：尾椎延伸下垂至極限
遂前勾如一彎新月，凌空比對
精準且深入，直到無上的
均衡確定獲取於密閉的大氣——
靜止，如失速的行星二度撞擊

　　有彩虹照亮遠山前景的小雨[67]

　　詩歌從「蜻蜓」的不同飛翔姿勢打開了書寫視角，整首詩歌的節
奏在思辨中顯得穩健、平緩、綿密和緊湊。第一節抓住了「蜻
蜓」在水上屏息的瞬間，「發現你屏息在水上閃閃發光」，一方
面詩人以觀者的姿態，頗有距離地觀照天地之間的生物；另一方
面，詩人在「我」與「她」的人稱變換中，通過物的投射達成對
自我的反思。詩人視其為一種信號，它傳達出的空間意識，融貫
詩人後期的創作追求中，而「矩矱空間讓我們以時間計量」，於
是，那種浮滄海於一瞬的記憶永恆再次光臨，它暗示了詩人想要
抽象出的實體。語句的停頓多集中在詩行的中間部分，顯得相對
平整、勻稱。第二節，「變化的光譜看見她肖屬正紅」，在這一
節中，物我交相呼應，通過描摹天地間與我對視中的「蜻蜓」，
置「蜻蜓」於靜止處，由此延緩了詩歌的速度。此處，詩人表達
了一種意圖，即變化。這也是楊牧一如既往所追求的創作態度，
文字只有在變化中才能繼續存在，「變不是一件容易的事，然而
不變即是死亡，變是一種痛苦的經驗，但痛苦也是生命的真
實。」[68]詩人通過變化尋找著不同的視點，以創作主體的變化豐
富生命的真實。詩歌中多次錯開位置，採用變化的句式，拆解了
「豐腴／而透明」、「失而／復得」，通過轉折詞「而」，使得
停頓先後置、再前移，通過語義轉折提升語言的空隙感，詩體也
顯得曲折螺旋。第三節，「平舉：在靉靆雲影間導致一己」，變

67　楊牧，《楊牧詩集 III：1986-2006》，〈蜻蜓〉，頁 470。

68　楊牧，《年輪》（臺北：洪範書店，1982），頁 177。

換「蜻蜓」的姿勢，將上升的過程凸顯了出來。而除了上文中所
談到的虛無外，楊牧還渴望在平衡中獲得盤旋的上升。第四節
「比蜉蝣更親，比子ㄏ更短暫，屈伸」，將詩歌推向極限化的表
達，從虛無走向了無限。「遂前勾如一彎新月，凌空比對／精準
且深入，直到無上的／均衡確定獲取於密閉的大氣──」，詩人
將動詞「屈伸」、「緊抓」、「寒戰」、「深入」、「靜止」、
「撞擊」隔離而出。在濃密的詩行中，使得動詞懸浮、凝固。而
從天空深入到大氣的追求，「靜止，如失速的行星二度撞擊／有
彩虹照亮遠山前景的小雨」，靜止的畫面與思辨的意識，在音樂
性上達成了統一，也可以說，透過幾個動詞的停頓、分行，構成
動態與靜態的交融，使得聲音與意象形成契合、補充乃至彌合。
「蜻蜓」作為一種意象，隱喻了楊牧後期創作的空間意識轉換。
詩人楊牧渴望著螺旋式的抽象，以抵達思維在上升中的快感。這
種抽象性與詩人早期的創作不同，也就是說，詩歌的速度不再是
通過抑制以抵消加速度，詩人也不再選擇回環的複沓模式，而是
以緊湊的語句，在形式上完成思辨性，以獲得一種更為恆久的哲
學思考，「但是哲學的思考，要把它講出來，而不是總在重複情
節，唯一的辦法就是抽象化。把這種波瀾用抽象的方式表現出
來，成為一種思維的體系。我一直認為抽象是比較長遠、普遍
的。」[69]

---

[69] 翟月琴、楊牧，〈「文字是我們的信仰」：訪談詩人楊牧〉，頁 31。

五、結語

　　詩人楊牧將其詩作分為三個不同的創作階段，分別是早期（1956-1974）、中期（1974-1985）和後期（1986-2006），儘管三個階段的聲音從清麗、閑淡到思辨，從疾速、平緩到艱澀，可謂變化多端。但對楊牧的詩歌做一整體的概說並非本文的目的，筆者更致力於探索他在聲音與意象關係的推進和思考。一方面通過大量的文本印證了上述三個層面在楊牧詩作中具有相當的普遍性；另一方面，又發現早中期與後期創作所存在的顯著差異——在早中期階段，詩人多使用韻、頓以挽留意象的畫面感實現永在的精神追求，並深化出回環的音樂結構獲得生命和性情的完滿；在後期創作階段，詩人廣涉「兔」、「蜻蜓」、「蝌蚪」、「蟬」、「雉」、「鷹」、「狼」、「介殼蟲」等動物意象，由此發展出螺旋上升的結構模式，以抵達思維的抽象豐富性。關於後期的創作傾向，是楊牧在聲音與意象關係方面作出的更為深層次的空間結構探索，他曾在《隱喻與實現》詩集的序言中提到，「文學思考的核心，或甚至在它的邊緣，以及外延縱橫分割各個象限裡，為我們最密切關注，追蹤的物件是隱喻（metaphor），一種生長原象，一種結構，無窮的想像。」[70] 詩人在結構中尋找著隱喻的實現可能。這種結構，在某種意義上，就是節奏。「詩人以堅實的想像力召喚形象於無形，以文字，音律，語調，姿態，鐫刻心物描摹的剎那。對此過程，楊牧的嫻熟把握，是不容

---

[70]　楊牧，《隱喻與實現》（臺北：洪範書店，2001），頁1。

置疑的。」[71]在不同的創作階段，詩人楊牧都始終堅持實踐著對
於詩歌聲音的追求，這種實踐，無疑將其創作獻給了無限的少數
人。正如希尼（Seamus Heaney）所云，「找到了一個音調的意
思是你可以把自己的感情訴諸自己的語言，而且你的語言具有你
對它們的感覺；我認為它甚至也可以不是一個比喻，因為一個詩
的音調也許與詩人的自然音調有著極其密切的關係，這自然音調
即他所聽到的他正在寫著的詩行中的理想發言者的聲音。」[72]就
這點而言，楊牧準確地抓住每一個音調，填補了個人生命體驗與
詩歌形式思考的縫隙，從躍動到緊湊、從具象到抽象、從單一到
複雜，都為聲音與意象關係的探討提供了個案性的典範。

　　文中從押韻、跨行、停頓、空白、斷句、選詞、語調等語言
特質著手，探討了楊牧詩歌中的音樂的自覺和自律，即「所謂自
律詩，指的是形式自律，即每首詩的形式，都被這首詩自身的特
定內容和特定的表達所規定。」[73]儘管這並不足以詳盡楊牧詩歌
中聲音的複雜和多變性，但本文的著力點仍然集中於詩人楊牧在
處理不同的意象時所呈現的聲音形式。正如本文引言中所述，研
究詩歌的聲音形式，常常將聲音從意義中割裂出來，進行語言學
上的解析，這種忽略語義功能的研究方式無疑是偏頗的。但同
樣，過分地強調附加於聲音形式之上的意義，而忽略了聲音物質
形式的獨立價值，也會造成研究盲點。基於此，需要指出的是，

---

[71]　奚密，〈抒情的雙簧管：讀楊牧近作《涉事》〉，《中外文學》，31.8
　　　（臺北：2003），頁215。

[72]　西默斯・希尼著，吳德安等譯，《希尼詩文集》（北京：作家出版社，
　　　2001），頁255。

[73]　張遠山，《漢語的奇跡》（昆明：雲南人民出版社，2002），頁128。

聲音形式從來就不是與意義相對立而靜止、孤立的存在著，聲音形式就是意義，而意義也是永動的聲音形式。「詩是聲音和意義的合作，是兩者之間的妥協」，[74]聲音總是帶著生命的體溫，綿延運動在詩歌發展的歷史中，不斷地被賦予新的歷史和美學意義，又反向推動聲音形式的演進。

事實上，最初某種韻律模式的生成並非與意象的聯想構成關係，但經過一段時間的廣泛傳播，這種與意象相互勾連的韻律形式便固定了下來，逐漸形成一種聲音習慣。[75]就此角度而言，詩歌形式的發生，並不完全依賴於詩人，它還接續了原型所蘊含的集體無意識，原型在詩歌中主要就是「典型的即反覆出現的意象」，它「把一首詩同別的詩聯繫起來從而有助於我們把文學的經驗統一為一個整體。」[76]詩歌意象即具備這樣的感召力，能夠挖掘出形式生成的傳統依據。但筆者一方面不認為聲音受意象的嚴格規定，因為隨著時代的變遷，意象被賦予新的內涵，而節奏韻律的複雜多變性也遠遠超出可預計的範疇，正因為此，才更彰顯出詩人的語言創造力；另一方面也不認為二者在對應關係上一

---

[74] 瓦萊裡（Paul Valery）著，葛雷、梁棟譯，《瓦萊裡全集》（北京：中國文學出版社，2002），〈論純詩（之一）〉，頁 306。

[75] 關於語義聯想所形成的聲音習慣研究，俄羅斯學者加斯帕羅夫曾在專著《俄國詩史概述‧格律、節奏、韻腳、詩節》（1984）中，採用統計學方法，分析了俄國六個歷史階段運用的格律、節奏、押韻和詩節等形式，探討了每一個時期占據主導地位的韻律形式及其與之相關的主題。此研究的相關介紹可參看黃玫，《韻律與意義：20 世紀俄羅斯詩學理論研究》（北京：人民出版社，2005），頁 99。

[76] 諾思羅普‧弗萊（Northrop Frye）著，陳慧、袁憲軍等譯，《批評的解剖》（天津：百花文藝出版社，2006），頁 98。

定和諧統一，有時聲音甚至是反意象的。但反意象也是聲音的另外一種存在方式，正如詩人顧城所言，「不斷有這種聲音到一個畫面裡去，這個畫面就被破壞了，然後產生出一個新的活潑的生命。」[77]但二者無論是促進或者抑制，在反觀聲音的語義層面上都具有宏觀的研究價值。基於此，「所有的形式環境，無論是穩定的還是游移不定的，都會產生出它們自己的不同類型的社會結構：生活方式、語彙和意識形態。」[78]對於頻繁出現於漢語新詩中意象所蘊含的相對穩固的語義功能，與語音、語法、辭章結構、語調等變化多端的聲音特徵之間存在著不可忽視的關係，而就目前的研究而言，仍然是較為欠缺的一環。但顯然，對於二者關係的分析，已經成為當下漢語新詩必須面對的重要詩學問題，筆者也將另撰文做詳盡的分析。[79]

（責任校對：王淳容）

---

[77] 顧城，《顧城文選卷一：別有天地》（哈爾濱：北方文藝出版社，2005），〈「等待這個聲音……」——1992 年 6 月 5 日在倫敦大學「中國現代詩歌討論會」上的發言〉，頁 56。

[78] 福西永著，陳平譯，《形式的生命》（北京：北京大學出版社，2011），頁 62。

[79] 筆者博士論文的第四章〈聲音的意象顯現〉，選取 1980 年代以來漢語新詩常見的四個意象，包括「太陽」、「鳥」、「大海」和「城」，著重分析與意象互動關係中的聲音（語音、語調、辭章結構和語法等所產生的音樂性）特徵。通過大量的文本細讀，將聲音在意象中的顯現總結為「同聲相求的句式——以太陽意象為中心」、「升騰的語調——以鳥及其衍生意象為中心」、「變奏的曲式——以大海意象為中心」和「破碎無序的辭章——以城及其標誌意象為中心」，力求呈現四個意象中的聲音特點。參翟月琴，《1980 年代以來漢語新詩的聲音研究》（上海：華東師範大學中國語文學系博士論文，2014）。

引用書目

巴赫金（M. M. Bakhtin）著，李輝凡、張捷等譯，《文藝學中的形式主義方法》，石家莊：河北教育出版社，1998。

瓦萊裡（Paul Valery）著，葛雷、梁棟譯，《瓦萊裡全集》，北京：中國文學出版社，2002。

瓦・葉・哈裡澤（Valentin Evgenevich Khalizev）著，周啟超等譯，《文學學導論》，北京：北京大學出版社，2006。

*朱光潛，《詩論》，上海：上海古籍出版社，2005。

成偉鈞、唐仲揚、向宏業主編，《修辭通鑒》，北京：中國青年出版社，1991。

*西默斯・希尼（Seamus Heaney）著，吳德安等譯，《希尼詩文集》，北京：作家出版社，2001。

李章斌，〈有名無實的「音步」與並非格律的韻律──新詩韻律理論的重審與再出發〉，《清華學報》，42.2，新竹：2012，頁301-343。

松浦友久著，孫昌武等譯，《中國詩歌原理》，瀋陽：遼寧教育出版社，1990。

奚密，〈抒情的雙簧管：讀楊牧近作《涉事》〉，《中外文學》，31.8，臺北：2003，頁208-216。

_____，《臺灣現代詩論》，香港：天地圖書，2009。

*奚密著，宋炳輝、奚密譯，〈論現代漢詩的環形結構〉，《當代作家評論》，147.3，瀋陽：2008，頁135-148。

茨維坦・托多羅夫（Tzvetan Todorov）編選，蔡鴻濱譯，《俄蘇形式主義文論選》，北京：中國社會科學出版社，1989。

*陳本益，《漢語詩歌的節奏》，臺北：文津出版社，1994。

陳芳明主編，《練習曲的演奏與變奏：詩人楊牧》，臺北：聯經出版，2012。

張遠山，《漢語的奇跡》，昆明：雲南人民出版社，2002。

黃玫，《韻律與意義：20世紀俄羅斯詩學理論研究》，北京：人民出版

社，2005。

覃子豪，《覃子豪詩選》，香港：文藝風出版社，1987。

*楊牧，《楊牧詩集 I：1956-1974》，臺北：洪範書店，1978。

_____，《年輪》，臺北：洪範書店，1982。

_____，《一首詩的完成》，臺北：洪範書店，1989。

*_____，《楊牧詩集 II：1974-1985》，臺北：洪範書店，1995。

_____，《隱喻與實現》，臺北：洪範書店，2001。

_____，《介殼蟲》，臺北：洪範書店，2006。

_____，《奇萊後書》，臺北：洪範書店，2009。

*_____，《楊牧詩集 III：1986-2006》，臺北：洪範書店，2010。

福西永（Henri Focillon）著，陳平譯，《形式的生命》，北京：北京大學
　　出版社，2011。

雷・韋勒克（René Wellek）、奧・沃倫（Austin Warren）著，劉象愚、邢
　　培明等譯，《文學理論》，北京：三聯書店，1984。

劉方喜，《「漢語文化共享體」與中國新詩論爭》，濟南：山東教育出版
　　社，2009。

翟月琴，《1980 年代以來漢語新詩的聲音研究》，上海：華東師範大學中
　　國語文學系博士論文，2014。

翟月琴、楊牧，〈「文字是我們的信仰」：訪談詩人楊牧〉，《揚子江評
　　論》，38.1，南京：2013，頁 25-33。

*魯道夫・阿恩海姆（Rudolf Arnheim）著，騰宋堯、朱疆源譯，《藝術與視
　　知覺》，成都：四川人民出版社，1998。

諾思羅普・弗萊（Northrop Frye）著，陳慧、袁憲軍等譯，《批評的解
　　剖》，天津：百花文藝出版社，2006。

*蘇珊・朗格（Susanne Katherina Langer）著，劉大基、付志強譯，《情感與
　　形式》，北京：中國社會科學出版社，1986。

顧城，《顧城文選卷一：別有天地》，哈爾濱：北方文藝出版社，2005。

*Frank, Joseph. "Spatial Form in Modern Literature," in William J. Handy
　　and Max Westbrook (eds.), *Twentieth Century Criticism: The Major
　　Statements*. New York: The Free Press, 1974, pp. 85-94.

Mazur, Krystyna. *Poetry and Repetition: Walt Whitman, Wallace Stevens, John Ashbery*. New York/London: Routledge, 2005.

（說明：書目前標示*號者已列入 selected bibliography）

Selected Bibliography

Arnheim, Rudolf. *Yishu yu Shizhijue (Art and Visual Perception), trans. Songyao Teng and Jiangyuan Zhu*. Chengdu: Sichuan People's Publishing House, 1998.

Chen, Ben-yi. *Hanyu Shige de Jiezou (The Rhythm of the Chinese Poetry)*. Taipei: Wen Chin Publishing, 1994.

Frank, Joseph. "Spatial Form in Modern Literature," in William J. Handy and Max Westbrook (eds.), *Twentieth Century Criticism: The Major Statements*. New York: The Free Press, 1974, pp. 85-94.

Heaney, Seamus. *Xi Ni Shiwenji (The Anthology of Seamus Heaney)*, trans. De'an Wu et al. Beijing: The Writers Publishing House, 2001.

Langer, Susanne Katherina. *Qinggan yu Xingshi (Feeling and Form)*, trans. Daji Liu and Zhiqiang Fu. Beijing: China Social Sciences Press, 1986.

Yang Mu. *Yang Mu Shiji I: 1956-1974 (The Collected Poems of Yang Mu I: 1956-1974)*. Taipei: Hungfan Shutien, 1978.

_____. *Yang Mu Shiji II: 1974-1985 (The Collected Poems of Yang Mu II: 1974-1985)*. Taipei: Hungfan Shutien, 1995.

_____. *Yang Mu Shiji III: 1986-2006 (The Collected Poems of Yang Mu III: 1986-2006)*. Taipei: Hungfan Shutien, 2010.

Yeh, Michelle. "Lun Xiandai Hanshi de Huanxing Jiegou (The Circularity of Chinese Modern Poetry)," trans. Binhui Song and Michelle Yeh, *Dangdai Zuojia Pinglun (Contemporary Writers Review)*, 147.3, 2008, pp. 135-148.

Zhu, *Guangqian. Shilun (On Poetry)*. Shanghai: Shanghai Ancient Book Publishing House, 2005.

ALLUSIONS AS INTERCULTURAL ADAPTATION IN THE POETRY OF YANG MU

Department of English, University of Lagos, Lagos, Nigeria.
Charles Terseer Akwen

ABSTRACT

The world, as it is today, is continually undergoing transformation from the position of cross-cultural pollination. Thus, national one-sidedness and narrow-mindedness, with respect to literature, have become more and more impossible. Literary works are first written in a given national language. Accordingly, the nationality of this language determines the nationality of its literature. This also means that a national literature does not immediately enter the literary space of other nations to become world literature: "an elliptical refraction of national literatures ... that gains in translation ... not a set canon of texts but a model of reading: a form of detached engagement with worlds beyond our own place and time" (Damrosch 281). This paper focuses on allusion as a mechanism of intercultural adaptation in the poetry of Yang Mu, the Taiwanese. For him, mode of expression and point of view may change; but 'poetry's spiritual intent, cultural aims and its adherence to a transcendent aesthetic cannot be compromised for the sake of mere politics and ideology.' More specifically, the study evaluates how Yang Mu makes use of allusive images as textual echoes which make his poetry rebound in the minds of his readers. Our emphasis is placed on his indebtedness to the poets of the English tradition. Invariably, this paper argues that the reduction of the global spaces, through cultural visibility, in the form of allusions, does also support the idea of World Literature- which became a heated debate in the 1990s. It is hoped that the analysis would offer a basic explanation on the subject of intercultural adaptation in the form of allusions and textual echoes.

Keywords: Poetics, World literature, Allusion, cross-culture and intertextual echoes.

Introduction

The binding of texts through cultural interactions, in the form of allusions, do not only highlight *new* meanings into them but can also question the fabrications of these different literary cultures. Perhaps this is why Roland Barthe sees a text as "as a multidimensional space" and "a tissue of quotations drawn from innumerable centres of culture." For him therefore, the writer "has the power to mix writings, to counter one with the others, in such a way as never to rest on any one of them" (142). With the increase in globalizing forces across the world, there seems to be a continuous reshaping of the modes of narratives and cultural discourses among creative writers. Part of the overall impact of cultural interaction requires that writers construct or adopt interpretations of phenomena from various traditions and or geographies into their works. In practical terms, the continuous interfaces between two or more cultures, in any literary piece, are what is seen as intercultural adaptation within the context of this study. Thus, it can be argued that, at the level of literary creativity, writers who display cross cultural sensibilities engage their works, with a consciousness that is both national and at other times transnational.

Intercultural Adaptation: Literature across Cultures

Previous studies have seen Intercultural Adaptation as "the reach of a potential harmonious state of equilibrium and co-production originated from the mutual exchange of verbal and non-verbal messages between two opposite poles" (Teng) and as a "continuous process of interaction between two cultural beings" (Chen 2). The concept has been applied to several disciplines ranging from individual and group studies (kim); Communication (Kinefuchi); Anthropology (Redfield, Linton and Herskovit); Sociology (Gibson; Kim, Lujan and Dixon; Hedge and Witteborn). It has also been seen as an adaptation process (Brislin); as models that describe the mechanism of acculturation (Anderson; Chen and Starosta; Chen and Young); and lastly as the acquisition of verbal and non-verbal communication skills that are appropriate to survive in a host nation (Gudykunst and Harmmer; and Wiseman). All of these interdisciplinary approaches, when considered in practical and theoretical terms, have helped in developing useful findings on the dynamics surrounding intercultural adaptation. However, none of these researches has explicitly applied the concept to creative works where writers borrow from several cultures to make or remake their works by giving them fresh meaning from the perspective of alluded text. This current research seeks to fill in the gap in existing literature. It looks at intercultural adaptation from the perspective of the creative writer who crosses cultural boundaries, in crafting his works, for want of a better way of verbalizing his intentions and supporting his themes with relevant cultural reproductions across the world. Seen in this sense, intercultural adaptation stands as the creative ability of the writer to select from a pool of culturally different representations through the narrowing of the gap that cultural one-sidedness seems to create.

It has been argued that "all cultures are different and similar at the same time" (Chen 7). The perspective of intercultural adaptation as applied in this study evaluates how poets creatively and sensibly use their works of art to connect with aspects of cultures from different locations of the world without necessarily getting into a 'fight' at the level of cultural contact, even if there may be some measure of 'quarrels' among these cultures. Thus, the poets' abilities to activate their literary skills in order to settle the risks involved in 'intercultural romances' is part of the sensitive and creative control they need so as to incorporate 'foreign elements' into their works. This means that the poet who is both sensitive and creative is free from "the temporal and spatial entanglement imposed by cultural differences." Therefore, this research supports the idea that intercultural adaptation in literature is the poet's sensibility to appropriate useful cultural elements from other geographies and traditions into their works. In practical terms, it focuses on how Yang Mu creatively manipulates *new* thematic thrust by redefining associated interpretations of phenomena in his poetry. Specifically, the emphasis of this study lies on how Yang Mu deploys allusive images as adaptable mechanisms of managing the risks that come with breaking cultural boundaries in literary formations.

Allusive Images as Textual Echoes in the Poetry of Yang Mu

In a critical study of Yang Mu's poetry, Wong submits that "the significance Yang Mu's works for Chinese literature lies in the fact that they offer not only many of the finest pieces in modern poetry, but also a native Taiwanese voice" (20). She believes that Yang Mu's poetry addresses issues that are of interest at both the local and global scenes. Apart from the native Taiwanese voice readers can see in his poetry, Wong establishes other variants of cultural connections on which Yang Mu adopts from other literary scholars and traditions in writing his poems. In this sense, the poetic voice readers come in contact with in many of his poems is an agglomeration of other voices that may, in many ways, conflate into a monologic display. Indeed, this is a modernist way of him speaking through the voices of others on the one hand, and allowing them to speak through him on the other. The poet therefore employs the use of allusion to negotiating cultural boundaries in his work. In other words, allusions abound in many of his works: serving as references to ancient mythology (Narcissus, Athena), religion (the bible, crusaders, Easter), history and the works of literary scholars (Virgil, Marlowe, Dryden, Wordsworth). This research focuses on the literary allusions in the poetry of Yang Mu to account for the reason he can be regarded as a poet of multicultural significance. By infusing diverse cultural traditions into his works, this researcher refers to the 'literary identity of Yang Mu' as the Taiwanese poet who possesses the aesthetics of the world literature.

Yang Mu was born Wang Ching-hsien in Hualien in the East coast of Taiwan, on May 7, 1940. As at that time, Taiwan had been ruled by Japan for forty-five years. Under the policy of the colonial government, he first learnt to speak Japanese, the official language. Thereafter, he learnt Taiwanese and some aboriginal languages from the tribes living near his hometown. The multifarious linguistic and cultural background would grow even richer when at the Christian Tung-hai University in Central Taiwan, he learnt Mandarin, and English at the undergraduate level. And at the University of Iowa in 1966, he learnt old English, ancient Greek, Latin and German as a graduate student. In 1970, at the University of California, Berkeley, Yang Mu bagged a Ph.D in Comparative Literature. Thus, it is not surprising that he deliberately injects unconventional linguistic features into Chinese poetry by borrowing from foreign cultures such as the English, Italian, Japanese and Jewish traditions. This cultural exposure and contacts, no doubt, form part of his literary expansion. He can therefore be rightly called a poet who oscillates between his Chinese culture and other cultures of the world. Indeed, he can be classified as a world poet had got some of his poems translated into English, German, French, Japanese and recently into the Nigerian pidgin among many other languages.

Yang Mu's success as a writer does also lie on his ability to allude to certain individuals and traditions in order to fashion out a distinct voice for himself. As a poet, he is influenced by the Chinese literary and cultural traditions, especially those of the Tang Dynasty and the English Romantics. By alluding to texts, experiences and events from these various cultures and traditions, Yang Mu puts his poetry under a flesh network of relationship and significance under a new contextual appreciation. This creative strategies allow for the exploration of other meanings that were hitherto not considered by some readers of his poetry.

In literary studies, allusions account for a newer way of interpreting the present from the past. As a strategy of writing, it entails making references to a place, person or event that is real or imaginary in works of art. Allusions stimulate ideas with extra information on the reader's mind so as to bring hidden meaning behind the words. Therefore, it "requires the audience to share in the author's cultural knowledge" (Abrams and Harphano). Yang uses allusion as a derivative strategy which celebrates the literary resourcefulness of both the texts and traditions under reference on the one hand, and as an appropriation for creating cultural intertextuality on the other. Both reasons give his poetry an eclectic character which account for why many of his poems end up advocating for intercultural interpretation. Creatively, Yang Mu makes use of allusion at the beginning of some of his poems as references that seems to enhance themes and emotions. These allusions come as textual echoes from poets whose works bear accurate connection with thoughts and interpretation he himself has chosen to thematize in his poems.

Significantly, Yang Mu alludes to the Victorian poetic tradition in some of his poems. It is important to emphasize that the Victorian Era reveals man's internal struggles to accept scientific discoveries which were not explainable in religious faith. Understandably, Yang Mu's love for the Victorian poets is connected to the many ways they reflect on the happenings in their society at that point in history. One of such poets to whom he betrays is fancy is Robert Browning. In his works, Browning employs dramatic monologue as a poetic technique which requires readers to reckon with the histories, sordid secrets and spirit of the age. In the same vein, Yang Mu's "Question for the Stars" carries this Victorian mood in the poetic world he creates therein. Although presented in a religious undertone, the poem reveals Yang Mu's reawakening consciousness which questions his existence and place in the world in romantic appellation:

> I descend to dust, to earth, its hair pinned with flowers
> And so a meaningful tragedy comes to an end
> The stars sing gloriously in the sky
> Rain blows on my epitaph western sky
> Spring dies in silence
> I open my arms to hold you, stars
> I am the night, the endless void
> How do spirit ascend?
> Eternity is a cloud rising behind to peak and sitting quietly

Smiling at sadness, I ask aloud

Who, who taps on the sinking earth?

When the evening breeze comes and no one's on the narrow

path

The leaves whisper

Sunshine's love

Has into a night crowded with nightmares

Who are you, then, Glorious singer?

Midnight sleeps, in harmony with deep forest oblivion

You startle yourself, gnaw yourself

Yet who are you? The vast river surges beyond the horizon

(No Trace of the Gardener 13).

The questions raised by Yang Mu are not rhetorical questions in themselves. Rather, they call for a deep sober consideration as the Victorian poets' attitude which interrogate every change experienced by their society in order to reconcile reality from fantasy. This reflective behaviour is a continuous struggle that is heightened by the advancement of society and its associated breakthroughs on various grounds: arts, science, geology and medicine.

Worthy of note is the fact that Yang Mu resigns to fate by simply allowing these questions raised in the poem go unanswered. The persona however, expresses his frustration in a monologue that suddenly becomes dramatic thereby exposing his intrapersonal conflict and inability to provide answers that seem not to be coming so easily: How do spirit ascend? Who are you, then, glorious singer? 'I ask aloud/who, who taps sinking earth? You startle yourself, gnaw yourself/ Yet who are you? (*No Trace of the Gardener,* 1998:13). Such internal struggles represent his desire for a proof that should be sensed-based or experience derived from observing real things. This poetic strategy is adopted to emphasize the persona's intension to express his resignation.　Michelle Yeh observes that "through a skillful use of fragmented syntax, wild juxtapositions, parataxis and repetition, he [Yang Mu] creates an inward-even psychedelic-vision" (xix).

Incontrovertibly, Yang Mu's "Question for the Stars" can be seen as his expressed fascination of the beauty of Taiwan.　Thus, he captures this experience in the spirit of the Victorian poets' whose assessment of their society is revealed in images that produced deeper self-reflections about those events. Understandably, the use of dramatic monologue in Yang Mu's poetry suggests the twist of an intricate psychological story: whether it is about a disillusioned Confucian scholar[1], an outlaw[2] about religion or the ghost of a murderer who mistakenly killed his wife[3].

Yang Mu also alludes to poets of the Romantic Tradition in some of his poems. Poets of the Romantic inclination believe so much in the power of the imagination. The ability of the Romantic poet to

---

[1]　"Chi-tzu of Yen-ling Hangs up His Sword", 1969

[2]　"The Second Renunciation," 1969

[3]　"Floating Fireflies", 1969.

use the imagination in such a way is a fundamental feature of their art. This enables them to transform their world and escape from it. For William Wordsworth, nature is the ultimate reality, and it has a valuable role to play in the life of man. Hence, the unity in nature is to be emulated by man.

Yang Mu begins "Gazing Down," by quoting from William Worthworth's "Tintern Abbey" thus:

> For I have learned
> To look on nature, not as in the hour
> of thoughtless youth, but hearing of ten times
> The still, sad music of humanity
> Nor harsh, nor getting, though of ample power
> To chasten and subdue... (lines 88-93)

He thereafter moves into a conversational styled debate with William Wordsworth as though he was alive. Yang Mu uses this strategy to make personal responses and interpretations of the Wordsworthian conception of nature as revealed in the lines that follows:

> If for once we accept your point of view
> The dream glittering one thousand feet below
> Whispering my name, gazing up –
> You will be certain to see my body reclining

In the lap of fortune, emotion floating

Perspiration highly on my brow, for balance and reason my

arms

Upholding.

(Forbidden Game 181)

"Gazing Down" is written when he returns to his hometown where the river flows. He stands on a cliff watching the river and sees himself as a wanderer and survivor of the many battles of life. He confesses that the Li-wu stream has been a true friend to him and complains of the long intervals between his visits. Moreover, he reminds the lake of his enduring youthful desire to always return to home from places "where no one has ever been." Nevertheless, he concluded that:

You remind me how I have made this trek,

Penetrated resistance and rejection

To be near you like this

With the oldest devotion, burning ice

Like the emotionless heart without reflection

(Forbidden Game 183)

Yang Mu creatively adopts the conversational style as a strategy to open up discussions with the river and surprisingly to have a dialogue with the poet, Wordsworth. Interestingly, just as

Wordsworth opens his poem with a visit to Tintern Abbey after a five years break, and still remembers the sound of the "mountain spring" and "soft Island murmur," Yang Mu envisions that Taiwan's Li-wu lake has the ability to heal him from all the challenges of city life. The lake therefore becomes for Yang Mu, what Tintern Abbey was for William Wordsworth: dear friend and healer.

In a similar manner, Yang Mu alludes to the Romantic Tradition in Coleridge's "Frost at Midnight". In that poem, Coleridge discussed his childhood memory in a negative sense. The persona rejects the connection he had with the city and emphasizes the importance of being raised in the countryside (one of the beliefs of Romanticism). Accordingly, the poet hails his son, Hartley whom he hopes would become a true "Child of nature", and get the experience he himself could not enjoy completely owing to city life. Thus, as the poem progresses, the poet makes an attempt to relive his life through his son. Remarkably, Coleridge's desire is to correct his failure to adhere to the instructions of nature after being isolated from it. For this reason, it has been argued that "Frost at Midnight" redefines the poet's experience "as one that deprived him of the countryside" (Ashton 30-31).

By adopting the same title and making references to few lines in Coleridge's "Frost at midnight", Yang Mu shows his indebtedness to the Romantic Tradition. However, the best of Yang Mu's poetry goes beyond Romanticism. In many of his poems, he invokes dramatic stiffness by which opposites states of being are promptly evoked to suggest the intermingling of the internal and external reality. Thus, his lyrical voice presents the situation or context that can be regarded as his personal reflection of the alluded texts. The point being made at this point is that by appropriating the conversational style of writing, Yang Mu basically blends his poetry with argumentative flavour that suggests he is having a debate with the "dead masters".

In practice, Yang Mu's "Frost at Midnight" therefore reads like a form of reasoning that is drawn from the presumed propositions which initiate the meeting point of two cultures. Put differently, Yang Mu's experience, as that of Coleridge, is born out of the desire of reconciling the past with the present and the pains that come with unfulfilled desires restricted by time.　Michelle Yeh also argues that for Yang Mu, then, memory is life's triumph over time, as oblivion, which is the ultimate kind of death (xx). Indeed, this is the dominant theme that can be found in many of his early poems such as "Frost at midnight" and "Gazing Down."

Yang Mu wrote several works which alluded to the literary focus of some of the poetry of Yeats. For example, "Sailing to Ireland", "Among School Children" and "Scale Insect" have their thematic thrust, the Yeatsean orientation to life. He nevertheless adopts Yeats' "Sailing to Byzantium" which he modified to "Sailing to Ireland" as a paradox to reevaluate the Irish history and the uprising of 1916. Yang Mu's 'Sailing to Ireland' is a revisiting of the modernist conception of poetry, that is, the Yeatsean moral value of poetry as a response to the events in the human world. It sees poetry as a means through which the issues in the society can be discovered and discussed.

"Easter 1916" from where he derives the quotation to his poem 'Sailing to Ireland' is one of Yeats popular poem which unveils the spirit and agony of the 1916, April 24 insurrection organized by the Irish Republic Brotherhood against the English. Yang Mu's indebtedness to the Irish poet is closely linked to Yeats's deployment of allusive images in his poems. "Easter 1916" is demarcated with the refrain, "A terrible beauty is born" which captures the tragedy which accompanied the post-insurrection Ireland. From a broader perspective, this refrain also symbolizes the misfortune of a world torn apart by various wars.

In the poem, Yeats eulogizes the revolutionaries individually starting with Constance Markiewicz (Nee Gore), Thomas MacDonagh and Major John MacBride whom is acknowledged as his rival and estranged husband of Maud Gonne. Another level of interpretation, that which appeals the Yang Mu, is the poem's thematic concern which reveals the poet's conviction of the survival of the New Ireland. This underscores the confidence that the insurrection, which led to the death of the organizers, would continue to be a reference point in the history of Ireland for all who believe in the fight for freedom and justice. The poem begins with a personal confession that is based on self-assessment of the event during the period:

On Saint Patrick's Day
I pin a Shamrock on your door
but executives' gun shots
come back sooner or later. Prey are back
when on the first sunny day a breeze
wafts through the decay wild apple trees
have waited for – homesick like Ireland

Like an Irish writer night
when God passes through the revolutionaries graveyard
not knowing how to offer sacrifices to
major John Macbride, who bled and died for violence

Daffodils are not fully grown
Shouts are not suppressed besides
Many arrests are being carried out in the city

(*No Trace of the Gardener* 50)

For the poet, Ireland has almost similar political turbulence as Taiwan. This is the reason, constant rebellion on both side calls for attention. Wong argues that Yang Mu [through his connection with the Irish history] highlights how Yeats contributed to national liberation by reinforcing a distinct Irish culture … [which] is central to the cultivation of a national consciousness… The Irish literary revival and rebellion against Britain in the 1910's and 1920's seems to serve as a precedent to the Taiwan cultural rebellion against "Chinese-ness" (183). Yang Mu therefore expects his readers, especially the Taiwanese, to relate the Irish experience with their own. In doing this, he opens up possibilities of interpreting the call for National Identity from a larger cross-cultural network. Wong believes that the complexities Yang Mu discerns in the Taiwanese negotiations of a National-cultural identity are revealed in his response to the question on translating Yeats poetry: "Yeat's is Irish: he writes Irish poetry in English. I am Taiwanese, I write Taiwan poetry in Chinese". (184). 'Sailing to Ireland' therefore is Yang Mu's way of 'helping Taiwan poetry to find a form, a tradition' as he has promised in his interviews" (184).   The last stanza reads:

> In the end, they can't wait till Easter
> before they pick up my shamrock with a bayonet
> and trample it. By then spring's here
> clouds play at leisure over the sea
> salmon reproduce in the mountain brook
> new plays are rehearsed in May
> people have forgotten what happened
> On saint Patrick's Day

The poem reads like a story that is told to reveal the events of the past to its reader. By so doing, Yang Mu exposes his personal interpretations of those incidents thereby helping readers to get into his private intellectual space. It can therefore, be argued that poetry for Yang Mu serves the purpose of commenting on events of the past. At the same time, the poet betrays his emotional response to any event through his act of writing.

Lastly, Yang Mu alludes to the Italian literary tradition in his poetry. Dante's "Divine Comedy" to which Yang Mu alludes to in "Cicada" presents an imaginative vision of the afterlife from the medieval perspective. It is dedicated to his patron Can Grande, where he, Dante, explains the allegorical structure of the poem in the letter to him. In the poem, Dante invokes the Aristotelian position of the nature of things as self-sufficient is themselves; and relational or lying beyond themselves in connection with other things. In the explanation, he argues that the text is "polysemous". Thus, he sees the subject of the poem to be two fold in accordance with his dualistic view of narration as literal and allegorical.

"Divine Comedy" is divided into three parts: inferno (hell) with Lucifer; the nine rings of purgatory in the Garden of Eden; and the nine celestial bodies of heaven followed by the empyrean, the highest stage of heaven where God is. Guiding Dante through hell, vigil would stop to have conversation with various characters on their way. Yang Mu captures this experience in the poem 'Cicada' where he takes his readers through the life circle of the Cicada. The journey is a symbolic presentation of the internal struggle and the quest for a victorious end amidst loneliness. Voicing strongly the task of discovery and the quest of rediscovery, the poet reveals that:

I wake amid the transparent buzz of cicada wings pondering
the scorching transparency that envelops last night exciting
and yet depressing topic of conversation, enveloping it in
the gelatinous capsule of summer, perfect for swallowing
whole, no need to chew.
Opening the blinds, I search for it. But how could sound ever
function as our eager guide? In addition to the power of our
intellect, we must trust our senses; yet isn't my frustration
the result of once-mistaken senses, the mistaken guide?

(*Forbidden Game* 115)

The fourth stanza reads:

Passing through knotting bails that swill like the circles of
Dante's inferno. It crawls, like Dante, the devoted Dominic
pilgrim without faltering it crawls toward that world of
predestined glory but in that glory is loneliness.

(*Forbidden Game* 115)

Yang Mu uses the image of the Cicada as a metaphor which
better explains Dante's journey through hell in the original text.
Lastly, Yang Mu uses the images in the poem to promote the theme
of societal justice especially as with Dante's response to the issues of
the medieval culture of impunity. "Cicada" just as "Divine Comedy"
highlights society's continual search for truth amidst corrupt practices

by those occupying official positions. While Yang Mu does not go out and out to recapture Dante's poetic world, the style and technique (being conversational from the first person point of view) shows his literary allegiance to the 'Dantean illustration'. Thus, by adapting this style, Yang Mu foreshadows the themes in both poems by uniting them on a common ground- as allegorical portrayal of society.

Technically, in the quest of what love means to him, Yang Mu, sometimes makes direct reference to incidence in "Divine comedy". In his chat with Dante, as seen in the poem, he presents his point-of-view on any topical issues chosen for discussion by making argument which support his claims in strong terms. For example, stanza five alludes to the three realms of the afterlife, the 'seven roots of sinfulness' and each character's life history: "Loneliness should never enter into our topic of conversation,/ rarefied and intellectual as it is – three part classical and/seven parts stormy romanticism" (*Forbidden Game* 117). In the overall, Yang Mu makes the images in Dante's "Divine Comedy" serve as the subject of his discussion with him. This technique enables him alert his readers of his personal assessment of his immediate society. He nevertheless brings their interaction to the notice of his readers:

> Last night we discuss the
> future of society and the nation, the pattern of history
> trying to establish a definition of love …
>
> (*Forbidden Game* 117).

This becomes a way of revealing his internal conflict to his readers. It can therefore be argued that Yang Mu uses the conversational style techniques in many of his poems to promote his personal conviction in logical form. In other words, he creates situation in such dialogues where he drops any tension of his heart for his readers to come to terms with.

However, Yang Mu presents vanishing moments with the use of myths and themes of the transient of love and beauty as we see in "Song: Departing," where he alludes to the myth of Narcissus in order to arrest the mood of been separated from his home town. Presented in a conversation style, as if talking a lady, (Yang Mu's way of describing is tie with Taiwan), the poet carries us through images of pains which come with leave-taking and parting. Yang Mu considers his outward journey in and out of Taiwan as painful exit. In many of his poems, he reveals the feelings that accompany such out-of-home-experience in allusive images of a young person who is caught in between a complex situation. In the seventh stanza, he says:

A touch of self-pity, even liking to discuss it
maybe like the pensive narcissus musing
on its own invisible blood and body –
I always know and have no need to
ask, otherwise no one in the world
could understand the rhythm of my language

(*Forbidden Game* 216)

Yang Mu uses the myth of Narcissus to capture the complexity of the various aspects of identity, especially, as it relates to the Taiwanese experience. Thus, the poet's resignation to the post-modernist ideas and desire of constantly going back and forth to look at his image on the water is a demonstration of the complex nature of determining identity as it relates to the Taiwanese experience.

When Yang Mu however refers to the myth of narcissus in "The International Dateline Concerts", it is used to describe the everlasting beauty and love of "the young mother" to whom the poem is dedicated to. The poet invokes the romantic images that justifies his affection for the lady thus:

> Your temples are soaked like narcissus
>
> the hair on the back of your neck temple in the
> river wind/ your eyebrows are silken ripples, I
> eyes deep restless pools
> Undulating with the dreams of primeval water dragon
> Yes, under the trees spreading shade, your eyes
> are ancient pools rolling with white caps
> shaking in the wild wind of my beating wings
> Yes, under the trees' spreading shades

(Forbidden Game 161)

Yang Mu uses the allusion to describe the beauty of the persona in the poem by drawing analogy with the qualities of Narcissus. This textual echo is a deliberate attempt to give personal analysis of the myth in new form. Therefore, the poet uses the myth to redefine his aesthetic value of it. No doubt, this is for the poet an everlasting symbol that bears significance to the themes he has in mind for his readers.

Conclusion

Literary effects and reverberations from different cultures offer multiple perspective on any given event at any point in history. This research has been able to establish that Yang Mu borrows from cultures of other regions through allusions which serve as *textual* echoes to help put the readers in the right state of mind. In concrete terms, allusion "is understandable only to those with prior knowledge of the covert reference in question" (Preminger and Brogan). Thus, readers who have the privilege of moving into the poetic world created with words of the poet do so well when they are able to relate with the references or allusions that add colour to the *new* work. By this mechanism, his readers are better equipped to approach the layers of meanings that are inherent in his poetry. From his early attachment to the English romantics, which bear the modernist orientation of the like of W.B Yeats, Robert Browning and the Italian tradition and myths, Yang Mu has creatively made his mark on poetic theory and practice. In assimilating these foreign cultures into his poems, he has been able to negotiate the dangerous risks associated with the 'kissing and quarreling' of cultural contacts. This business of intercultural adaptation in literature is another sensitive and creative means Yang Mu uses to reach out to a wider spectrum of readers to his work and to position himself as a poet of global relevance. The poet should therefore be seen as a visionary poet whose deep commitment in world literature unparalleled among many Chinese, Western and African poets.

Works Cited

Abrams, M.H, and Geoffrey Harpham. *Glossary of Literary Terms*. Boston: Wadsworth Centage Learning, 1971. Print.

Anderson, L. E. "A New Look at an Old Construct: Cross- cultural Adaptation." *International Journal of Intercultural Relations* 18.3 (1994): 293-328.

Ashton, Rosemary. *The Life of Samuel Taylor Coleridge*. Oxford: Blackwell, 1997. Print.

Barthe, Roland. "In Death of the Author." *Image-Music-Text*. Trans. Stephen Health. London: Fontana Press, 1977. Print.

Brislin, R. W. *Cross-cultural encounters: Face-to-face interaction*. New York: Pergamon, 1981. Print.

Chen, G. M. "Theorizing intercultural adaptation from the perspective of boundary game." *China Media Research*, 9.1 (2013): 1-10.

Chen, G. M., and P. Young. "Intercultural communication competence." *Introduction to communication: Translating scholarship into meaningful practice*. Ed. Alan Goodboy and Kara Shultz. Dubuque, I.A: Kendall-Hunt, 2012: 175-188. Print.

Chen, Guo-Ming and William J. Starosta. "Intercultural communication competence: synthesis." *Communication Yearbook* 19 (1996): 353-384. Print.

Damrosch, David. *What Is World Literature?* Princeton, NJ: Princeton UP, 2003. Print.

Dorothy, L Sayers. 'And telling you a story:' A Note on *The Divine Comedy*. In Clark Williams and C.S Levis, ed. Oxford UP, 1947, Print.

Gibson, M. A. "Immigrant adaptation and patterns of acculturation." *Human Development* 44 (2001): 19-23. Print.

Gudykunst, W. B., and M. R. Hammer. "Dimensions of intercultural effectiveness: Culture specific or culture general?" *International Journal of*

Intercultural Relations 8.1 (1984): 1-10. Print.

Hegde, R. S. "Translated enactments: The relational configurations of the Asian Indian immigrant experience." *Readings in cultural contexts*. Ed. J. Martin, T. K. Nakayama, and L. Flores. Boston, MA: McGraw Hill, 2002: 315-321. Print.

Kim, Y. Y. "Cross-Cultural Adaptation: an Integrative Theory." *Intercultural communication Theory* 19 (1995): 170-193. Print.

Kim, Y. Y., P. Lujan and L. D. Dixon. "I can walk both ways: Identity integration of American Indians in Oklahoma." *Human Communication Research* 25.2 (1998): 252-274. Print.

Kinefuchi, E. "Finding Home in Migration: Montagnard Refugees and Post-Migration Identity." *Journal of International and Intercultural communication* 3.3 (2010): 228-248. Print.

Preminger, Alex and Terry V. F. Brogan. *The New Princeton Encyclopedia of Poetry and Poetics*. Princeton: Princeton UP, 2003. Print.

Redfield, R., R. Linton and M. Herskovits. "Memorandum for the Study of Acculturation." *American Anthropologist* 38.1 (1936): 149-152. Print.

Teng, S. Y. *Dialogue*. Taipei, Taiwan: Yang Zhi 1997. Print.

Wiseman, R. L. "Intercultural communication competence." *Cross-cultural and intercultural communication*. Ed. W. B. Gudykunst. Thousand Oaks, CA: Sage, 2003: 191-208. Print.

Witteborn, S. "Identity Mobilization Practices of Refugees: The case Iraqis in the United States and the war in Iraq." *Journal of International and Intercultural communication* 1.3 (2008): 202-220. Print.

Wong, Lisa Lai-Ming. *Rays of the Searching Sun: The Transcultural Poetics of Yang Mu*. Brussels: P.I.E. Peter Lang, 2009. Print.

Yang Mu and Luo Qing (Lo Ch'ing). *Forbidden Games and Video Poems: The poetry of Yang Mu and Lo Ch'ing*. Trans. Joseph R. Allen. Seattle: University of Washington Press, 1993. Print.

_____. *No Trace of the Gardener*. Trans. Lawrence R. Smith and Michelle Yeh.

New Haven: Yale University Press, 1998. Print.

Yeh, Michele and R. Smith. Lawrence. *No Trace of the Gardener: Poems of Yang Mu*. New Haven: Yale University Press, 1998. Print.

《普林士頓的夏天》劇作與演出介紹

中北大學人文社會科學學院教師

王明端

一、緣起

　　自葉珊時期起，楊牧的筆尖就劃及莎士比亞、易卜生、契訶夫等大家，略述對戲劇的傾情，其後，我們能看到戲劇元素以各種面貌出現在楊牧的作品體系裏。其中，既有完整的詩劇，如《吳鳳》；又有運作戲劇精神完成詩體實驗的華章，如《林沖夜奔》；也有張揚戲劇秩序構築詩歌結構的筆法技巧，如《出發》；更有星羅於詩歌內部催化詩思詩韻的吉光靈感，如《九月廿七日的愛密麗‧狄謹遜》。如此等等，不一而足。這般豐富的戲劇性元素及其百幻千變的面目，為我們借戲劇來解讀楊牧呈現了較大的可能性空間。

　　能以戲劇形態重演文學情態，向楊牧先生致敬，一直是我的心願。早在 2013 年，我就有意改編楊牧兩部獨特的散文（《年輪》《星圖》），後因故擱置，然則念念不忘。2015 年寒假期間，在人去樓空的校園重讀《搜索者》，〈普林士頓的秋天〉、〈普林士頓的冬天〉、〈普林士頓的春天〉這三篇散文引起了我的注意，它們是極其特殊的文本：第一，楊牧在《海岸七疊》的後記中自述普林士頓是「生命中最寧靜最充滿自信的回憶」，如此豐厚飽和的生命基色和從容閒適的生活情調，在楊牧的作品序列中是不多見的，它也因此別具一層可待發掘的意義；第二，楊牧在文中勾寫教員學生等人情百態，亦對自然景觀漫筆描繪，在瀰漫著知識與反知識相摻合的異味中，反復探索求證，終而推出「真理並非不可能」的信念意識，感人至深。其內容的多樣、結構的完備、思想的深刻，均為戲劇改編提供了堅實基礎。

　　彼時恰逢北京南鑼鼓巷戲劇節公開徵集「跨文本」戲劇作

品，於是我將心中想法組織成文，在三篇文本的基礎上，虛構一部名為《普林士頓的夏天》的實驗戲劇，投寄給組委會，並通過審核獲邀參演戲劇節的「新生單元」。

二、創意

（一）對智識與精神氣度的追想

楊牧先生的文本無論敘事抒情、狀物析理，皆浸潤著智識思想與精神氣度，折射出一時代之氣象。文學可為人生之大義，折徑通幽而抵真理之峰頂。是文作於 1979 年，正值大陸改革開放啟動之初，數十年後，物質一極空前飽脹，精神一極失血明顯，兩極的落差造成人心世風變異，生命嚴重失衡。文藝中的知性和智性悄焉潛伏，往復難尋。如今以戲劇轉譯散文，實欲追探學者風範，思索藝術滋育生命之可能。

（二）演繹陌生者的相遇

戲劇的魔力，常在於能將素不相識的人，會和融通於一自足世界。觀演雙方本不相干，卻在劇場成為一體。戲劇對「陌生」的催化發酵，實屬神奇。技術的發展，為戲劇創作提供了新的手段，也引發了新的思索。戲劇需要開放邊界，在一定的限制裏激發隨機、偶然，創造不斷的變化。《普林士頓的夏天》這齣戲，就是嘗試將陌生文本搗碎再糅合，嫁接實體環境和虛擬環境，以期尋求「陌生」遇合發展的可能性。

（三）空間敘事的探索

彼得・布魯克在《空的空間》中曾言，一個空蕩的空間，假如一個人在別人的凝視下走過，就可構成一幕戲劇。緣此而發，我們嘗試做些文章，讓空間本身不但能夠參與敘事，並且通過同一時段不同空間的疊合，構建一種複調結構，實現空間敘事的增量。

三、北京演出及反饋

對於《普林士頓的夏天》一劇，我們一以貫之的觀念就是：尋求「空間、文本、聲音」三者震盪撞擊所產生的交響。2015年 7 月 16 日和 17 日，《普林士頓的夏天》在北京蓬蒿劇場演出兩場，在實際演出中，為了貫徹意圖，我們在三個層面進行了嘗試：

其一，空間層面。利用蓬蒿劇場一層咖啡館、二層露臺、三層天臺作為戲劇呈現的實體場景（三個場景依次對應《秋》、《冬》、《春》），通過微信群建立虛擬場景，使之對接。在固定時間內，三重空間同時展開敘事，每個空間場景均用不同表現元素鋪滿戲劇全程，實現「不同空間／共同敘事」的增量擴大。演員通過流動演出來串聯不同空間場景，組織戲劇的時序和結構。

其二，文本層面。毫無疑問，楊牧的文本必須內化於戲劇之中，並具備實質的意義。我們堅持兩個原則：第一，保持文本原貌，儘量做到一字不改！第二，散文文本應介入敘事，具備足夠的實用價值。所以，我們淡化了人的表演，簡化了戲劇行動，通

過調整戲劇結構和話語表達來組織文本。自始自終，原文的每一次出現，都帶有劇情的轉折或場次的變換，以吸引並引導觀眾的注意力。

其三，聲音層面。聲音作為一種戲劇形象而出現，是另一種「演員」，很多時候承擔敘事的功用，尤其是沒有演員在場時，聲音是達成戲劇效果的主力。我們與一家全國性的公益組織——荒島圖書館合作，面向全國近百個城市的荒島圖書館的讀者徵集聲音，用普通大眾的自然聲音演繹楊牧先生的文本。徵集所得的聲音被重新剪輯，以不同方式植入戲劇空間之內。此舉也意在刺探聲音的歷史性與現實性如何交織並可能產生怎樣的變異？

在整部戲劇的最後部分，我們有意安排了一段長達八分鐘的配樂詩朗誦，從《燈船》、《傳說》、《瓶中稿》、《禁忌的遊戲》四部詩集中選取詩句，連綴成篇，以《普林士頓的春天》尾句「然而，普林士頓的夏天是絕對和我無關的了。願上帝保佑它」鉤織牽引，反復吟誦，直至推向結束。我們希望這種設置帶來兩種成效：一是集中向觀眾展示楊牧的詩藝及魅力，二是在詩心匱乏（不止是缺乏汽油的夏天）的年代，故意去挑戰讀者的耐心！

每次演出後，會開展演後談，將其主要反響羅列如下：

第一、楊牧在大陸的影響力與其文學成就並不匹配，但多數觀眾因楊牧的文本對其產生興趣，通過詩朗誦部分的直接衝擊，有並不讀詩的觀眾表示，會因此去接觸、閱讀詩歌。

第二、跳出劇場，將演出置放於胡同雜院的屋頂，帶給人別樣感受。在演出過程中，自然元素的闖入，如微風、鳥鳴、開落的槐花、路過的貓等，是最大的驚喜。

第三、多重空間同時敘事的方式應用效果欠佳，觀眾習慣了

跟隨演員的行動來觀看戲劇，但依然有觀眾停留在一層咖啡館，靜靜的聽完了《普林士頓的秋天》的全篇誦讀。

四、烏鎮演出及反饋

《普林士頓的夏天》受邀參加第三屆烏鎮國際戲劇節古鎮嘉年華單元的演出，於 2015 年 10 月 15 日至 10 月 24 日在烏鎮西柵景區演出 20 場。由於在烏鎮的演出環境與北京截然不同，我們也相應的對劇目進行了很多調整。

首先，烏鎮演出環境是戶外實景，開放性的非劇場空間。其聲音環境極其複雜，自然聲響和人們的活動聲音混雜交融，且變動不居，這對本劇的「聲音出演」形成了很大壓制。另外，遊客及其他演出劇團（尤其樂器演奏類）經常會忽然闖入，這更是給我們錄製的劇目音頻造成巨大干擾。所以，我們最終放棄了音頻表現。

其次，烏鎮的觀演關係是流動和互動的，充滿了不確定性和不穩定性。觀眾都是來自四方的遊客，他們路過演出場所，駐足觀看，隨性而來，任意而去，自由無拘。相反，演員的表演就會被不斷衝擊甚至干涉（觀眾經常性的闖入表演區域）。從某種層面來說，在看似鬆散的觀演關係下，是更激烈的較量、角力。

這些都要求劇目呈現必須流暢、緊湊，富有觀賞性。所以，我們改造了戲劇結構，將三個空間的敘事壓縮到一個空間之內。以楊牧詩歌《讓風朗誦》作為引子，以某劇組排練話劇《普林士頓的夏天》為線索，加快戲劇節奏，減少隱喻和暗示成分，快速切入主題並迅速轉換至詩朗誦部分，同時增加現場配樂比例，並

在戲劇空間中劃出空白部分等待觀眾參與。

在烏鎮演出期間，我們接收到了很多觀眾的反饋，略述要點如下：

第一、詩歌依然具有超越性的力量。我們總慣性的認為詩歌已淡出時代，遠離人群，今日的大眾也早已喪失對詩歌的興趣和熱望。但烏鎮的觀眾讓我們深切感受到，人們對詩意有無限的期待，而詩歌則最能直接喚起人心中的這份期待。烏鎮的觀眾們都是來自全國甚至世界各地的遊客，構成非常複雜，他們也基本都不識楊牧為何人？但他們幾乎一致的喜歡劇中的詩歌元素，並會因詩而感發，而感動。我們看到，楊牧創造的文字具有穿透時空的不朽力量；我們也因此相信，詩歌未曾久別生活，脫離人心。

第二、烏鎮的自然人文環境發酵了劇作的詩意。演出地點選定在如意橋碼頭附近，周邊有小橋河流、樹林，還有簇立的咖啡館。時常在演出時，觀眾圍擁，其側有江南的白墻黑瓦靜佇，有烏篷船打槳滑過。演出的正上方，柚子樹的果實累累垂首，核桃樹的黃葉飄飄而落，豐富的環境元素使得烏鎮演出版本比之北京，具有更鮮明的畫面效果和視覺吸引。

第三、在演出期間，能夠從頭至尾觀看完全劇的觀眾，通常都是兒童和女性，是否因為他們有著更敏感的心思和更細膩的感知？最喜愛本劇的觀眾是來自媒體的記者等朋友們（被選為媒體推薦劇目），是否說明對楊牧的接受依然集中在一定文化層次的人群？

第四、烏鎮演出版本使劇目與環境和觀眾的貼合更加緊密，但也導致戲劇的容量被減重不少。我們的諸多設想未能有效呈現，這無疑是遺憾的一面。

The Brave New World In Taiwan With Yang Mu Within
在台灣的美麗新世界與楊牧

馬來西亞拉曼大學教師
張依蘋

Weltinnenraum[1] ▬

O wonder!

How many godly creatures are there here!

How **beauteous** mankind is! O **brave** new world,

That has such people in't. William Shakespeare,

The Tempest, Act V

因為你是我們家鄉最美麗 最有美麗的新娘

——楊牧

---

[1] This is the term coined by the poet Rainer Maria Rilke (1875-1926), which means "In such experience a space opens..."; I am in debt to the poet Yang Ze (楊澤), he is the one who provided me with this keyword and important hint, - to the making of this paper now. By the utmost ending part of this paper writing, he advised the author "Not to make this a 'Spectrum of God' (神譜)", thanks to him, hopefully this is just a hymn (神曲?), following the sequence of Dante the Italian Poet who found new language system for New Italy and who had obviously inspired Yang Mu via his "Divine Comedy", which has entered into the high school students text book as part of Italian-mind regularity.

Remembering Late Professor Dr. Chen-Chen Tseng (紀念已故曾珍珍教授)
And dedicated to my beloved late supervisor of Master's thesis Professor Ko Ching-Min (追悼已故柯慶明教授)
And beloved late Professor P.K. Leung (梁秉鈞先生 the poet Ya-Si) from Hong Kong as well.
Salute to the GRAND translator of Rilkean Poetics: Mr Willis Barnstone (邦士敦)

I

A very deciding translation keyword: In "Rays of the Searching Sun" (authored by Lisa Lai-Ming Wong, Hong Kong) translated by Min-Xu Zhan (詹閔旭) and Jun-Zhou Shi (施俊州) [Proof read by late Prof. Chen-Chen Tseng, professor of Hualien Dong Hwa University], the word "Becoming" applied by Prof. Wong's original text translated actually into the Chinese term as "流變 Liu-bian". This very decision coincidently fused the two branches of Yang Mu Literature researches: One, Hong Kong denomination research finished by Prof. Lisa Lai-Ming Wong, and two, the research applying late American scientist Albert Einstein's relativity theories on Yang Mu's literature work done by the Malaysian scholar i.e. the author of this paper as well. This fusion surprisingly revealed a third possibilities i.e.: Chinese "Zeitwort".[2] "Zeitwort" is actually "The

---

[2] If multiplied thus becoming "Zeitwoeter". Indirectly, it as a surprise

Road not taken" by the famous late German religion reformer, Dr. Martin Luther.³ He selected his path of "Word", and promoted "Back to the Scripture" as a way of reforming his contemporary's belief system. This produced another line in answering to the author of this paper's Quest i.e. What is the relations of A "Taiwanese Literature" with Yang Mu within, to the World Literature? In Taiwanese self-conscious factions literature flow, we can first of all tell, that seemed the nature of Chinese pictorial language offered something that is so unique to the world, which can only be fulfilled by this said to be created by Cang Jie sign/code system.⁴

concluded the literary work produced by Yang Ze (楊澤 1952-) since his "The Birth of Rosy School" era till "As if inside the father-king's State". Yang afterward has produced the new work entitled "New Poetry 19", after a real long interval of his work publication. After these "new publication", which the poet called dearly as "Neo Classic" of/from his "Time notes"(he has had the long-term habit of making notes as a form of writing and creativity), he also re-published his two old works mentioned subsequently.

³ ML's major contribution to Germany and ultimately to the world was and is his bible translation from Latin into new German language, which is said to be even understood by the aunties in the morning market. This in fact served as a true liberation to the new German society even until today.

⁴ And mind that in Chinese understanding, word is "created by man", from one of them in the crowd. Not like western tradition, word was started from Earth creation, that it combined closely with religion. Chinese word origin quite "down to Earth"- to remember things in order not to forget (指事 Zhishi). Expanded from that meaning, thus the task becoming Narrative (敘事 Xushi), this is seen in the new young Taiwanese philosopher, Cai Xiangren (蔡翔任)'s work started from his Chinese Nietzsche narratives online. On-line the

It was as if yesterday, without even realising, it felt like living in a Yang Mu's world for more than seventeen years, even slight some one year longer than the age when the poet started writing his poetry. From the very beginning of absorbing the nutrients in Yang Mu Literature in between the languages of both Chinese and English, and kind of experiencing "auto-translation" of Yang Mu in the mind i.e. imagining (what is) Yang Mu, till after gradually appeared a "self" which would try to call dialogue with Yang Mu in time of reading Yang Mu. And within it appeared the possible "Artistic Yang Mu", "Scientific Yang Mu", Translator Yang Mu", "Creative Writer Yang Mu", "Musical Yang Mu" and so on. Those attempt less or more related to Yang Mu not indirectly, or one could even say it is somehow "abstracted from Yang Mu in order to writing Yang Mu". But these should not be mentioned again and again here. Why? Because of Yang Mu not so much a poet in a "History of Material time" (i.e. "Historical Yang Mu"?) but somehow, by least be a poet on definition of "Post-Historical" meaning, never and nonetheless, even so be a poet of "a second" spirituality. The author had once, trice, meditating on a temple-like series of publication, in between pages of Yang Mu's lyrics, within revealing dialogues between ion and nightingale, mystic universes... piercing through a time-frame bringing the reader into the Book of Odes reaching Book of Iliad. For

poet Yang Ze has had quite frequent interaction with this much younger figure from his generation. Cai is a born in 1970ies figure.

I had once quickly glimpsed through Homerian verses, seeing the countless, writing tribes in their pilgrimages.. marching on without numbers being able as any account. I once had viewed-metamorphosis without hesitation, seeing eagle, wolf snake and sheep, endless changing.. but and there is voices in the wind, announcing: "Changing is never easy; … never-nonetheless without changing it is death……." So, I saw a face that is without faces, aptly declaring, "The one who denies oneself, be the Grand poet"…

I once…overheard, in the windy voices.. the slight tiring voices…., and but as long as I listened, carefully it was still saying, in murmuring manners.. still whispering, .. "Love be my base…". And I, tried to bowed my body and tasted it, felt it, and so surpassing gap of spaces, feeling some warmth of the surface.. of the lake, from adolescence toward maturity, between those unreachable storms and ultimate peace's wrinkles.

I once.. was the floating ones meditating on the floating floats, or may be, I were both?

I saw Iris! Shockeningly, I realized the one in the water might be the Elise, I saw narcissus in its seven-petals, the 7-petals flowers……….

I witnessed the early-matured view of the poet's growth, renewed it with the overturning angles, reevaluating, adjusted time and space of the poetry; I had once predestinatedly, getting old with lines of poems…., thinking left alone within lines of Dante not possible, able to return to my interval? However joyously leaping! A return then, to the New life. I once was pathetically invisible- in the Poetry.

If, I would be allowed once more, to play the role of a child in the fairy tales, "The New Cloth of The King!": my question be- may I meditate on all these in a view of children?

II

TAIWAN, in Chinese word "台灣", 台 is combination of an utmost complete symmetric-triangle with a square below, it meant to be the "STAND" (某些作底座用的東西), or "HIGH-FLAT BUILDING"(高而平的建築);[5] 灣 is water as its head partition while language in between two silk-parts upright, plus a steady "BOW" at its right bottom, it meant BAY, the curvy part of water flow, the sinking area of coastline, where the boat parks. Or literary it simply meant "turn" (In German:Wandung; "Wandung" sounds similar to Cantonese "Movement".). We don't want to expand its meaning to a "NET" yet, though added with a "g", it shall then become 網 (In short code Chinese:网) i.e. meaning, net.[6]

---

[5] Sources from internet.

[6] Visually it would metaphorically become an image as it is:

The last ten years, Taiwan has produced literary work which completed its tasks as "The Island of Earth"(地球之島 Diqiu Zhi Dao) as well as "Island/Nation"(島/國 Dao/Guo), if we took the "th" after "Ear" as the position hinting of some sort of "universe-calendar", we could suppose, the poet has fulfilled the task of what the early book in western world (i.e. Bible) calling, "those with ears, they should listen.." (Book of St. Mark, Book of St. Matthew, Book of Revelation, all pointed out the same messages). "The Island of Earth" pointed to twofold meaning: It could mean the whole Earth is an island, it could also hint, that "Taiwan", the Island where the author penned the poetry book, is "the island of the Earth"- "Island of Island", in a way meaning it is the axis-island on earth.[7] "The Island

[7] However the Poet Yang Mu by his achievement of "Aristogenesis" theory basis on his personal literary movement declared "thou shall not fix your heart on just on point". He is a faithful promoter of "always changing" method(s). So this shall compensate the author of this paper's on going forming of "Knowledge Theory":A Trilogical Methodology with Ontology-Epistemology-Axiology Topology Movement. This by right should serve as if the "petroleum" of the Earth mass' GRAND journey in time sphere...?

of Earth" is the work of the poet Lo Chih Cheng (羅智成 Luo Zhicheng), while "Island/Nation" done by the poet Chen Li (陳黎).[i] Chen Li concluded his earlier work in the collection entitled "I/City" (我/城 Wo/Cheng) and in a short while, had his "Island/Nation" launched in to the book market, i.e. publication. "I/City" marked Chen Li's attempt to highlight a completion of "I" in his poetic creation, while at the same time linguistically passed the poetic ball to "Cheng". Poetically Lo Chih Cheng seemed getting the ball with his beautiful publication of then "The Island of Earth", linking the "Completion of soil"(城) by Chen Li to a full perspective of Earth (地 球). Restrospectively, as we contemplate on Chen Li's "Island/Nation", we should remember, for a poet, it is always an international or a universal issue of the elements in his literary creation. We should not only mark it as the author's intention of contributing to the making of a real "Republic of Taiwan", as the political atmosphere of Taiwan hinting since the millennium year 2000, but should always first consider the origin of language. And according to the prominent Mind philosopher of the 20th century, Langer, Susanne K., who has studied in depth and reported to the world, that it was first the experience from the earth, that forming the

---

Late Hu Shi(胡適/適之) "diagnosed" poetry route as "Trying":嘗試成功自 古無..";In such, identifying "poetry" as a method of exercising "trilogical issue", a mind method derived from Aristotle's Art Philosophy, was "a Road not Taken" of late Dr. Hu Shi. "A Road not Taken" was and is the theory of late U.S. poet Robert Frost(佛羅斯特).

mind knowledge, meaning material comes first, before sign/symbol, art-symbol and ultimately "Virtual Sphere" appeared.

These publications served as some sort of Interchange between creativities of Chen Li and Lo Chih Cheng. Why it is so? In year 2019,[8] Luo, or Lo, had published the work "Harbour Quest"(問津 Wen Jin), Jin here could also refer to "ferry", "ford" etc. In his "HQ" publication, Lo who is also a painter, once more fusing his early work "Sketch Book" (畫冊 Hua Ce),[9] he announced his intention of entering "heaven" directly, as if an angel. Lo used to clearly declared, that the reference of his writing system is phonetic (注音 Zhu Yin),[10]

---

[8] Sorry, additional source added on year 2015 conference. [source of picture: Internet]

[9] In "Sketch Book" the young Lo in his twenties drafted very classical architecture plan, with a male-figure of long hair, lay on the ground in a very grand architectural atmosphere- which most probably was an attempt of his poetic self-biographical plan. It is at the same time he launched his one-man Academy "Ghost Rain Academy" (鬼雨書院 Guiyu Shuyuan). When Lo launched his GRA, at the same era his undergraduate years roommate, the poet Yang Ze (楊澤 more known as "Ze Yang" on his facebook account) has also launched his also one-man "Rosy School" through publication of poetry publication entitled "薔薇學派的誕生"(Qiangwei Xuepai de Dansheng). Both happenings in 70ies last century.

[10] So you can tell: Lo's writing system has come to a terminal, where he has marvelled through his poetic experiment of logistic journey on poetic Earth (and not to mentioned: He sketched the images along his poetry books publication... no doubt.) in the Lunar Traditional Ancient China Calendar which is following sax system, in "Stem-branch cycle"(天干地支 Tiangan Dizhi)-sexagenary cycle. A sexagenary cycle is 60 years, i.e. 一甲子 Yi Jiazi,

he published his "Book of Baby" (寶寶之書 Baobao Zhi Shu) in form of Chinese character-Phonetic sign co-existence. Earlier than that, Lo had published "Light Book"(光之書 Guang Zhi Shu), "Book of Tilt"(傾斜之書 Qingxie Zhi Shu), "Book of Silence"(擲地無聲書 Zhidi Wusheng Shu) etc., all hinting toward the existential conditions of the Earth, 1, It is under the Grand light, sunshine, things happen on earth 2, The Earth is not upright exactly, as it is rotating, it is always at its tilting position; but of course phonetically you could also get the hint of "writing" (寫 xie) or (邪 xie, i.e. cooperation of teeth and hearing).

Back to Chen Li's Poetics. When Chen manifested "Island/Nation", it was and is not a political intention however, is a salute back to his old initial poetics started with nature in Hualien, "NATUR" becoming "Nation". His second path just started with his re-publication of Neruda and Symbolska translations, so we shall ponder in blessings. This is a journey of revelation of TAIWAN-ese

in Chinese term, this is also why, the scholarly poet, Yang Mu has published the Gawain's tale translation, which he translated phonetically with the simile of Minnan dialect- Sounds as "Jia-Wen" (甲溫), full title: Jiawen yu Lv Qishi Chuanqi (甲溫與綠騎俠傳奇). These seemed announcing our poet Yang Mu had finished waiving the organic texture of western and Chinese tradition of literature in a refine manner, and making a turning into Taiwanese local dialect branch- when a born locally Taiwanese literary figure has fully fulfilled his task of mastering the language, in Yang Mu's creative sense, mandarin, and now on the refine-language can be applied into locality as (musical) notes, to build up local organic culture.

Weltinnenraum-Innerworld-世界內面空间。

Back to "Branches of Knowledge system-education" hinting by the new publication of Lo, the poetic ball shall now be passed to the poet Scholar, the public teacher of Taiwan, Yang Zhao. "Terminology of Yang Zhao",[11] i.e. Discourse of Terminology of Terminologies (Marking the six-canons Episode finally come to its first end after some 2500years of Zigzagic-Evolvement. It is to decide if the coming centuries Chinese literate and Chinese reader would be adopting western or orientally Chinese traditional calendar -This diversified creativity contributed by TAIWAN to the world is like an old message from the FAR EAST in time tunnel- A reminder of the existence of various measurement of time cultivated by the people in the past time. Maybe, the myth of the GRAND BEINGS' existence laid in there…. This is only possible be glanced in a reflection of Yang Mu's poetics. Reflection only happened if not in mirror but in glasses or water? And 70% of the "Earth-World" is water-world, as diagnosed by scientist. …*by the time when our Poet Yang Mu reaching 70th anniversaries of his writing journey, But the Era has been flicked through one-page, in Taiwanese literature's "Yi Jiazi", from 1955 to ca.2015, marking "Game changer"[12] has evolved to "change-makers":Within we saw* Education of Terminology (method,

---

[11] In Chinese Word: 楊照。This Yang is the GRAND poet in Yang Factions in Taiwan-Taipei.

[12] This is the terminology of the Taiwan origin US base female scholar, Prof. Dr. Mi-Xi Michelle Yeh(奚密女士).

relativity/ secular theology/ psycho-theology. Love knowledge, respect knowledge, Knowing not knowing knowledge)......Showing: The social norm in Taiwan thus is: Diligent-knowledge loving-attractive and beautiful.

So the Brave, Beautiful new world in Taiwan, with the navigation of Yang Factions Literature, contribute this 2 cents to the rest of the world, with its courage in ITS real interval period (A post-China hanging "country" which is a country of not-a-country, a "country" like a dreaming state) admist the general time-story[we can now real hard to tell if story is a he or she; But from Yang Mu to Lo, it revealed to us a story about Time is a "父 fu" motion in the world by vision, i.e. image effect. And we seem to be able to find a following in the US poet, Jonathan Stalling (石江山)'s poetics, which he named it "英歌麗詩"[13] (transmitting sounds of "English" in a Chinese pronounciation) and with structure of "Grotto-heavens"(In Chinese, 洞天 Dong Tian), in Chinese system it is the Taoist sacred site.

And a little surprise, as we found out, that idiom is still valid[14]

---

[13] He brought it to Kuala Lumpur in year 2010, joining "International KL Poetry Island Poetry Festival" and had it launched successfully and received by the audiences at the site. Jonathan is also the managing Editor of the renown English-Chinese literature magazine, "Chinese Literature Today" (今日中國文學 probably, in Chinese character), which is based in Oklahoma, USA.

[14] In the idiom, there seemed hidden with myth of "Chinese mathematics". This branch of knowledges research can be expanded from the master's degree

things on earth, as Yang Mu (C.H. Wang 王靖獻)'s teachers are 卜弼德 - 陳世驤 (Probably his co-supervisors in Comparative Literature/Sinology Studies), "一日為師,終身為父" (One day being a teacher, becoming a life-long father), it revealed at the 3rd quartet of Yang Mu's poetic journey in Lo Chih-Cheng's poetic achievement i.e. the branch of Yang Mu's poetics, revealed on his new book cover as "Branch of Time" (The word 卜 Bu, listing up a new sprout ftom a main sterm). So we can copy and paste German poet, Goethe's saying in his praise to the Iranian Sufism Poet, Hafiz here, " O Hafiz, since yourself is the fine wine, why do you need to drink wine any longer"?[15] (I owe the poet Yang Zhao (楊照) credit

---

thesis of the "New Hans Christian Andersen in Chinese" i.e. Hsia –Yang Liu(劉夏泱), who had just launched his fairy tales trilogy: 1.East of the Sun, West of the Moon(日之東,月之西 Ri Zhi Dong, Yue Zhi Xi) 2.Selections of Andersen's Stories I:Frozen Queen and other Stories (安徒生故事選 I:冰雪女王及其他故事 3. Selections of Andersen's Stories II:The New Cloth of the King and other Stories (安徒生故事選 II:國王的新衣及其他故事)

[15] According to theory of ontology- it is always the second one be the successor of the pioneering one. From the example of Socrates-Plato-Aristotle model, we could see Socrates set the framing of knowledge system as "Nothingness"; Plato set his knowledge system framing as "memory"; Aristotle, the famous "Plato's student" however set it as "Trilogical-Artistic System". Confucius (孔子 Kong Zi) visited Lao Zi (李聃 Li Dan) seeking "Tao", said he then revised Ji Chang(姬昌)'s "Yi Jing"(易經) while he selected and edited Ancient Chinese Folklores into Shi Jing (詩經), we could say, Confucius' path of knowledge seeking journey derived from the fusion of three branches: Knowledge about "Tao"(or Dao), Origin of mathematical knowledge in Chinese denomination and the collective emotional expression in Chinese

voice. In so far, Taoism and Confuciansim are the same denomination fused in Confucius school. So when later the Confucian School seemed focusing on the teaching and passing on of Ethical Values, the "Tao"(the base be Tao-Te Ching-Wuqian Yan:Five Thousand Words), "Mystic Mathematics" (the base be I-Ching or in pinyin, Yi Jing) and Emotional Education (Book of Odes or you name it Shi Jing) seemed have become something "not taken into consideration" in the later evolvement of knowledge, they joined "Socratesism" as the world globalized through languages, in China's case, Tang Time i.e. ca. 700 A.D., after the movement of Buddhism canon translations. It was considered the first bud of the fusion of Taoism and another linguistic element[from Sanskrit script?!- Sanskrit known as the language which has the perfect resonance with the universe]. When then in China passed on the belief system of Ru-Shi-Tao/Dao (儒釋道), according to the "true ancestor" (because Yi Jing could not be grasped, it is knowledge of "ever changing" in algebra-language that, it could only be "pioneer of ancestor" then) of China Knowledge system as recorded in written history, Taosim [Which the renown European Sinologist Wolfgang Kubin through his work from making the contemporary commentary on Zi-Xues(子學), translating the poet Feng Chih (Feng Zhi)'s 27 sonnets, the scholarly poet Zhang Zao's "Letters from Spring Autumn"(春秋來信 Chunqiu Laixin) and the poet Bei Dao (北島 original name Zengkai Zhao 趙振開)'s poetry, revealed and concluded, it is the pattern of China Knowledge System- as quoted from Qu Lingjun (屈靈鈞 more known as Qu Yuan 屈原)the famous verses "路漫漫其修遠兮 The Journey is far alongside the pilgrimage......". ! -the knowledge journey is a pilgrimage of the knowledge(Tao/Dao) seeker, as the knowledge be made refine and further, it is the path and it is the knowledge. So knowledge is the path to knowledge......what Lao Zi quoted as "Journey of Thousand Miles begun by the foot", it is the process of fusing material experiences into knowledge system via sign/symbol usages. In so far Professor Dr. Kubin, Wolfgang has successfully defined and founded "Philosophy of Road" which evolved from "Taoism" in his career spanning from second half of 20th Century to the beginning part of the 21st Century! It was and is one of the major achievement of World Sinology.], as a methodology from ancient China scholarship, Ru-Shi-Tao/Dao has formed as a terminology of China knowledge System development: "Confucian School Interpreting Taosim"(儒家學説作爲闡釋道學的方法/學術). In organization through English alphabet, "Tao" pictorially did not try to pierce through a cross and reached the sky/heaven. Even when it is taken as "Dao", it rounded up the "C" (in its mirror effect) which would normally in western system stands for "Christ". In a way, probably ancient China Knowledge System is one of the earliest root of true humanities, which eliminated religion of creation-denomination from itself, based on its departing reason: not because of disbelief, but rather because of "Respect"! (So don't want, dare not: Disturb/Offend) Yang Mu's true identity as (one of the?) "Pure Irony" under Rilkean Spell (on his tomb tablet in Raron Churchyard), is that: He applied the skeptist approach to religious things (in his study-notebook, "疑神 Yi Shen"), while he has devoted so far 60+ years in his knowledge pilgrimage- using the Shi Jing as source of Emotional Elements, with Zhu Xi version of Shi Jing commentary as dictionary, and departed from Tang Dynasty's [China literary peak] poetry- which means using "Emotional Terminology"(various lv i.e. 律 of making poems) as his starting points! With middle Age English as his guidelines, he refine Chinese ancient language from the foundation of May 4th new terminology {the author of this paper holds the stand that the simplified code launched by Mao Zedong is actually "term language" instead of "raw language", because it eliminated the urge of understanding the meaning via image but through understanding the sounds in a sentence by sentence manner… it is commonly known as "語言"(yuyan language) instead of "文字"(wenzi characters)- it took the meaning of the word, left behind the origin of the forming of the characters, probably in attempt to his life-long mission of cultural refinement- to break 4 old odds(四破舊), to turn down five black catergories(五黑類).   Allowed me to insert after another four years from year 2015: May 4th movement from his inspiration in the book "In Between Knowable and Not

which ended officially but continued by the denomination of scholars who retreated to Taiwan Island around year 1949, could now claim ITS success, and with it! -opened a new terminology of World Knowledge System, probably led to reorganization of Educational Subjects/ Courses, in Professor Soong Wen-li(宋文里)'s new work entitled "理心術"(Lixin Shu Truthful Mind Terminology), obviously evolvement from Confucian School set by Mencius (who concluded "Heaven and Earth is beyond humanities, the myriad be the experimental ruminant grass-dog"), developed till Two Cheng's Philosophy (二程理學) China main stream science-philosophy fused as there was and is only one law i.e. heavenly-Law, again it had been concluded by Zhu Xi's terminology of "Heavenly Truth be kept, Eliminated human's lust" (- we can see that even in the philosophical term in China knowledge system, there is curves and waves possible, because the term set in "narrative format"[But it was just terminology, it was until the denomination of Taiwanese Poetry pioneering by the poet Zheng Chou-yu, Yu Guang-zhong, succeeded by the poet Yang Mu and his successors, with the safe-guidance of the Taiwan scholars such as Tai Jing-nong, Qu Wan-li, Ho Chi-Peng, Fang Yu…Der-wei Wang, that the whole "Tradition of lyrical Narratives" in Chinese Knowledge System formed and launched into the general cultural sphere, not just in Chinese sphere, but also expanding in translations. We could say the early 21st century is an Era where the Chinese Knowledge System harvested ITS three GRAND fruits resourced from Confucianism, Chinese Con-Science System and Taoism.]); from there point, Prof. Soong fused his translation of Psychoanalysis from Sigmund Freud School, mixed with his fruit of research of Chinese "Psychology"from Pre-Qin Era till probably Zhu Xi time, So reformed a mix-match theory he called as "Poetics as the body, Science as the Appliance"(詩學為體,科學為用), this can probably already replace the May 4th main theme "Chinese Knowledge as body, Western knowledge as application"(中學為體,西學為用).

Known"(可知与不可知之间)[16] for what I induce in footnote14 as below!)

So the wind continues to blow:"So many lids....o Pure irony...O Roses...."

And the voice in the wind continuing to remind, "Do not set your heart at just one

point......"

---

[16] It seemed to be, that the educational body of Social Science (Humanities) can set a temporal mode of reshuffling, and cansay to be once every twenty-years; After living through ca.2600 years of written History(信史-History of Trustworthiness (Valid knowledge?), we could probably have the confidence of matching in "Scientific Achievement "with the sequence of 20 years a major attempt of another Leap!? Here we can conclude: History is indeed metaphorical, that, the initial goal of de xiansheng, sai xiansheng(德先生/賽先生) hinting openly the coming maturity Era of democracy and science in expectation: However harvest now(!) the fruit of "Virtual Space" with Con-Science. This we mark as "Chinese-Time" in year 2019 then here. So as a reflection, the fruit Yang Mu Poetics (authored by the scholarly sinologist: C.H. Wang 王靖獻) seemed to declare: Knowledge is the truth, politics as its method in different Eras. In this way he has been revealed as a "modern Confucian school" in his lyrics of emotional-elements base. The tiny lines of the continuous in vision we can have a glimpse on the cover of the poet Lo Chih Cheng's new book cover entitled "Wen Jin".

[i] The poet Chen Li's first peak of his poetic creativity marked in between his poem "Before the Temple" and "Animal Lullabies". In "Before the Temple", he expressed his devoting love to fatherland CHINA as a methodologically poetic "Water dragon". "Animal Lullabies" is a cute version "Rilkean Cheetah" in its vivid musical form, within full of footsteps of animals, it's the animal version of "Those carved with footsteps, left their destitute with traces...... "(凡走過的, 必留下痕跡...) This very much pointed out an ignored truth on earth: The world is actually a "Water World" which is mostly of fluid (Scientist said: 70%), not by majority soil. So "Water Species" is majority, not the "soil species" walking on earth; unfortunately. Yes, Humans should once more identify oneself. and from there reshuffle their method of self-education in small or big scale(s). By the way every life in the world is a string, forming transparent moves with its destitute and finitude of mind, body movement and the power it expanded in its life time. This could quite obediently matching humanities effort into the current scientific of "Super String" theory. "M theory" while should be a choice by needs in science sphere-where the mix-match grand strings be a "Heraclitus Sphere" decision and as one experimental issues.....

MMA (Mixed-Martial Arts) founded by late Bruce Lee(Li Xiaolong), with his "Jeet Kune Do" as its Aid, could be the utmost perfect counterpart to safeguard the next further scientific excursion. Here we should possibly admit:that, life is infinity (Imagine the sign in mathematic which symbolizes "Infinity" like a tadpole 蝌蚪) In the poet Yang Mu's poem "獅子和蝌蚪和蟬的辯證 Dialectics of Lion and Tadpole and Cicada"(1998), this is a beautiful poem reaching the peak having an investigate-cognitive(incognition?) dialogue with the century's science achievements. The Tao of Teaching（師道 Shi Dao）[When Heidegger received the "Book of Tea" from Japanese philosopher, it could be a gate for him toward his later "existential philosophy discovery", where opened the gate of "Shi Dao" in German writing system. His muse and source but of course, late Rilke's beautiful poetry in between his "The Book of Image/Hours toward Elegy/Sonnets Era"！] the myth of metamorphosis of lives and so the cosmo is by right a **"Metamorphosis Cosmo"** (Humanities version of MC which could fit into late Einstein's general relativity formula: E= MC square ;the sign "square" that Mr. Einstein used appearing like a form of swan facing its head toward left hand side.) Coincidently, Mr Yang Mu's Poetics achievement marked at his success of inducing how to write many, many short essays, forming a long, long life long poem （quoted from the academic work in a deductive manner concluding these, "Living Metaphor: On Yang Mu Writings from year1961 to year2001）, where the theory of　ion/atomic groups of Yang Mu's writing (to the Yang Factions then…) set as corner stone already. There we could see a fact: Young Ye Shan passing through the path of John Keats, linking to the path of W. B. Yeats' English/Irish poetic discourse, at the same time he did refer to the U.S, a country served as the successor of U.K, where the poets succeeded in their poetry through a "Ezra Pound-T.S Eliot-Whitman" Trilogy reaching their own version of modernity. These was and is actually formed after the successful case demonstrated by the cooperation of German-French Poetics, via the Friendship of Valery and late Rilke:Where they met in Rodin as Eureka pop up with Valery's bust!(They have a famous photo together, both with bright smiles) and "married" in Valery's "Beach Churchyard/Seaside Cemetery)[In this Valery's poem might be laid with a myth linking toward the changes of the universal calendar initial(inertia) from BC-AD toward BCE-CE. So the world seem still swinging in-between Before Christ/After Death of Christ-Before Common Era/Common Era or not?

Back to E=MC square. As Chinese characters set at the basis of a obvious visible frame of □（mouth）or the outline of words like 囯-國-囲-圍。。。, by image, or you could say, by visual material world, Chinese is the "square feet" of the universal writing word, English is the most fluent Angelic word (AC here means:word that passed on real message in its fluency) in this Era still. So Chinese is effective in passing on knowledge/valid -message, English is effective in to pass on message/information. (This can be illustrated in the appendixial diagram of this paper behind！We name it **AppendixI** then.)

However hard to say in definition: As in Zhou Era Chinese Knowledge System has already set up "Ten Wings" of ITS philosophical System. In this respect, probably we may say: English and Chinese can form a "Mutualism" in all aspects, after the propaganda of "Win-win". This should offer some insights to China current president, Mr Xi Jinping's question on his political strategy, "From one to two: Parallelism(Multitude) as Dualism". Xi is a political leader who rise up in his belief in "International Friendship"(友誼 Youyi)

Anyway, from the poetic fruit offered by our dear poet Yang Mu, we probably should and could march onto the next step of "Grand Knowledge Canvas" of the "dialogue between tadpole and Science"(kexue yu kedou de duihua), probably the interaction and woven of subjects/courses with the metamorphosis of livings can collaborate further that ways…

I owe my source of inspiration to the 80ies poets, eL and How Shiying, they both stimulated me in the meditation on "square and square feet" matters, as well as the globe as a "huge-stringball".

This myth of "square" in science, applying into the Chinese writing system, it meets with the late Wang Yunwu（王雲五）who launched "Wang Yunwu Four corners method" dictionary, which formed the base for the further current Chinese computer system. In between the sax

Nevertheless, it was already a fact, that Yang Mu the poet proven in his poetic writing of a **"Metaphorical Universe"**- which should soothes the late Mencius' heart, as he proposed "Daxue Zhi Dao"(Tao of Universal Education). A secondary proof can be sought from the poetic scholar, Dr. Soong Wen-li's research work "Psychology and Prosthetics of Mind", there he implied his "method(s) for governing the mind" through his writing of "Xinli Xue with Lixin Shu"（心理學與理心術 2018）.

From the poem "Dialectics of Lion and Tadpole and Cicada", Yang Mu started with the verse "This surely has not happened, season　of frozen rivers...', ended the poem with "Before the flame of grass field touched up..."; Yang Mu has tried to call for his angel all over his life:In his poem "To the Angel"(致天使), he in very low key, almost pleading, "Angel...if you still could not identify, the poems here all written in blood and sweat.. I beg for kyrie……"

APPENDIX I:

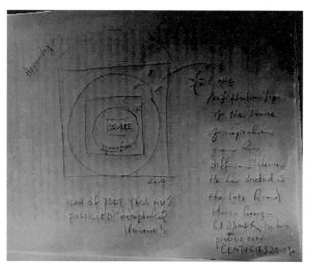

Dedicated to the Poet Wanyu Lin（林婉瑜）Her poem is "World Jetplane". Her starting point at: 索爱练习 (Practicing Love)

國家圖書館出版品預行編目資料

美的辯證：楊牧文學論輯

許又方主編. – 初版. – 臺北市：臺灣學生，2019.08
面；公分

ISBN 978-957-15-1802-2 (平裝)

1. 楊牧 2. 臺灣文學 3. 文學評論

863.4   108008032

美的辯證：楊牧文學論輯

主　編　者　許又方
出　版　者　臺灣學生書局有限公司
發　行　人　楊雲龍
發　行　所　臺灣學生書局有限公司
地　　　址　臺北市和平東路一段 75 巷 11 號
劃撥帳號　00024668
電　　　話　(02)23928185
傳　　　眞　(02)23928105
E - m a i l　student.book@msa.hinet.net
網　　　址　www.studentbook.com.tw
登記證字號　行政院新聞局局版北市業字第玖捌壹號
定　　　價　新臺幣四〇〇元
出版日期　二〇一九年八月初版
I　S　B　N　978-957-15-1802-2

86310